文春文庫

鬼平犯科帳

決定版

(一)

池波正太郎

文藝春秋

目次

鬼平犯科帳 決定版 (一)

唖《おし》の十蔵《じゅうぞう》

一

小野十蔵《おのじゅうぞう》が、目ざす家の前へ立ったのは、その日も夕暮れになってからである。

光照寺という寺の横手に、その小間物屋《こまものや》があった。

ささやかなその店の戸《と》は、かたく閉ざされてい、虚無僧《こむそう》すがたの十蔵は、そこへ足をとめた瞬間に、

(妙だな……?)

役目がらの直感がひらめいたものだ。

そこは、浅草も北のはずれの新鳥越町《しんとりごえちょう》四丁目の一角で、大川(隅田川)の西側二つ目を通る奥州《おうしゅう》街道が山谷堀《さんやぼり》をわたり、まっすぐに千住《せんじゅ》大橋へかかろうという、

その道すじの両側に立ちならぶ寺院のすき間すき間に在《あ》る町家の一つであった。

道の東側の寺院と路地ひとつをへだてた小間物屋のとなりはひろい空地《あきち》で、材木置場になっているのだが、そこからも春の土の香がたちのぼり、おだやかな夕空に雁《かり》が帰りわたってゆくのが見られた。

十蔵は通りから材木置場と小間物屋の間の細道へ入って、尺八《しやくはち》を吹きはじめた。

父の平右衛門《へいえもん》は琴古《きんこ》流の尺八をまなんでいたし、それがまた三十俵三人扶持《ぶち》、御先手《おさきて》・同心《どうしん》の貧乏暮しの中で唯一《ゆいいつ》のたのしみであったらしい。

十蔵の尺八も亡父の手ほどきをうけたもので、いま彼が盗賊追捕《ついぶ》の役目を遂行するにあたり、尺八を手に、虚無僧の変装をもって市中をさぐり歩くこともうなずけよう。

(いよいよ、変だ……?)

小間物屋の裏口の戸も閉ざされていた。表通りには人の往来もあるが、材木置場と裏手の寺の土塀にはさまれたこの家には、まるで人気《ひとけ》がないようにおもえる。

(すこし、張《は》って見ようか……)

尺八を吹くのをやめ、十蔵は材木置場の蔭へひそんだ。

いま、彼は下総無宿《しもうさむしゆく》の助次郎《すけじろう》という男を追っていた。

この男を捕《とら》えることによって、

（さらに、大きな獲物《えもの》が引っかかるやも知れぬ）

のである。

ここで、小野十蔵の役目について、のべておくほうがよろしかろう。

幕府の御先手組というのは、戦時ならば将軍出陣の先鋒《せんぽう》をつとめるわけだが、徳川幕府成って百七十年を経《へ》た平和の世にはかくべつの用もない。

しかし、いざ事変・暴動などが起きれば、先手組出役《しゅつやく》となって諸方を警備するわけで、こうした役目の性質上、弓組と鉄砲組に分れた〔御先手組〕が、

〔火付盗賊改方《ひつけとうぞくあらためかた》〕

という役目につくことがある。

この役目は、町奉行所とは別だが、つまり一種の特別警察のようなもので、江戸市中内外の犯罪を取りしまるばかりか、すこぶる機動性をあたえられているから、いざとなれば自由に他国へも飛んで行き、犯人を捕えることが出来る。

いまの、火付盗賊改方の御頭《おかしら》（長官）は弓組のうちの一人、堀帯刀《ほりたてわき》という五百石取りの旗本で、この下に与力《よりき》衆がつき、さらにその下役として、小野十蔵のような同心がはたらく。

いえば十蔵は、特別警察の外まわりの刑事か警官のようなものなのである。役所へ出ても、あまりに無口《むくち》なものだから、十蔵の姓の小野をもじって、

「啞《おし》の十蔵」

などと同僚《どうりょう》たちによばれているが、その活躍は抜群《ばつぐん》のもので、今年に入ってから三カ月ほどの間に二人も盗賊を捕えているほどだ。

いま、十蔵がねらっているのは、

「野槌《のづち》の弥平《やへい》」

という凶悪無慙《きょうあくむざん》の怪盗《かいとう》なのだが、なかなかに手がかりがつかめぬ。ために、盗賊改方では弥平の下部組織から手をつけることにしたわけで、

「浅草の新鳥越四丁目の越後屋《えちごや》という小間物屋。ま、小さな店で女房のおふじというのが店番をしておりますがね、その亭主の助次郎という、こいつが毎日、荷をかついで売りに出る、この助次郎をさぐってごらんなさいまし」

との密告が、十蔵の上役で与力の佐嶋忠介《さじまちゅうすけ》の耳へ入った。

密告したものは佐嶋与力がつかいこなしている男で、もとは盗賊の岩五郎《いわごろう》という、盗賊仲間からは〔狗《いぬ》〕とよばれる、それだけに表向きは何くわぬ顔で浅草・御厩河岸《おうまやがし》にある居酒屋の主《あるじ》におさまり、ひそかに佐嶋与力へ種々の情報をもたら

して来るのだ。

「十蔵、さぐって見ろ」

今日、江戸城・清水門《しみずもん》外《そと》の役所で佐嶋忠介にいわれた小野十蔵が、いま、その小間物屋助次郎の家の裏手にひそんでいるというわけであった。

（や……？）

どれほど時がながれたろう……。

夕闇が濃かった。

その夕闇の中からにじみ出すような、か細い女の泣声を、小野十蔵はたしかにきいた。

天蓋《てんがい》（虚無僧のあみ笠《がさ》）をぬぎ、十蔵は小間物屋の裏口へ近づいた。

十蔵は俗にいう馬面《うまづら》で、あごがひどく長い。そこへ団子《だんご》のような鼻、濃い眉毛《まゆげ》、厚《あつ》い唇《くち》、細い眼などによって彼の顔貌《がんぼう》が構成されているのである。

（たしかにいる。女が、泣いている……）

十蔵は声をかけようと思ったが、意を決した。

このような家の戸じまりを外すのは十蔵にとって、わけもないことであった。

戸を外して、飛びこんで見て……、

「あ……」

十蔵は瞠目《どうもく》した。

台所につづく四畳半で、三十がらみの男が細引《ほそびき》（なわ）を二重にくびへ巻きつけられ、絞殺《こうさつ》されていた。

白眼をむき出し、汚物《おぶつ》を口からたれながしたまま息絶えている男の枕《まくら》もとに、女が突伏《つっぷ》していた。泣声は、この女のものであった。

「おい」

十蔵が女のくびをつかんで引きおこすや、

「あ、う、うう……」

泪《なみだ》も出ぬ泣声をもらし、女は全身のちからをぬき、十蔵にゆすぶられるままになっている。

「この男が、助次郎か……おい、助次郎か？」

女が、かすかにうなずいた。

「お前が、女房だな？」

「あ……う、うう……」

二

女は、まさに小間物屋助次郎の女房おふじであった。

このごろ下町の女房たちの間に流行しているしゃこ髷《まげ》もがっくりとくずれ、おふじは火鉢の灰のような顔色になっていた。

なよなよとか細いからだつきの……そして大きな双眸《りょうめ》が、大きければ大きいほどにもの哀《がな》しいという……こういう女にひしと取りすがられたら、

(おれはどうなっちまうんだろう……)

と、どんな男でもおもうような……おふじはそういう女であった。

小野十蔵は、その場で、おふじを取り調べることにした。

町奉行に属する警吏《けいり》ならば、すぐさま近くの番屋へでも連行して調べるわけだが、そこは特別警察ともいうべき盗賊改方のやり口で、何事にも臨機《りんき》応変《おうへん》の処置《しょち》がゆるされている。

江戸の町奉行所は、犯罪を取りしまるばかりでなく、将軍おひざもとである大都会をおさめるという、現代《いま》の都庁のごとき性格をも合せもつ。

犯罪者を捕えるというよりも、犯罪がおこらぬようにする〔たてまえ〕なのである。

しかし〔火付盗賊改方〕の任務は、そのなまぬるさをおぎない、あくまでも犯罪者を追捕して、これがためには、かたくるしい規則にもしばられず、どこまでも身を挺《てい》して〔悪〕と闘《たたか》うというのが〔たてまえ〕であった。

むろんお上《かみ》から出る予算も町奉行所とはくらべものにならぬ。金まわりのよい旗本でないと〔盗賊改方〕の頭《かしら》はつとめられないといわれたもので、さらに、

「町奉行は檜《ひのき》舞台。盗賊改メは乞食芝居」

などと、世間がうわさするように、近年は、事ごとに町奉行所から差別をつけられるようになってきている。

それだけに、小野十蔵のような盗賊改方の同心たちは、みな町奉行所への反感を抱いているといってよい。

「お前、亭主を殺したのだな?」

身分をあかしておいてから、十蔵が、おふじを問いただしにかかった。

おふじは、こっくりとうなずく。

(正直な……しおらしい女《やつ》……)

と、十蔵は見た。

「なぜ、殺した？」

「私を捨てて、別の女と、どこかへ行ってしまうというもので……」

「ふうん……」

「私……あの……」

「何だ、いえ」

「殺すつもりは、なかったので……」

「ふうん……」

「けれど……このひとが、私をなぐりつけたり蹴飛ばしたり、すぐにあの、出て行こうとして……」

「それで？」

「手前《てめえ》の腹の中の子なんぞ、ほしかあねえ、と……そう、いわれて……」

「お前、身重《みおも》なのか……」

「は、はい」

ここでまた、たまりかねたように、おふじが泣き出してしまった。

十蔵は、助次郎の死体へ夜具をかぶせてから、行灯《あんどん》へあかりを入れた。

店先につづいた向うの小部屋の火鉢に、湯がたぎっている。

「ま、茶でもいれてくれ」

と、十蔵はいった。

おふじが素直《すなお》に立ち、ふるえる手で仕度にかかる間、十蔵は家の中の押入れから台所の上《あ》げ蓋《ぶた》の中までも捜索《そうさく》した。

気がつくと、おふじが不審《ふしん》げに凝《じっ》とこちらを見ている。

「お前、亭主がなにをしていたのか知らぬのじゃあるまいな？」

「うちは、あの、小間物屋で……」

「それとは別のことだ」

「別の……？」

「ま、いい。茶をもらおうか……で、どうした？　殺したときの様子をつづけていえ」

助次郎は別れ話を持ち出し、

「もう二度と会えねえよ」

事もなげにいいはなち、おふじが「私のお腹の子は父《てて》なし子になるのかえ」と、泣き叫ぶや、

「うるせえ」

いきなり、おふじを蹴倒し、三カ月の女房の腹を踏《ふ》みつけたという。

「そ、それで……それで私、もうかっとなってしまいまして……」

つかみかかったが、とてもかなうものではない。

助次郎は、せせら笑いながら台所にあった酒を冷《ひや》のまま四合もあおりつけるようにして飲み、

「もうじきに梅吉兄《うめきちあに》いが来る。それまでは居てやらあ」

ふだんには似合わぬ乱暴な口調でいい、夜具をのべて眠りこんでしまった。

その、助次郎の寝顔を見ているうちに、おふじはむらむらと殺意がわきおこってきたというのである。これまでに二度ほど、どこかの水茶屋の女ででもあるような、お常《つね》という渋皮《しぶかわ》のむけた伝法肌《でんぽうはだ》の女を助次郎がこの家へ連れこみ、したたかにたわむれているのを、仕入れ先東両国《ひがしりょうごく》の問屋から荷をかついで帰宅したおふじは見ている。

おふじの犯行のみを取っていえば、よくありがちな事件だといってもよかろうが、

「だれかが、たずねて来る、と、助次郎はいったのだな」

「はい。梅吉さん……」

「だれだ？　そいつ……」

「なんでも、むかしからの友だちで、いま、神田の加賀ッ原のうしろで茶漬屋《ちゃづけや》を、あの、しているとか……」

「ふうん……」

十蔵は裏口から外へ出て見た。

妙に、なまあたたかい春の闇がおもくたちこめてい、人気はまったくない。

（そうか、よし……）

その、茶漬屋の亭主だという梅吉が怪しい。したたかものの盗賊になればなるほど、首魁《しゅかい》も、その下にいる子分《こぶん》どもも、何気ない顔つきで、ふだんは一般市民たちと同じ暮しをしているものなのだ。

この助次郎にしてからが、おふじという女房をもち、表向きはあくまでも堅気《かたぎ》の商人として暮していたのである。それが妊娠《にんしん》中の女房を捨ててどこかへ行くというのは、

（いよいよ、野槌の弥平一味が大きな盗みをやるのだ）

と、小野十蔵は推定《すいてい》した。

この夜。

十蔵は、声をひそめ、おふじを訊問《じんもん》しつつ、夜明け近くまで、小間物屋にいたようだ。助次郎が〔兄い〕とよぶ梅吉を待ったのだが、ついにあらわれぬ。

翌日の昼すぎになって、彼は一人で清水門外の役宅へもどった。

上役の与力・佐嶋忠介は非番で出勤していなかった。

すぐに十蔵は身なりをあらためて、神田・昌平橋《しょうへいばし》北詰にある加賀ッ原の北側にある〔小川や〕という茶漬屋をたずねた。

おふじが助次郎にきいたところによると、この小川やの亭主が梅吉だそうな。

ところが、そのような店は、そのあたりのどこにも見当らない。

それからまた、どこへまわったものか、小野十蔵が牛込・矢来下《やらいした》の組屋敷内のわが家へ帰ったのは、四ツ（午後十時）をまわっていたろう。

与力・同心たちの組屋敷がならぶ西のはずれに、十蔵の家がある。

四間《よま》ほどの小さなもので、ここに妻のお磯《いそ》と病弱で五歳になるおゆみというむすめと、下女のおこうと……四人暮しの小野家であった。

ねむたげな表情を露骨《ろこつ》にして、下女が戸をあけてくれたが、妻は玄関へ出て来ない。

おゆみに添寝《そいね》したまま、起きようともしないのである。

いまにはじまったことでもないし、十蔵は黙然《もくねん》と、台所につづいた茶の間の膳についた。

飯も冷えている。それに焼きざましの干魚《ひもの》と香の物、それでも汁だけは下女が火鉢にかけてくれたので、あたたかかった。

その下女のおこうも、父の代からいたのが故郷の相州《そうしゅう》・平塚へ帰ったあと、妻の実家からやって来たもので、妻のお磯にはあくまでも忠義だてをするのだが、十蔵へは笑顔ひとつ見せぬ。

だからといって、小野十蔵は養子でも何でもない。

六年前の二十四歳のとき、十蔵は、芝・神明《しんめい》前の茶問屋〔亀屋吉之助《かめやきちのすけ》〕の次女であったお磯を嫁にもらった。

「出来悪《できわる》の冬瓜《とうがん》のような顔をしているが、気だてはよいというしな。ま、がまんしてくれ」

と、そのころは、まだ病床にあった父の平右衛門がせがれにわびながら、もらった嫁であった。

それというのも、薄給《はっきゅう》の御先手同心で祖父（これは遊蕩《ゆうとう》がはげしかったそうな）の代からの借金を背負いこみ、家をついだばかりの十蔵が苦労のしつづけで、夜業《よなべ》の凧張《たこは》りや提灯張《ちょうちんは》りを、十蔵の手つだいに父までが病床からはい出してやったものだ。

縁談は、先手組与力の岡嶋四郎兵衛の口ききであったが、花嫁は百両の持参金つきでやって来た。ときにお磯は二十二歳。よほどにもらい手がなかったらしい。亀屋でも、この売れのこりの次女をもてあまして、貧乏同心のところへ持参金つきで嫁入らせたのである。

百両の持参金によって、小野家の借金は一掃されたばかりでなく、平右衛門も心おきなく医薬の手当をうけることを得、二年後に歿《ぼっ》した。

お磯は、そのころから胸を張り肩をそびやかしはじめた。

泣虫のひとりむすめは、なめしゃぶるようにして可愛がるくせに、夫の十蔵への世話は下女まかせとなり、なにかといえば、

「ではもう、実家《さと》へ帰らせていただきます」

である。

「私が嫁入りましたときの持参金が、どれほどお役にたちましたことか……それをお忘れでございますか!!」

である。

その後も何かと亀屋から世話をうけていることだし、妻にこういわれると十蔵は黙りこむよりほかに手段《て》はない。

小野十蔵が公私ともに無口となったのは、このころからだといえよう。

そのかわりに、彼は役目へ対して異常な情熱をしめしはじめた。

組頭の堀帯刀が〔盗賊改方〕に就任してからは、ほとんど寝食を忘れて、いのちがけの危いはたらきもしてきている。

「唖十《おしじゅう》は、あれでなかなか胡麻《ごま》を擂《す》るんだな」

などと、十蔵の巧名《こうみょう》をねたむ同僚も多い。

その夜……。

おそい食事を終えた小野十蔵が疲れ果てた躰《からだ》を寝所《ねどこ》へはこびかけて、妻と子がねむっている部屋をのぞくと、お磯がわずかにくびをもたげて、

「おや。おそいお帰りで」

と、ほとんど抑揚《よくよう》のない声でいった。

子が生まれてからは、十蔵夫婦が互いの肉体をぬくめ合うことも年に何度あることか……。

お磯は、そんなときでも顔をしかめて、ぶよぶよのからだをすくませ、さもさも厭《いや》だというそぶりを見せる。

思わず舌うちをして突き放し、十蔵が背を向けたこともあるが、するとお磯は、さっさと自分の寝床へ引きあげてしまうのである。

だがもう、それにも十蔵は馴れた。

「おゆみの風邪《かぜ》はどうだ？」

その十蔵の問いに、お磯は、

「よくなりました」

あなたの知ったことか、と、いわんばかりの口調でこたえた。

三

次の日、役所へ出た小野十蔵に、与力・佐嶋忠介がきいた。

「例の小間物屋へ当ってみたか？」

「はあ」

「どうだ？」

「店をたたんでおりました。助次郎夫婦も消えております」

「ふうむ……感づかれたかな……」

「と、おもわれます」

「惜しい。御厩河岸の岩五郎を、おれが今日、呼び出してみよう」

「は……」

岩五郎は〔豆岩《まめいわ》〕という居酒屋のあるじであったが、佐嶋与力には深い恩義《おんぎ》があり、盗賊の足を洗って密偵《いぬ》になった男だ。

佐嶋が、ひそかに岩五郎を呼び出すと、

「むかし私が、野槌の弥平と一緒に盗みばたらきをしておりましたとき、助次郎の父で伊助というのも同じ仲間でございましてね。それで助次郎の顔も、よく見おぼえていたのでございますよ。先日、両国橋のたもとで荷を背負ってやって来る助次郎に出会ったとたん、はは、あと思いました。こいつは、私ども盗みをしていた者の勘《かん》ばたらきというやつで……で、やりすごして後をつけて行きますと、新鳥越町の小間物屋へ入ったので、大ざっぱに近所で聞きこみをし、旦那のお耳へ入れたわけなんでございます」

と、岩五郎はいい、

「へへえ、逃げた……私が後をつけていたことを知る筈《はず》がねえから、こいつはきっと、近《ちけ》えうちに野槌の弥平が大仕事をやるので、助次郎たちをよびあつめたのじゃあねえかと思います」

「たのむ。お前もさぐって見てくれ」

「よろしゅうございます」

さらに佐嶋は小野十蔵へも、

「息をぬかずにせめて見てくれ」

と、たのんだ。

十蔵は無言でうなずいた。

ところが……。

助次郎の行方《ゆくえ》は知れない。知れないのが当然であって、すでに彼はこの世のものではないのである。野槌の弥平一味の蠢動《しゅんどう》も気配《けはい》すらつかめぬうちに、とうとう事件がおきてしまった。

小石川の春日町《かすがちょう》に長崎屋勘兵衛という薬種問屋がある。

この店の〔金明湯《きんみょうとう》〕という薬は万病に効くといわれ、江戸でも有名なものだ。

野槌の弥平のひきいる盗賊たち十名は、この長崎屋へ潜入。主人夫婦に息子、むすめ二人、奉公人八人を惨殺《ざんさつ》し、金三百八十余両を強奪《ごうだつ》して逃亡したのである。

手びきをしたのは二年ほど前に雇《やと》い入れた中年の飯たき女だということが、生き残った奉公人の口から判明した。

「おのれ、おのれ!!」

与力・佐嶋忠介は激怒し、

「近ごろの盗賊どもの残酷《ざんこく》さは、この通りだ。五歳になる幼女まで斬殺《きりころ》すとは……みなも、しっかりしてくれい。御役手当も少いし骨も折れようが、野槌一味のごときやつらをこのままのさばらしておいてよいとおもうのか!!」

他の同心たちと共にいて、小野十蔵は顔面蒼白《そうはく》となってうつむき、佐嶋の怒声《どせい》をきいていた。

その日の夕暮れに、小野十蔵の姿を本所の押上《おしあげ》村に見出すことができる。

大川をわたってこのあたりまで来ると、まったくの田園風景であって、日本橋から一里余。ところどころに寺院や武家の下屋敷、農家のわら屋根が見えるけれども、あとはいちめんの田地《でんち》と雑木林であった。

亀戸《かめいど》との境をながれる天神川の西側に、斎藤摂津守の下屋敷があり、このうしろの林を外れたところに百姓・喜右衛門《きえもん》の家がある。

このあたりでは、かなり顔もきき、暮し向きもゆたかな喜右衛門だけに庭もひろく、その一角に物置のような小屋があった。

例によって虚無僧姿の小野十蔵は、夕闇にまぎれ、庭の南側からそっと小屋の前へ来て、しのびやかに戸をたたく。

戸が内側から開いた。

吸いこまれるように、十蔵が小屋の中へ消えた。

小屋の中で待っていた女の白い腕が、十蔵の胸もとへ取りすがるようにして、

「もう十日も来て下さらず、こころぼそくて、こころぼそくて……」

ためいきのようにささやく。

女は、あの助次郎の女房おふじであった。

あの夜。

小野十蔵は、おふじを役所へ引き立てるにしのびなかった。

また引き立てたところで仕方もないと十蔵は考えた。おふじは、まったく助次郎の本体を知らぬといってよい。知らぬ以上、助次郎の背後にある野槌の弥平一味の気配がつかめる筈はない。本来ならばおふじを役所へ連行し、佐嶋与力にも出張《でば》ってもらい、浅草・新鳥越の小間物屋助次郎の死体の検証《けんしょう》をするのが正当の

手つづきなのである。

しかし、そうなれば否応《いやおう》なしに、おふじの身柄は役所内の牢屋《ろうや》へ押しこめられてしまう。彼女の夫殺しは別のこととしてもだ。

野槌一味を捕えて、もしも助次郎の罪状があきらかになったときは、女房だったおふじの知らぬ存ぜぬは通らないというのが、当時の法制であった。

極悪人の処刑は彼一人にはとどまらぬ。親兄弟までも同様の処罰をうけることがめずらしくないのだ。

ゆえに、現代《いま》より二百二十年前のそのころの人びとの連帯責任というのは非常なもので、悪業をおこなうからにはよほどの決心がいることになる。

めんめんと語るおふじの身の上をきいてしまってからは、

(この女に、しずかにこのまま、腹の中の子を生ませてやりたい)

と、小野十蔵の決意が次第にぬきさしならぬものとなっていったのである。

(この女に、罪はない……)

おふじは、相州・藤沢宿《じゆく》の荒物屋で富市という者のひとりむすめに生まれたが、四歳にして母をうしない、十七歳にして父をうしなった。ろくな縁者もないものだから、旅籠《はたご》の〔さかや八郎左衛門〕の世話で江戸へ出て、東両国の小間物問屋・日野屋円蔵方へ下女奉公にあがった。

かげひなたなくはたらくおふじは主人夫婦からも目をかけられ、二十《はたち》の夏を迎えたころ、

「前のおかみさんを亡くして、少し年をくってはいるが、ごくまじめな人がいる。どうだえ、嫁に行っては……」

主人・円蔵の口ききで、おふじは小間物屋助次郎へ嫁《とつ》いだ、と、こういうわけであった。

四

男のちからにたよらないでは生きてゆかれぬ女……おふじはそうした女である。

そうした彼女の体臭は、うるみがかった双眸《りょうめ》やか細い肉体や、こころぼそげな声音《こわね》から匂いたっていた。

小野十蔵が、おふじを押上村の喜右衛門方へあずけたのは、喜右衛門の家が十蔵の祖母の縁者であったからだ。

「役目がら大事の女だ。ひそかにあずかってくれ」

十蔵がたのむと、喜右衛門は一も二もなく引きうけてくれた。

だが……。

このごろの十蔵は、喜右衛門方の人びとに顔を合せぬよう、日が暮れてからおふじの小屋をおとずれて来る。

春から夏へ……。

ついに、小野十蔵は身重のおふじと情をかわし合ってしまっていた。

そしてまた、彼は、おふじの小屋をおとずれることに無上の生甲斐《いきがい》をおぼえはじめていた。

そこにはあたたかい飯、熱い汁、焼きたての魚がある。そしてまめやかなおふじの情愛がたちこめている。

索漠《さくばく》としたわが家にくらべて、おふじの小屋における一刻は、どれほど十蔵のこころをなぐさめてくれたことか……。

十蔵が、みだらな野心を抱いて世話をしてくれたのではないことがわかっているだけに、おふじも次第に男の親切にほだされていった。

二人が抱き合い、たしかめ合ったのは、ごく自然のなりゆきであったといえよう。

その夜。

野槌一味の犯行を、十蔵が告げるや、

「では死んだ助次郎も、その一味の中に？」

「いた、とはいい切れぬが……」

「こわい。小野さま、私、こわい……」

「もう大丈夫だ。安心して丈夫な子を生むことだな」

「でも……でも、これから、どうなるんでございます？」

必死の眼《まな》ざしで、女に、そう問いつめられると十蔵も困る。貧乏同心の身だし、金も自由にはならぬ。現に、ここへおふじをかくしてあるについての入費《にゅうひ》は、妻お磯の実家〔亀屋〕へ、

「お磯には内密《ないしょ》に……いささか、役目がら必要な金がいるので」

と、たのみ、十五両を借りている始末なのである。

こうした二人の密会がつづくうち、またたく間に秋が来て、おふじは、いかにも丈夫そうな女児を生みおとした。

そのころ、小野十蔵の身にも変動が起った。

〔火付盗賊改方〕の御頭《おかしら》が変ったのだ。

いままでの堀帯刀と交替した新任の長官は、四百石の旗本で、これも御先手弓頭をつとめる長谷川平蔵宣以《はせがわへいぞうのぶため》であった。

この年——天明七年九月十九日。

長谷川平蔵は目白台《めじろだい》の屋敷から、清水門外の役宅へ引き移って来た。

「今度の御頭はな、お若いころ、本所《ほんじょ》三ツ目に屋敷があってな、そりゃもう、遊《ゆう》蕩三昧《とうざんまい》で箸《はし》にも棒にもかからなんだお人らしい」

という者もあれば、

「遊ぶことも遊んだが、本所深川へかけての無頼《ぶらい》の者どもが、鬼だとか、本所の銕《てつ》だとかいって、大いに恐れていたほど顔が売れていたそうな」

などと洩《も》らす老与力もいた。

本所の銕というのは、平蔵の若いころの名、銕三郎から出たものであろう。

ときに長谷川平蔵は四十二歳。

小肥《こぶと》りの、おだやかな顔貌《がんぼう》で、笑うと右の頰に、ふかい笑《え》くぼが生まれたという。

小野十蔵は、この御頭の異動であたまをかかえてしまった。

（もう、おふじに会えぬ）

であった。

十蔵の組頭が堀帯刀である以上、堀の退職によって一応は組下の与力・同心も盗賊改メをやめ、もとの先手組としての勤務にもどるわけだからである。

けれども、

「おれは堀様がはなさぬので、おぬしを残しておくようにはからった。このごろ、おぬしは元気もなく、御役目にも身が入らぬようだが、それでは困る。よいか小野。しっかりとたのむぞ、よいな」

与力の佐嶋忠介がいってくれたとき、思わず歓喜《かんき》の表情をうかべてしまった十蔵を、ふしぎそうに佐嶋が見やり、

「ほ……おぬしの笑い顔を見たのは、何年ぶりのことかな」

と、いったものだ。

やはり役目が役目だけに、全部が異動することもならず、十蔵ほか四名ほどが堀組から長谷川組へ残された。

秋は、駈足《かけあし》ですぎ去ろうとしていた。

そのころ、押上村へ久しぶりに顔を見せた小野十蔵へ、おふじが思いがけぬことを告げた。

五

　十蔵が半月も姿を見せなかったので、おふじはさびしくてならず、つい昨日の午後、赤子のお順《じゅん》（十蔵が名をつけた）を抱き、気ばらしがてらに柳島《やなぎしま》の妙見堂《みょうけんどう》へ参詣《さんけい》に出た。

「決して、ひとりで出歩いてはならぬ」という十蔵のことばに、あえてさからったわけだが、参詣をすまし、妙見堂門前の蕎麦屋《そばや》へ入って腹をみたしているとき、彼女はおもいがけぬ人を見たという。

　お順をあやしつつ、熱いかけそばをすすりこんでいたおふじが、何気なしに開け放った連子窓《れんじ》ごしにおもてを見やると、参道をへだてて向う側の茶店の奥からあらわれたのが、

「前に、新鳥越の家へも二、三度来たことがある茶漬屋の梅吉さんで……」

「おふじ。間違いはないな？」

「はい。私、こわくてこわくて……」

　それでも、いまのおふじは十蔵から野槌一味のことをきいていることだし、窓

ぎわへ、ぴったりと顔を寄せ、それとなく梅吉をうかがった。

中年男の梅吉は少年のような矮軀《わいく》であったが、きちんとした堅気の風体《ふうてい》で、連れの三十がらみの男と茶店から出て来て、参道を遠ざかって行った。そのとき、

「では、明後日《あさって》。またここでね、いいかえ」

という梅吉の声が、はっきりとおふじの耳へ入った。

連れの男は縞《しま》の着物に紺木綿《こんもめん》の半《はん》てんのようなものを着こみ、手に小さな風呂敷《ふろしき》包みを持っていたという。

「それからはもう、しばらくは、そこをうごけもせず、おそばも食べずにじいっとしていましたけれど……こわいのをがまんして、やっと……」

「そうか。そりゃあ、よく見ておいてくれたな」

「小野さま。御役にたちましょうか？」

「たつとも。いや、たてずにはおかぬ」

「ま、うれしい……」

梅吉がいう明後日というのは明日のことであるから、小野十蔵はすぐさま役所へもどり、御頭の長谷川平蔵の指示《しじ》をあおぐと、

「おぬしにまかせよう」

この御頭は、にっこりとして、

「おりゃ、当分は、おぬしたちにいろいろと教えてもらわねばならぬのでな」

と、いった。

このとき十蔵は、何とはなしに、この御頭の風貌《ふうぼう》に好感を抱いてしまった。

(肚《はら》のひろいお人のようにおもえる。でなければ、なまけものだ)

翌日の午後になると、柳島・妙見堂一帯には、小野十蔵のほかに同心二名、捕《と》り手《て》五名が、いずれも人目にたたぬ変装をして張り込んだ。

十蔵ひとりは、おふじが梅吉を見たという蕎麦屋へ入り、ちびちびと酒をなめながら時を待った。

その日も、おだやかな冬日和《ふゆびより》であった。

参詣の人も、かなり出ている。

蕎麦屋の裏手から、そっと、おふじが顔をのぞかせたのを見て、十蔵が手まねきをした。

この〔小玉庵《こだまあん》〕という蕎麦屋の亭主だけには、役目のおもむきをそれとなく明かしてある。

女房や小女《こおんな》たちは何も知らずに立ちはたらいている。

十蔵は、おふじを連子窓の際《きわ》へすわらせ、そばをとってやった。お順はこの蕎麦屋の奥の部屋でねむっている。

「今日は、梅吉に見られてもかまわぬ。茶店から眼をはなすな」

「はい」

おふじは、はこばれたそばに手もつけず、おもてを見張っている。

そばが冷えてしまうのを、小女がふしぎそうに見ているので、十蔵はおふじにかわって箸をつけることにした。

その箸を、十蔵が手にとった瞬間に、おふじが、

「あ……き、来ました」

「あれか？」

「はい」

どう見ても大店《おおだな》の番頭といった姿の小男が茶店へ入って行くのをたしかめた小野十蔵は、

「おふじ、奥へ入っていろ」

いいおいて、おもてへ出た。

今日の小野十蔵は着流しに編笠《あみがさ》という浪人姿であった。

茶店には、参詣の人びともやすんでい、そのほかに、同心の竹内孫四郎と捕手《とりて》三名がまぎれこんでいる。

十蔵は竹内に合図をした。

町人姿の捕手の一人が勘定をはらい、どこかへ去った。

それから間もなく、おふじが告げた通りの風体の三十男が茶店の奥座敷へ入って行った。

梅吉と男は、すぐに奥から出て来た。連れだって何処かへ行くらしい。

二人は、天神川にかかる柳島橋へかかる。

このとき、茶店を出た十蔵たち四名がするするすると二人へ追いつき、

「小川や梅吉!!」

叫びざま、十蔵が編笠をはねのけ、

「神妙にしろ!!」

「あっ……」

若い男が、たまぎるような声を発し、梅吉と共に橋を駈けわたろうとするとき、対岸から同心一名、捕手三名が十手《じって》をふりかざし、猛然と肉薄《にくはく》して来た。

「畜生め!!」

梅吉が、それまでの温厚な顔貌をかなぐり捨て、野猿《やえん》のように歯をむき出し、

「粂《くめ》、逃げろ!!」

と、わめいた。

粂とよばれた男は、組みついていった捕手の腕を逆手《さかて》にとり、もののみごとに、これを天神川へ投げこんだものである。

橋のたもとで、参詣人のさけびが起る。

橋をわたりかけていた人びとが悲鳴をあげて逃げる。

小野十蔵は、用意の鉤縄《かぎなわ》を梅吉へ飛ばした。

これが梅吉のくびへ巻きつき、

(しめた!!)

十蔵が鉤縄を手《た》ぐりよせようとする転瞬《てんしゅん》、ぷっつりと縄は断ち切られている。

梅吉の右手に短刀《あいくち》が光っていた。

なんとも、恐るべき早業《はやわざ》で、十蔵はいささか梅吉をあまく見ていたといえよう。

「来やあがれ!!」

梅吉の矮軀《わいく》が宙《ちゅう》に躍った。

橋のらんかんへはね上った彼は、すさまじい勢いでらんかんを突っ走り、なぐ

りこむ捕手の十手をかわしつつ、あっという間に橋をわたって東詰の道へ飛び降りた。

「待て」

飛びかかった捕手が短刀に顔を切られて転倒した。

同心の竹内が追いついたかと見る間に、これがふわり、ふわりとかわされ、

「野郎!!」

梅吉の怒声と共に、ぴゅっと左の手首を切られるという始末であった。

同時に梅吉は、目の前の堀左京亮《さきょうのすけ》下屋敷の塀へ飛びつき、くるりと躰を反転させて邸内へ消えてしまった。

小野十蔵は、捕手が持てあましていた〔粂〕を、ようやくに捕縛《ほばく》した。

そして梅吉は、ついに逃亡してしまったのである。逃げこんだところが大名の下屋敷だけに始末がわるい。

こうなると人数も不足であった。

あきらめて、十蔵は〔粂〕ひとりを引き立てて役所へもどった。

御頭の長谷川平蔵は報告をうけるや、

「御苦労」

と、ねぎらい、

「その粂というやつに、泥を吐かせて見るのか？」

「はっ」

「小野にまかせる」

「小川や梅吉を取り逃しまして……」

「なあに、追う者あり逃げる者ありだ」

「おそれ入りました」

「気にするな」

御頭は、人なつこい笑顔を十蔵に向け、こだわりもなくいった。

六

粂とよばれる男が牢屋から引き出され、武器蔵《ぶきぐら》兼用の拷問《ごうもん》部屋で責《せ》められたのは、夜に入ってからである。

粂は、しぶとかった。

体軀《たいく》が頑丈《がんじょう》であるし、一通りの拷問をかけて見たが、

「知らねえ、おれは……そんな野槌のなんとやらいう泥棒なんぞ、うわさもきいたおぼえがねえ」

にやりにやりと、とぼけたことをいう。しかもなぐられたり、大石を抱かせられたり、躰中を血だらけにしながらであった。

竹内同心が彼を責めつけている間、十蔵は十蔵なりに、条のふてぶてしい様子を見て、

（こいつ、たしかに野槌一味だ）

と思いきわめた。

そして十蔵が、竹内に替って条を責めつけるべく腰を上げたときだ。

表門の門番がやって来て、十蔵を外へ呼び出し、

「いま、小野さんに、この手紙をおわたししてくれと……」

厳重に封をした一通の手紙を差し出したものである。受け取って、

「どんな人だ？」

「小さな男で……」

「な、何……」

ものもいわずに、十蔵が門外へ駈け出して見ると、人影もない。追いかけて来

た門番が、

「手紙をわたすと、すぐに行ってしまいましたよ」

「ばか!!」

「で、でも……」

門番所へ入り、十蔵は手紙をひろげて見た。

読み終えたとき、小野十蔵の顔色《がんしょく》は一変していた。

手紙はまさに小川や梅吉からのものであった。

梅吉はこういっている。

「……妙見堂で待ちぶせがあろうとはおもいもかけぬことで、さすがに小野十蔵さまだ。どこで手まえどものことを嗅《か》ぎつけなさったのか、ふしぎでなりませぬよ……だが、こっちもこのままじゃあすまされませぬぜ。つかまえた粂というやつ、今夜にも牢から出し、自由の身にしてやって下さいましよ。なぜ？　とおっしゃいますかえ？……こっちも、お前さんの弱味をにぎっているのだ。この春、お前さまが小間物屋助次郎の家をはじめておさぐりなすったとき、一足おくれて助次郎をたずねた手まえは、そっと屋根うらへ忍び入り、お前さまとおふじがめんめんと語り合うところを、すっかりききもし、見もしてしまいましたよ。助次郎の死体は、まだ、あの家の床下《ゆかした》に埋《う》まっているのですねえ」

さらに、梅吉は押上村の小屋におふじが隠れていることまで突きとめていた。

それは……。

女の情にこころひかれ、役目をおこたり、盗賊のもと女房と密会をつづけている小野十蔵の秘密を、梅吉は知悉《ちしつ》しているということなのだ。

「……いますぐ、加賀ッ原へ、お前さまひとりきりでおこしねがいたいもので」

手紙は、そこで終っている。

筆も手紙の文句もしっかりしたもので、これだけの男を、十蔵としたことが、いささか見くびりすぎていたといってよかろう。

すぐに、小野十蔵は役所を出て行った。

そのすぐ後で、役宅にいる御頭が、同心の竹内を呼び、

「どうした、先刻の男は?」

「はっ。いやその、なかなかにしぶといやつでございまして」

「小野は?」

「今夜はこれまでにしておこうといい、粂を牢屋へもどし、何か急用でもございましたものか、そそくさと帰宅いたしましたが……」

「帰った？」

「はい。何やらその、表門へ手紙をとどけに来た者があるとか、門番が申してお
ります」

「急用の手紙が、小野に、な……」

「はっ」

「門番をよべ」

「心得ました」

その門番から前後の様子をきいた長谷川平蔵が、

「その、粂とか申すやつ、拷問部屋へも一度引き出せ。おれが責めてみよう」

と、いい出したものである。

そのころ……。

小野十蔵は、昌平橋北詰の〔加賀ッ原〕へあらわれている。

むかし、ここに松平加賀守の屋敷があったので、この名が残っているのだが、
数千坪におよぶ宏大《こうだい》な原は、不気味《ぶきみ》な闇にぬりつぶされていた。

「おいでなさいましたね」

原の中央へすすみ入った十蔵へ、どこからか声がかかった。

「梅吉か……」

「そこからうごいちゃあならねえ」

「出てこい」

「なあに、この面《つら》を見せねえでも、はなしはできる」

「きさま、おふじを……」

「お察しの通り、押上村から引っさらってしまいましたよ。嘘《うそ》ではねえ、行ってごらんなせえまし」

「おのれ、きさま……」

「粂を逃して下せえ。引き替えに女をおわたし申しましょうよ」

十蔵は、闇の奥ふかい一点を凝視《ぎょうし》しつつ、五体がふるえ出してきていた。

「仲間もたくさんいることだ。むだあがきはしねえことですね。それにさ、お前さまがしたことが御役所へ知れたら、どうなることか……ふ、ふふ……」

いっぽう、盗賊改方役所内《うち》では……。

拷問部屋へ、またも引き出された粂が御頭みずからの責めにかけられていた。

これを見ている与力・同心たちは顔面を硬直《こうちょく》させ、ただもう顔を見合せるばかりであった。

いつも笑顔を絶やさず、まことに人あたりのよい温和な、この新任長官を、

「若いころは大変なあばれものときいたが、すこしも、そのようなところがない」

「まるで、ねむり猫《ねこ》のような……」

などと、うわさし合っていただけに、長谷川平蔵の拷問のすさまじさに、一同、息をのんでいる。

平蔵は先《ま》ず、粂を柱へくくりつけた。せせら笑っている彼を下から見上げつつ、

「お前、だいぶんに人を殺したな、そうだろう。そういう面《つら》をしているものな」

ものやわらかに語りかけつつ、足軽を指図《さしず》し、いきなり粂の足の甲へ五寸釘《くぎ》を打ちこませたものである。

「う、ううっ……」

うめき声を発しつつ、粂は尚、口をくいしばっている。それへ、今度は百目蠟《ひゃくめろう》燭《そく》に火をつけ、その焼けただれてながれ落ちる蠟を五寸釘にそって傷口へたらしこませた。

すると、あの強情我慢をきわめた粂が、おそろしい悲鳴をあげはじめたのだ。

「こんなことで音《ね》をあげるな。きさまが今までにしてきたことにくらべれば何の

苦しみでもあるまい。だが、やめてもらいたいのなら、素直《すなお》になれ、わるいようにはせぬ、どうだ……いえ。いってしまえ、その野槌の弥平の隠《かく》れ家《が》をいってしまえよ。どうだ、らくになるぞ……いわぬか。よし、もっと蠟をたらしこめ」

平常のごとく、おだやかな口調で粂に問いかける御頭の誘導尋問《ゆうどうじんもん》の巧妙さに、一同はただもう目をみはるばかりである。

粂が、知るだけのことを白状《はくじょう》におよんだのは、それから間もなくのことであった。

「こやつめの手当をしてやれ」

命ずるや、長谷川平蔵は、ただちに盗賊改方全員のうちの半数に出動命令を下した。

そのころ……。

小野十蔵は提灯《ちょうちん》の柄《え》をくだけるばかりにつかみしめ、まっしぐらに押上村へ駈け向っている。

夜の闇の中を町々の木戸や番所を通りぬけるだけでも時間がかかり、十蔵は焦《しょう》躁《そう》の極に達していた。

加賀ッ原で、小川や梅吉はこう念を押している。

「小野さま。明日の夜までに粂を無事で解《と》きはなちにして下さらねえときは、お前さまのなすったことをすべて御役所へ告げるばかりか、おふじのいのちはねえと思いなせえよ。そしてねえ、粂を逃してくれるまでは、決してあの男を拷問責めになどかけてはいけねえ。ようございますね」

七

江戸郊外・王子《おうじ》稲荷《いなり》の裏参道にたちならぶ料理屋の中に、五年ほど前から開業をしている〔乳熊屋《ちくまや》〕というのがある。

この主人《あるじ》で清兵衛というのが、実は野槌の弥平だったのである。

翌朝、日がのぼるまでに、長谷川平蔵みずからひきいる一隊十八名が、乳熊屋のまわりをひしひしと取りかこんだ。

いずれも近くの百姓などに変装していたし、平蔵自身は荷をつんだ馬をひいて裏参道を行き、乳熊屋と道をへだてた三本杉橋のたもとまで来るや、

「それ!!」

と、合図の手を上げる。

茶屋裏の竹藪《たけやぶ》や、社《やしろ》の木立の中から飛び出した捕手が、いっせいに乳熊屋へ打ちこんだ。

このとき野槌の弥平は、小川や梅吉から粂（実は小房《こぶさ》の粂八《くめはち》という一味の盗賊）が捕えられたことを知り、

「粂のことだから、まさかに白状はしめえが……何にしても油断《ゆだん》は禁物。すぐにもここを引きはらおう」

と、女房お常にいいふくめていた。

このお常、あの死んだ助次郎の情婦だった女である。

助次郎の死をひそかに見とどけた梅吉から、愛宕山《あたごやま》下の水茶屋にいたお常のことをきき、色好みの弥平は、

「どんな女だえ？」

ちょいと見に出かけ、いっぺんに気をうばわれてしまい、ついに、お常を手に入れたものだ。

乳熊屋には、手下の賊五名ほどが料理人その他になって住みこんでいたが、あとの女中たちなどは、まったく主人の正体《しょうたい》を知らなかったという。

とにかく、疾風のように手くばりをしてしまった長谷川平蔵に、野槌の弥平は

一歩おくれをとった。

「故郷の三河へ行って来る」

と、店の者たちへいいのこし、お常ともども旅仕度へかかったところへ、捕手が打ちこんで来たのである。

「き、来やがったか……」

弥平も一味の者も大脇差《おおわきざし》をぬきはらって迎え撃ったが……。

まっ先に飛びこんだ長谷川平蔵が三尺余の鉄鞭《かなむち》をふるい、たちまち、野槌の弥平を叩き伏せてしまったものだから、おもいのほか簡単に、弥平以下七名を捕えることができた。

で、小野十蔵は……。

押上の喜右衛門方へ駈けつけてみると、おふじは小屋にいなかった。

小川や梅吉の手の者が引きさらって行ったにちがいない。

おふじは、妙見堂前の蕎麦屋からもどり、おそい夕飯の仕度にかかったが、その間、赤子のお順を、

「すこし、年よりに貸して下さいよ」

喜右衛門老人が小屋へやって来て、母屋《おもや》へ連れていってしまった。

こうしたことはたびたびだし、お順は去年に初孫《ういまご》を死なせてしまった喜右衛門夫婦のこころのなぐさめになっていたのだ。

とっぷりと暮れて、よくねむったお順を抱き、ふたたび喜右衛門が小屋へあらわれたとき、おふじはすでに消えていたという。

「ふしぎでなりませぬよ。とにかく、夜が明けたら、そっと小野さまのところへ知らせようと話していたところなので……」

喜右衛門がいうのへ、

「お順を、めんどうですが、あずかって下さい」

「そりゃ、ようございますとも」

「たのみます」

憔悴《しょうすい》しきった小野十蔵が押上村から役所へ引き返すころ、空が白みはじめた。

彼が大川橋（吾妻橋《あずまばし》）をわたるころには、皮肉にもすでに野槌一味は御頭みずからの出動によって逮捕《たいほ》されてしまっている。

十蔵は、役所へついて、すぐに御頭の捕物出役を知らされた。

（ああ……もう、おれは……ど、どうしたらいいのか……）

である。

これでは、たとえ籴を逃してやったところで、わが首領を捕えられた小川や梅吉は承知をすまい。

(女だ……おふじという女に迷ったおれの、何も彼《か》もが狂ってしまったのだ……)

死人《しびと》のような顔つきになり、おどろいている門番の眼の前を、小野十蔵は蹌踉《そうろう》として役所から出て行った。

野槌一味を連行した長谷川平蔵が役所へもどったのは、それから小半刻《こはんとき》(一時間)のちであった。

「なに、十蔵がもどったと……」

御頭は門番からきいて、すぐに竹内同心へ、

「組屋敷へ急げ。小野を連れて来い!!」

と、命じた。

長谷川平蔵の面上に、ただならぬものが浮かんでいたので、竹内孫四郎は馬を飛ばして牛込の組屋敷へ駈けつけたが、間に合わなかった。小野十蔵は、わが長屋の居室で自殺をとげていた。

妻子や下女がいることだし腹は切らず、小刀《しょうとう》の切先《きっさき》を只ひと突きに、おのが心

臓へ突き通しての自決であった。

長谷川平蔵に当てて、一通の遺書がのこされていた。

簡単に、いままでの経過をのべたあとで、

「……御役目の大事を忘れ果てし十蔵を、なにとぞ御許し下されたし」

と、むすんでい、妻や子のことへは一語もふれていなかったそうな。

妻のお磯は、さして嘆き悲しむ様子もなく、わが子のおゆみをつれて実家の亀屋へもどり、ここに御先手同心・小野家は絶えた。

小野十蔵の死後三日目の朝に、深川の仙台堀へ、おふじの水死体があがった。

おふじのくびには絞殺の後が歴然としていた。

さらに七日後。

野槌の弥平夫婦、ほか手下の五名がはりつけの刑に処せられた。

小房の粂八のみは、白状におよんだ一事があるので、処刑は一応延期のかたちをとられている。

しかし、野槌一味の小川や梅吉など相当の賊ども数名は、まだどこかに隠れている。

「おそらくは江戸をはなれているだろうよ」

と、長谷川平蔵はいった。

この事件以来、平蔵の声名は一時にあがった。

二十八歳のときに亡父の後をついでから、二の丸・書院番、同御徒頭《おかちがしら》、などを歴任してきている平蔵だが、幕府では単に、温厚篤実な旗本のひとりとして気にもとめなかったようである。

「あの、あばれ者が、ようもしずかになったものよ」

などという老旗本の声がきこえたこともあるけれども、近年はそれも消えていた。

それが、だれも厭《いや》がる盗賊改方へ就任するや否や大手柄をあげたということだ。

以後、平蔵は、およそ十年の長期にわたって盗賊追捕《ついぶ》の役目を遂行しつづける。

盗賊たちは、

「鬼の平蔵」

とか、

「鬼平」

とか、彼をよんで、恐れること非常なものがあったといわれる。

長谷川平蔵の、その後の活躍はさておいて……。

年が明けた天明八年の正月の五日。

役宅の一間で朝飯をしたためつつ、平蔵が妻女の久栄《ひさえ》に、

「あのな……」

「はい？」

「去年死んだ小野十蔵と、ほれ、かかわり合いになり、仙台堀へ浮かんだおふじという女な」

「はい」

「その女は、かの小間物屋の助次郎の子を生んだ」

「はい。そのようにうけたまわりました」

平蔵夫婦は二男二女をもうけていた。

「それで、な……」

「はい？」

「盗賊の子と知って、押上村の喜右衛門は、そのお順という子を持てあましはじめたそうだ」

「まあ……」

「おれたちが、その子を引き取ってやろうとおもう。どうだな」

「はい。おこころのままに」

「こころよく、引きうけてくれるか、そうか」

あたたかい、冬の朝の陽ざしが縁いっぱいにながれこんでいるのをながめつつ、長谷川平蔵は、つぶやくように、こういった。

「おれも妾腹《めかけばら》の上に、母親の顔も知らぬ男ゆえなあ……」

本所《ほんじょ》・桜屋敷《さくらやしき》

一

幅《はば》二十間《けん》の本所《ほんじょ》・横川にかかる法恩寺橋《ほうおんじばし》をわたりきった長谷川平蔵は、編笠《あみがさ》のふちをあげ、さすがに、ふかい感懐《かんかい》をもってあたりを見まわした。

鉛色《なまりいろ》の雲におおわれた空に、凧《たこ》が一つのぼっている。

天明八年正月の〔十四日年越し〕もすみ、小《こ》正月もすぎた或る日のことで、この朝、平蔵は次のようなことを耳にした。

去年の暮れに、平蔵が捕えて死罪にした強盗・野槌《のづち》の弥平《やへい》一味《いちみ》のうち、ついに取り逃した〔小川や梅吉《うめきち》〕らしい男を、

「本所で見かけた」

という密告があったのである。

これを告げたのは長谷川平蔵の前任者であった堀帯刀《ほりたてわき》の組下与力《くみしたよりき》・佐嶋忠介《さじまちゆうすけ》だ。密告したものは、火付盗賊改方《ひつけとうぞくあらためかた》の与力として活躍をしていたころの佐嶋の下ではたらいていた密偵《いぬ》の岩五郎《いわごろう》で、

「本所の、津軽越中《つがるえつちゆう》さま御屋敷の裏通りから南割下水《わりげすい》へかかろうという、そこのまがり角で、いきなりばったりと出っくわしたものですから、もろにその顔と顔を……ですからへえ、梅吉の人相書《にんそうがき》そっくりの顔をしっかりと見とどけました」

「それほどに似ていたか？」

「顔も似ているなら私と同様の小さい体つきまで、旦那にうけたまわった通りの男でございました」

むかしは同じ盗賊仲間ながら〔豆岩〕こと岩五郎も小川や梅吉の顔を見たことはない。

しかし、まだ牢《ろう》に入れたまま処刑をすませていない野槌一味の〔小房《こぶさ》の粂八《くめはち》〕の口からききとって描《えが》いた梅吉の人相書の出来ばえについて、

「まさに、この通りの面《つら》つきです」

柳島橋《やなぎしまばし》で梅吉を捕えそこねた同心の竹内孫四郎らが、太鼓判《たいこばん》をおしたものだ。

その人相書を脳裡《のうり》にたたみこんでいた岩五郎の眼に狂《くる》いはあるまい。

はっとしてすれちがった岩五郎が何気なく行きすぎ、ふりむいて見ると、小川や梅吉の姿は角をまがって見えない。

すぐに岩五郎は反転して後をつけた。

割下水沿いの道へ彼が出たとき、小川や梅吉は掘割りの土橋《どばし》をわたり対岸のさむらい屋敷がならぶ一角の小路へ消えようとしている。

「すぐに追ったのでございますが……ふしぎと、もう姿が見えないので、ありゃあきっと、あの辺の屋敷へでも入りこんだのではござんすまいか」

と、岩五郎は佐嶋与力に告げたそうな。

佐嶋忠介は長谷川平蔵に、

「これは、あの辺の悪御家人《わるごけにん》が小川や梅吉をかくまっている……そうとも考えられます」

幕臣が盗賊をかくまっているとしたら、それは大変なことになる。

「梅吉が大胆《だいたん》にも江戸にひそんでいる……と申しますことは、つまり、小川や梅吉め、旅へ出るにもたっぷりとした金《もの》がないということになります」

「うむ。追いつめられて荒稼《あらかせ》ぎをやりかねぬな」

「いかさま」

「佐嶋。わざわざと、よく知らせてくれた。礼をいう」

「とんでもない」

佐嶋忠介が帰った後で、平蔵が外出の仕度を命じた。普通の武家姿に編笠をかぶった平蔵は只ひとり、役宅を出た。

江戸の特別警察ともいうべき火付盗賊改方の御頭《おかしら》（長官）が、みずから市中へ出て見廻りをするというのはめずらしいことではない。前任者の堀帯刀も五日に一度は市中に出たというが、長谷川平蔵にとっては就任以来、はじめての〔市中見まわり〕であった。

平蔵の足は本所へ向った。

本所には、彼の〔青春〕がある。

亡き父・長谷川宣雄《のぶお》にしたがい、父が町奉行となった京都へおもむくまで、長谷川家は本所・三ツ目に屋敷があった。

父は、京都町奉行を一年足らずつとめたのみで病死してしまい、平蔵はすぐに江戸へもどったが、このとき、旧長谷川邸は他の旗本が移り住んでしまっていたので、目白台《めじろだい》へ新邸をいとなみ、以来ほとんど本所へは足をふみ入れてはいない。

（そうだ。もう十七年になるか……）

横川河岸・入江町の鐘楼《しょうろう》の前が、むかしの長谷川邸で、あたりの情景は、数年前の水害で水びたしになったと聞いたが少しも変ってはいない。このあたりを、ひとめぐりしてから、平蔵は横川沿いに北へすすみ法恩寺橋をわたったのである。

すでに、小川や梅吉の姿が消えたという南割下水近辺《きんぺん》を、平蔵は巡回《じゅんかい》して来ていたが、別に変ったこともなかった。

梅吉が他国へ飛ぶための金を急につくるべく、手段をえらばぬ方法で盗みばたらきをするだろうことは、平蔵にも察しがつく。

梅吉を一時も早く発見せねばならぬ、と思いつつ、平蔵の足はなにものかに吸いよせられるように入江町の旧邸から、法恩寺の方角へすすんでいたのだ。

法恩寺の左側は、横川に沿った出村町《でむらちょう》であるが、このあたりは町といっても藁《わら》ぶき屋根の民家が多く、本所が下総国《しもうさ》・葛飾《かつしか》郡であったころのおもかげを色濃くとどめている。

その一角へ、長谷川平蔵は歩み入った。

ひなびた茶店の裏道が、横川べりまでつづき、その川べりの右側に朽《く》ち果てかけた藁屋根の小さな門がある。門内の庭も、かたく戸を閉ざしたままの母屋《おもや》にも荒廃が歴然としていた。人も住んではいないらしい。

平蔵の唇《くち》から、ふかいためいきがもれた。

この百姓家を改造した道場で、若き日の平蔵は剣術をまなんだものだ。

師匠は一刀流の剣客で高杉銀平《たかすぎぎんぺい》といい、十九歳の平蔵が入門したころ、すでに五十をこえていたが、この人が亡くなったことを平蔵は京都で耳にしている。

同門の剣友・岸井左馬之助《きしいさまのすけ》が知らせてくれたからだ。

寒鴉《かんがらす》が、荒れつくした庭の柿の木にとまっていた。

平蔵は、門内へふみ入った。

庭の北面は、武家屋敷の土塀によってさえぎられてい、その土塀から、このあたりにもめずらしい数本の山桜の老樹が枯枝をつらねていた。

春。この山桜の花片《はなびら》が風に乗って、平蔵たちが汗みずくになって稽古をしている高杉道場へ、窓から吹きこんできたものである。

あたりの人びとは、この宏大な屋敷を〔出村の桜屋敷〕と、よんでいたものだ。

〔桜屋敷〕は、むかしからこのあたりの名主《なぬし》をつとめていた田坂直右衛門《なおえもん》のもので、戦乱のころ、当時の田坂家は柳島村の名主・渋井家と共に、多くの村民たちを屋敷内に収容し、離散《りさん》させなかったといわれている。

平蔵が高杉道場へ通っていたころ、十代目の当主が七十余歳の老齢で〔桜屋敷〕に暮していた。数名の奉公人と、孫娘のふさを相手に閑日《かんじつ》を送っていた田坂直右衛門老人の顔を、平蔵は一度も見たことはない。

だが、孫娘のふさとは……。

「御門人のかたがたに、これをさしあげるよう、祖父から申しつかりました」

さわやかな口上と共に、下男がうったばかりの蕎麦切《そばきり》と冷酒を下女にはこばせつつ道場へあらわれた十八歳のふさの、

「まるで、むきたての茹玉子《うでたまご》のような……」

と、高杉先生が評した……その初々《ういうい》しくも処女《おとめ》の凝脂《ぎょうし》みなぎりわたったふくよかな顔、肢体が、いまにも横川べりに沿った小道から、ここへあらわれて来そうにおもえる。

(あれから、もう二十年の月日がながれた。これは、まことのことなのか……)

茫然《ぼうぜん》と感慨《かんがい》にひたりこんでいた平蔵が、ひやりと殺気を感じたのは、このときであった。

ふり向いた平蔵の顔上へ、するどい刃風が真向《まっこう》から襲《おそ》いかかった。

飛び退《さが》る間もなかった。

むしろ平蔵はのめりこむように相手のふところへ体当りを喰わせておき、これをかわした敵へはかまわず、その、のめりこんだ姿勢のまま数間を走りつつ、大刀をぬきはらった。

「わは、ははは……」

敵が笑ったのである。背後からの二の太刀へ対応すべく、早くも腰を落して見返った平蔵が、おどろきの声をあげた。

「左馬……左馬之助ではないか」

うなずいた中年の男は、まさに剣友・岸井左馬之助で、若いころと変らぬ木綿《もめん》の筒袖に軽衫袴《かるさんばかま》をつけている。

二人は同時に、刀を鞘《さや》へおさめた。

「左馬。ここにいたのか？」

「お前の入って来るのを、あの榎《えのき》の木の下で見ていた」

「よく、ここへ？」

「十月《とつき》に一度ほどはな。近くに住んでいることだし……まだな、押上《おしあげ》村の春慶寺《しゅんけいじ》にいるのだよ」

小肥りの平蔵とくらべ、背の高い、がっしりとした体軀《たいく》の岸井左馬之助の精悍《せいかん》な風貌《ふうぼう》は、むかしと少しも変らぬ。とても平蔵と同年の四十三歳とはおもえなかった。

「さすがに本所の銕《てつ》だ」

と、左馬之助は若いころの平蔵の異名（当時は銕三郎）をよんで、

「おとろえておらぬな」

「いや、おどろいた」

「桜屋敷の、あの山桜の枯枝を、つくづくとながめてござったなあ」

「む……」

「桜屋敷には、いまは、三千石の直参《じきさん》で、田代主膳《たしろしゅぜん》というお人が住んでいる」

「そうか。人手にわたってしまったのか……」

「おふささんのことを、おぬし、まだ忘れてはおらぬようだ」

「お前さんだとて、同じらしい」

「そうさ」

と、左馬之助はわるびれもせず、

「おかげでおれは、今もって家なし妻なし、子なし金なし、さらに一剣へ托《たく》すべき夢も消え果ててしまったよ」

粉雪が、はらはらと下《お》りてきはじめている。

二人は、しばらくの間、視線を灰色の空間にむすび合せたまま、身じろぎもしなかった。

二

長谷川平蔵の生《お》いたちについて、のべておきたい。長谷川家の祖先は、むかしむかし大和国《やまとのくに》・長谷川に住し、戦国末期のころから徳川家康につかえ、徳川幕府成ってからは、将軍・旗本に列して四百石を知行《ちぎょう》した。

それより五代目の当主・伊兵衛宣安《のぶやす》の末弟が、平蔵の父・宣雄だ。

家は長兄・伊兵衛がつぎ、次兄・十太夫は永倉正武の養子となった。こうなると、末弟の宣雄だけに養子の口がかからぬ以上、長兄の世話になって生きてゆかねばならぬ。

長兄が亡くなり、その子の修理《しゅり》が当主となってからも、宣雄はこの甥《おい》の厄介《やっかい》ものであった。

宣雄が、下女のお園《その》に手を出し、お園の腹にやどったのが、すなわち平蔵である。

宣雄は生来、謹直な人物で、病弱の甥の修理がちからとたのんでいたほどであったけれども、三十に近くなって妻も迎えられぬ身であったから、ついつい下女に手を出したとしてもむりはない。

下女のお園は巣鴨《すがも》村の百姓・仙右衛門《せんえもん》の次女だ。百姓といっても、かなりの裕福《ゆうふく》な家で、行儀見ならいがてらの奉公であったが、

「こうなっては仕方もあるまい。わしは、お園と共に巣鴨へ移る」

宣雄は、仙右衛門の口ぞえもあり、お園の実家で、のんびりと暮すことにした。

ここで、平蔵が生まれた。

ところが、それから二年目に、修理の病患《びょうかん》ただならぬことになり、子がないため、妹の波津《はつ》を急ぎ養女にしたものである。

修理は気息奄々《きそくえんえん》たるうちに、

「波津に、叔父上を……」

いいのこして亡くなった。

こういうわけで、宣雄は、わが姪《めい》にあたる波津と結婚し、長谷川家をつぐことになったのであるが、落胆《らくたん》をしたのはお園で、これも病身だったためもあったの

2022.03.19

か、宣雄が本所の屋敷へ帰って間もなく、急激に衰弱《すいじゃく》をして世を去った。

だが宣雄としても、長年の厄介をかけた本家が後つぎなしのため、武家のならいとして取りつぶされてしまうのを、見すごしているわけにはゆかなかったのは当然であったろう。

「では、銕三郎（平蔵）も一緒に」

いい出すと、妻の波津が頑《がん》として承知をせぬ。

実の叔父を夫にした波津は二十七歳になるまで縁談の口が一つもかからなかったという女性だけに、気性も強く屈折《くっせつ》しており、後年、宣雄が平蔵に、

「まるで良薬（苦い）をのむおもいで、本所へ帰ったものよ」

苦笑しつつ、もらしたことがある。

波津は、わが腹から後つぎの男子を生むつもりであった。

しかし、波津の奮闘努力は、いたずらに宣雄の顰蹙《ひんしゅく》を買うことになったし、かろうじて三年後に女子ひとりを生んだにすぎない。

こういうわけで平蔵は、十七歳の夏まで、巣鴨村の祖父の家に暮しつづけた。

平蔵が幼《おさな》いころ、年に一度ほど、父の宣雄が編笠に顔をかくし、中間《ちゅうげん》の九五郎《きゅうごろう》に玩具《てあそび》やら菓子やらをいっぱい持たせ、満面を笑《え》みくずしつつ仙右衛門宅へあら

われたものだ。

とにかく、温厚な父だけに、妻の怒りが家をみだすことをおそれて、平蔵をよぼうとはしなかったのだが、宝暦《ほうれき》十二年となって、親類たちの協力をたのみ、妻女を説《と》きふせて平蔵を本所の屋敷へ迎えることを得たのである。

波津も四十をこえてい、

(もう生まれぬ)

と、あきらめたものであろうか。

本所へ来てからの平蔵は、一通りの文武の道を教えこまれたが、十九歳の春に、出村町の高杉道場へ入門したわけだ。

この間……。

義母の波津は、平蔵をいじめぬくことなみなみでなかった。

何かにつけて、

「妾腹《めかけばら》の子」

だといいたてる。食事も奉公人同様の〔あつかい〕で、冷たく、さも憎さげに自分をにらみすえていた義母の眼《まな》ざしを、平蔵は終日、感じながら暮さねばならなかった。

巣鴨村の祖父のところで、自由奔放《ほんぽう》に育った平蔵だけに、おとなしくしていなかった。

本所から深川へかけての盛り場や悪所《あくしょ》をうろつきまわり、無頼どもとまじわって酒ものむし、女の味もおぼえるというさわぎ。すばしこい腕力にものをいわせ、いかがわしい無頼漢を押えこんで頭分《かしらぶん》におさまり、彼らをして「本所の鬼」とか「入江町の銕さん」とか、うわさをされるようになってしまった。

たしか二十歳《はたち》の正月であった。

夜あそびから門をのりこえて帰邸した平蔵を叱りつけた義母を、

「うるせえ!!」

何と平蔵が、酔いにまかせてなぐりつけてしまったことがある。

これで義母が、おさまる筈はない。

「妾腹の子なぞより、親類の子を後つぎに!!」

猛然として運動をはじめた。

別の叔父の子・永倉亀三郎を養子に迎えようというのである。

「勝手にしやがれ」

こうなると、平蔵は屋敷へ寄りつかず、白粉《おしろい》くさい深川の岡場所（私娼のいる遊里）の女たちのところや、無頼仲間のねぐらを泊り歩いて、中に入った父を困らせたものだ。

金には困らぬ。無頼どもが悪事をして得たものを平蔵がまき上げてしまう。

そのかわりには彼らを助けての暴力沙汰も絶《た》え間《ま》がなかった。

親類どもも、さわぎはじめた。

平蔵の非行《ひこう》が公儀《おかみ》へ知れたら、大変なことになる。

「勘当《かんどう》してしまえ」

という声も高まりはじめる。

この中で、温和な父・宣雄は、ぬらりくらりといいわけをしながら、一歩も退《ひ》かなかった。妻には頭が上らぬようでいて、父は西の丸・書院番をふり出しに、諸役を歴任して、役目上のはたらきぶりはなかなかに立派なものであったそうだ。

こうした中で、平蔵は高杉道場の稽古だけは休まなかった。

世間への反抗《はんこう》と鬱憤《うっぷん》は、猛烈な稽古によって発散される。彼の剣術がめきめきと進歩を見せたのも、このころであった。

門人の数もすくない高杉道場なのだが、平蔵とはよく気が合い、手練《しゅれん》も伯仲《はくちゅう》していたのが岸井左馬之助である。二人は同時に、高杉先生から目録《もくろく》をさずけられたし、酒色の場所にも肩をならべて出入りするようになった。

左馬之助は、師の高杉銀平と同じ下総・佐倉に近い郷士《ごうし》の家の出で、仕送りもかなりあったらしく、そのころから押上の春慶寺に寄宿していた。

娼婦の荒《すさ》んだ肌の香なら、いいやというほど嗅《か》ぎつくした平蔵と左馬之助なのだが、

「桜屋敷のおふささんがあらわれると、銕《てつ》も左馬《さま》も、顔へ真赤に血をのぼらせ、あの面《つら》がまえでおくめんもなくはにかむところなぞは、どうだえ」

高杉先生が、中年の門人・谷五郎七へそういっては、さもおかしげに笑っていたものだ。

そのころから、二十余年を経ている。

四十三歳になった長谷川平蔵と岸井左馬之助の再会は、荒れ果てた高杉道場の庭で終ったのではない。

あれから二人は、法恩寺門前の〔ひしや〕という茶店へ入り、湯豆腐《ゆどうふ》で熱い酒を、久しぶりでくみかわしている。

客は二人だけであった。

雪はやまなかった。

「下総の高杉先生のお墓へも詣《まい》らねばならないのだが……京都から帰ってこの方、ずっと御役目つづきで……」

「らしいな。いやはや、本所の銕も変ったものだ」

「とにかく会えて、よかった」

「おれも、そう思うわさ。ときに、な……」

いいさして、岸井左馬之助が顔をさしよせ、ささやくように、

「銕さん。桜屋敷のおふささん、な……いま、本所にいるぞ」

「何だと？」

「服部角之助《はっとりかくのすけ》という、百俵どりの御家人《ごけにん》の御新造《ごしんぞう》だよ。うわさにきいたのだがな」

「まさか……」

平蔵は、唖然《あぜん》とした。

三

人気《ひとけ》もなく、雪にふりこめられた茶店の中で、大小をたばさむ中年男が、二十

年も前に若い血を燃やした女のことを、眼の色かえて語り合っている態《さま》は、やはり男生得《しょうとく》の性《さが》というべきものなのか……。

「手を出すなよ、おふささんに……」

と、かつての平蔵は左馬之助にいい、左馬もまた、

「お前こそ、な」

「出したら、斬る」

「おれもだ」

血走った眼と眼をひたと合せて、誓《ちか》い合ったものである。

二人とも、若い性欲を散ずるためには別に困ることはない。男のあぶらがこってりと腰や胸にのった商売女たちへは、遠慮会釈《えしゃく》もない腕をさしのべる二人であったけれども、白桃《はくとう》の実《み》のようなおふさに対しては女性《にょしょう》への憧憬《しょうけい》のすべてがふくまれてい、その折のわが胸底《きょうてい》に秘められた万感の、純なるものあればこそ、平蔵も左馬之助も、おふさを忘れきることができないのである。

おふさが、日本橋・本町《ほんちょう》の呉服問屋で近江《おうみ》屋清兵衛方へ嫁入ることを二人がきいたのは、明和四年の春のことであった。

〔桜屋敷〕の隠居は、一人息子夫婦が相次いで若死をしてから、のこされた孫娘

のおふさの成長をたのしみに暮していたらしいが、そこにはまた、いろいろな事情もあったようだ。

元禄以来、膨張《ぼうちょう》をつづける江戸という大都市のかたちをととのえるため、幕府は真先《まつさき》に本所と深川一帯へ目をつけた。

むかしの大名主たちも、これにしたがう百姓と田地を他へうつされ、旧来の土地がどしどしと幕府の手によって都市の中へくりこまれるため、いまは昔日《せきじつ》のちからを失《うしな》いつつある。

加えて〔桜屋敷〕の当主は、代々、金品を惜しむことなく、世のため人のためにつくすというのが家訓《かくん》であったそうだ。

数えきれぬ天災の被害《ひがい》には、率先《そっせん》して救済《きゅうさい》にあたったらしい。

で……。

可愛い孫娘を、豪商・近江屋へ嫁入らせたのも、隠居のふかい考えがあったからで、

「わしはもう、おふささえ、幸福《しあわせ》になってくれたなら……家名も何も、田坂の家はわしかぎりで絶えてしもうてもかまいませぬでな」

おふさの嫁入りについて、祝いをのべに桜屋敷へおもむいた高杉銀平先生に、

隠居がそう洩《も》らしたと、きいている。

その日……。横川に浮かべた数艘《そう》の舟へ、花嫁と立派な嫁入り仕度をのせ、これがゆったりと水面をすべって行くのを、平蔵と左馬之助は、道場の門外に立ち、青ざめた顔で見送った。

「いいさ、おふささんが、しあわせになるのなら……」

「うむ……」

この年、平蔵の義母・波津が病死をした。

これで平蔵が家をつぐことが本ぎまりとなり、翌明和五年十二月五日に、平蔵は、はじめて江戸城へ出て、十代将軍、家治《いえはる》に拝謁《はいえつ》したのである。

おふさが嫁入ってからの平蔵は、まるで瘧《おこり》がおちたように無頼仲間からも遠ざかり、どちらかといえば無口な若者に変貌《へんぼう》していったものだし、これは左馬之助にしても同様であったといえよう。

おふさは、いまも近江屋の内儀《ないぎ》として健在にちがいないと、平蔵はおもいこんでいた。

「近江屋から出されたといううわさ、さなのだが……」

と、岸井左馬之助は茶店を出るときに、いった。

「どうして?」

「知らん。おれは、おふささんの顔を見たこともないしな」

雪はやみ、厚い雲の層の隙間に一刷毛《ひとはけ》、夕焼けの色が見えた。

長谷川平蔵は、左馬之助との再会を約し、帰途についた。

(どうせ、帰り道だ)

と、自分に理屈《りくつ》をつけ、平蔵は左馬之助からきいた服部角之助の家を見ておくつもりになった。

(そこに、おふささんが住んでいるのだ……)

法恩寺橋をわたり西へすすみながら、

(このあたりらしい)

おもいつつ、いつの間にか南割下水に出ていた。

先刻、このあたりを巡回して来ていた平蔵である。

向うに、津軽侯・屋敷の大屋根が見えた。

(岩五郎とやらが、小川や梅吉を見うしなったのも、ここあたりというのだが……)

何気なく、あたりを見まわしたとき、うすく雪がつもった道の一角から、にじみ出すように人影が一つ浮いて出た。

編笠のうちから、こっちへ近づいて来るその五十男の顔を見とどけ、平蔵はにやりとした。

（やはり、あいつだ）

本所へ来て、岸井左馬之助に出会ったのも偶然《ぐうぜん》なら、こやつに出会うのも二十何年ぶりのことであった。

こやつ、相模《さがみ》無宿《むしゅく》の彦十《ひこじゅう》という男で、本所《ところ》の松井町一帯の岡場所に巣喰っていた香具師《やし》あがりの無頼者で、むろん平蔵よりは年長なのだが、

「入江町の鉄さんのためなら、いのちもいらねえ」

などと、いいふらし、若い平蔵を取り巻いていたやつどもの一人であったのだ。

彦十は、いま、たたずんでいる男を武士と気づき、頭を下げてすりぬけようとした。

「おい、彦や」

長谷川平蔵が笠をとって声をかけるや、

「あっ……」

彦十は素袷《すあわせ》一枚の尻端折《はしょ》りという見すぼらしいやせこけた躰をがたがたふるわ

せ、

「て、て、銕さんじゃ、ごぜえやせんかえ？」

「おう。よく見おぼえていてくれたな」

「ほ、ほんとかね。ほんとかね」

すがりつかんばかりの彦十、めっきり老《お》いていた。

「……それにしても旦那、立派におなりなすったねえ」

「相変らず、むだ飯食いさ」

「京へ、おいでになったとか、きいておりやしたが……へえ、お帰りに。さようで……おなつかしいなあ、まったく……」

彦十は、まさか〔本所の銕〕が火付盗賊改方の頭領《とうりょう》さまになっているとは気がつかない。

二ツ目橋の〔五鉄《ごてつ》〕という軍鶏《しゃも》なべ屋へ入って熱い酒をのませると、平蔵が何を問うたわけでもないのに、油紙へ火がついたように、ぺらぺらとしゃべりはじめた。

「いえね、いま旦那に出っくわしたとき、わっしはね、ついあの近くの服部という御家人のところから出て来たとこなんで……」

「はっとり……」

俄然《がぜん》、平蔵の胸がさわぐ。

「へい。ま、このあたりの御家人といやあ、旦那も御承知の無頼《やくざ》な連中ばかりで……へい、服部……角之助というんですがね。ま、わっしのようなやつが出入りをしているんですから、人がらもおおかた知れようというもんで、へい。浪人くずれのすごいのも出入りしてましてね。それでね、毎日そっと賭場《とば》がたつので……」

「ふうむ……」

「で、今日もね。少しばかりその銭《ぜに》が入ったもんで、出かけたところが、追い返されました。へい、もうお前なぞは寄せつけねえから、そのつもりでいろとか何とか、角之助がどなりつけやがってね。もう向《む》かっ腹《ぱら》で出て来たところを、ばったり旦那に……へい、へい。ちょうだいします。うれしいのでごぜえやすよ、わっしは……銕さんに、こうしてむかしのまんまに御馳走になろうなんて……いまの今、たった今まで、わっしは思ってもみなかったので……」

泪《なみだ》と鼻水とが一緒になって、彦十のしわだらけの顔をぬらしている。平蔵は酒をすすめつつ、つとめて感情を押え、

「その服部なんとやらいう御家人は、独身《ひとりみ》かえ？」

「とんでもねえ。おりやすよ御新造が……いやはや、これがまた大変な女で……ばくちはうつ、酒はのむ」

「彦や。のめ。もっと、遠慮せずにのめ」

四

それから四日後の夕暮れに……。

相模無宿の彦十が、長谷川平蔵の役宅へおずおずとあらわれたものだ。平蔵から指示《しじ》されたように、びくびくもので彦十が名乗るや、門番が、すぐに平蔵へ通じてくれた。

「来たか、ここへ通せ」

平蔵が居間でいうのへ、同心・竹内孫四郎が「よろしいのでございますか？」と念を入れた上で、彦十を案内して来た。

平蔵からもらった金で、彦十は小ざっぱりと身なりもととのえ、少しはうまいものでも食べたと見え、血色もよかった。

あの夜。別れぎわに、平蔵は現在のわが役目のことを彦十にうちあけ、彼をおどろかせたが、

「むかしなじみにもどり、ひとつ、おいらの手助けをしてはくれめえか？」

平蔵が、むかし彼らと交際《つきあい》をしていたときのままの伝法《でんぽう》な口調でたのむや、彦十め、たちまちに双眸《りょうめ》をかがやかせ、

「へい、へい。なんでもやります。なんでもへい、お申しつけ下せえまし。入江町の銕さんのおためなら、こんなひからびたいのちなんぞ、いつ捨てても惜しかあねえ」

で、平蔵は、ふところにあった〔小川や梅吉〕の人相書を彦十にわたし、

「よもやとはおもうが……お前が出て来た服部角之助とやらいう男の家のあたりで消えてしまったという。その服部家に、お前のいうような無頼どもが群れあつまるというのじゃあ、すてておけめえ。どうだ、ひとつ、さぐって見てくれ」

と、たのんだのである。

おふさのことは一言も洩らさなかった平蔵であるが、

「うまくやれよ。それにな、決して他《ほか》へもらしてはいけねえぜ」

吹けば飛ぶような無頼ではあるけれども、五十をこえた彦十だけに、ばかな

失敗《しくじり》もすまいと考えてのことであったが、

「旦那。いましたよ、いましたよ」

居間へ入って二人きりになると、彦十はひざをすすめ、

「やっと今日ばくちをしに来たといってね、服部のところへ思いきってのりこんでみました。いつものように浪人くずれが五、六人。何かこう、庭の向うの奥の部屋で、顔をよせ合ってね、こそこそ話しこんでおりましたっけが……その中に、たしかに人相書そっくりの小男が、ちらりと……」

「いたか」

「へえ、へい。見まちがいはございませんよ。わっしが、ずかずかとあがりこんでいったものだから、やつら、びっくりしやがってね。いきなり襟髪《えりがみ》をつかまれて、おもてへ放《ほう》り出されてしまいました。畜生め、ひとを泥棒猫かなんかのように……」

「いや、御苦労、御苦労」

彦十は、また平蔵から〔小づかい〕をもらい、胸を張って帰って行った。

平蔵は沈思《ちんし》した。

すでに、近江屋方へ嫁《とつ》いでからのおふさの経緯《ゆくたて》については、あらましのことを

耳にしている平蔵であった。

あれから……。

平蔵は、以前から盗賊改方の〔御用〕をもつとめている日本橋・鉄砲町に住む御用聞きの文治郎《ぶんじろう》をよび、ひそかに、近江屋について問いかけてみると、近江屋から程近いところに住む文治郎だけに、あらためて〔さぐり〕を入れてもらうこともなく、文治郎は、おふさのことについても知っていた。

おふさは、近江屋清兵衛の妻になってから、幸福に暮していたらしい。嫁いで間もなく、清兵衛は近江屋の当主となったし、すぐに、おふさは懐妊《かいにん》をしたが、これが死産となった。

それから数日後のことだが、近江屋清兵衛は同業の会合があって万町《よろずちょう》の八百半《やおはん》という料亭へおもむく途中、暴《あば》れ馬に蹴られ、これがもとで一カ月ほどしてから急死をしてしまったそうな。

「そりゃあもう、お気の毒なもので……」

御用聞きの文治郎は、いまいましげに、

「大店《おおだな》の内幕というものは汚《きた》ないものでございましてね。さあ、後《あと》とりはだれにするというので、これがずいぶんと長い間、もめにもめましたが、結句《けっく》、亡くなった旦那の次の弟さんが後をつぎました。これが、いまの近江屋清兵衛さんで」

この清兵衛が、義姉にあたるおふさを、とうとう追い出してしまったのだという。

「そのころはもう、本所の桜屋敷とかいうのにおいでになった御隠居もお亡くなりになっていたとかで、その屋敷も、近江屋が御公儀すじへ売りはらってしまったといいます。ま、いくらかの金をわたして、追いはらわれたわけで……その先代のお内儀さんは、なんでもいま、本所辺の……」

「よし、わかった。それだけきけば、じゅうぶん」

御家人の服部角之助が、どうしておふさをわがものにしたのか……およその察しはつく。

婚家を追い出されたときのおふさは、いくらかの手切れ金を持っていた筈だ。

おそらくは自暴自棄《じぼうじき》となり、祖父も〔桜屋敷〕も失った彼女は、その金をもとに本所界隈《かいわい》をうろついていたにちがいない。

それでなくては服部のような悪《わる》御家人と知り合うこともあるまい。

平蔵は〔本所〕という土地を、熟知《じゅくち》している。

田園の風趣《ふうしゅ》と、新開地の猥雑《わいざつ》さが入りまじり、本所に住む御家人といえば、幕臣の中でもごく軽い身分の上に役目もなく、将軍おひざもとの江戸でも〔川向う〕とよばれる土地に住む気楽さから、悪事に首を突込むことなど平気な連中が多い。

老熟の御用聞きが帰ってからも、長谷川平蔵は居間の机の前をうごかなかった。夕闇が濃くなり、妻女の久栄《ひさえ》が、しずかに灯を入れた行灯《あんどん》をはこんで来たのへ、平蔵が、

「お順《じゅん》、いくらか馴れたようか?」

「はい。日に日に……顔色もあかるくなってまいるようで」

「そりゃあ、よかった」

あの自殺をとげた同心・小野十蔵の恋女で、しかも盗賊・助次郎の子のお順を生んだおふじを殺害して、深川の仙台堀へ投げこんだのも〔小川や梅吉〕にちがいない、と平蔵はにらんでいた。

そのお順……。

役宅内の長屋に住む同心・酒井《さかい》祐助《ゆうすけ》の妻から〔もらい乳〕をし、平蔵夫婦が育てている。

赤子ながら、お順は元気になってきたと妻からきき、

「いっそ、おれたちの子にしてしまうか……」

夕飯の膳につきながら、平蔵がいった。

「はい。けっこうでございますよ」

と、こたえる妻女の久栄は、旗本・大橋与惣兵衛《よそべえ》のむすめで、平蔵と夫婦になってから二男二女を生んでいた。

五

その翌々夜。またも相模の彦十が役宅へ駈けこんで来た。

「大変……大変なんでごぜえますよ」

「どうした?」

「以前に、わっしが、だいぶんに面倒《めんどう》を見てやった若い男で、蓑虫《みのむし》の久《きゅう》という野《の》郎がごぜえやす」

「何だ、そやつは……」

「へ。こそ泥なんで……その久がね。つい先刻《さっき》、小梅のわっしのねぐらへやって来まして、こ、こんなことをいい出しゃあがったもので……」

蓑虫の久なるやつは、彦十とはこころをゆるした無頼仲間で、いつも連れ立ち、諸方を歩いている。だから御家人・服部角之助の〔ばくち場〕にもなじみの男であった。

その久が、彦十に、こういった。

「ちょいとした大仕事にさそわれたぜ、爺《と》っつぁん。お前も一枚くわえてもらおうとおもい、口をきいてみたがいけねえ。年をとりすぎているとさ」

「何をぬかしゃあがる、こう見えても、おれはな……ま、いいや。で、どんな仕事なのだよ、おい」

「本町の呉服問屋で近江屋という大店《おおだな》へ押しこもうてえのだ」

「へへえ、そいつは……で、どこから口がかかった」

「いまな、割下水の服部の家《ところ》へよばれて、一枚のらねえかと、こういわれた」

「あの悪御家人、とうとう盗人《ぬすっと》をやろうというのかい」

「なに、表向きは出て行くわけじゃあねえが、服部の旦那が糸をひいているらしい。あそこへあつまっている浪人くずれが七人。それにな爺っつぁん、いままで見たこともねえ、小さな体つきの四十がらみの、ちょいと渋いがいなっこいやつがいてな」

小川や梅吉に相違ないとにらみ、彦十は、たくみに久公のはなしを引き出した。

それによると……。

近江屋の内外の、くわしい絵図面が出来上っていて、これをかこみ、浪人くずれと〔梅吉〕らしい男が手筈をととのえているらしい。しかも〔急ぎ盗《ばたらき》〕と見え、数日中に押しこもうというのだ。

こういうのは真の強盗というもので、情容赦《なさけようしゃ》もなく、邪魔するものは皆殺しにして金品をうばいとるというのである。

(まさに、小川や梅吉にちがいない)

しかも、服部の妻となっているおふさが、むかしは内儀としておさまっていた近江屋へ押しこもうという……。

(なんかある。おふささんも一枚かんでいるな)

平蔵としても、そうおもわざるを得ない。

小川や梅吉も、高飛びの金を得るために少々あせっているらしい。

それでなければ、蓑虫の久のような〔こそ泥〕を仲間に入れるわけがないのだ。

平蔵たちの追及がきびしいので、梅吉は、一時も早く他国へ逃れ、盗賊としての再起をはかるつもりなのであろう。

「で、その久とやらはどうした？」

「酒をのませておき、なぐりつけて気絶をさせ、猿ぐつわを嚙ませておいて、可哀相《わいそう》だが、しばりあげ戸棚の中へほうりこんでありますんで……ね、旦那。わっしが、ここまで思いきってしたことだ。久のやつにはお目こぼしをねがいます。この通りでごぜえますよ」

「わかっているとも」

彦十に竹内同心ほか小者二名をつけて先発させるや、長谷川平蔵は盗賊改方二十余名に出動命令を下した。

月がなく、妙になまあたたかい一月下旬の夜である。

一行が、本所・南割下水の服部の家を音もなく取り巻いたのが四ツ半（午後十一時）であった。旗本の小出屋敷の西側の土塀に立った長谷川平蔵の前へ、相模の彦十が蓑虫の久をともない、竹内同心らにまもられてあらわれた。

「久よ。お前がことはとがめぬから安心しろ。それよりも、そんなにふるえていては怪《あや》しまれる。それ、こいつをひっかけて行け」

竹の水筒につめた用意の冷酒をあたえると、久は、これを一気にあおりつけ、

「や、やっつけやしょう」

と、いった。

平蔵は、久を先に立て、腕利きの捕手《とりて》数名をしたがえ、闇をかきわけるように、するすると服部家の門前へ押しつめて行った。

「久。さ、やれ。少しも恐ろしいことはないのだぞ」

うなずいた久が、服部の小さな門をたたきはじめた。

「だれでい？」

服部家に雇《やと》われている渡り中間《ちゆうげん》の、これも柄《がら》のよくなさそうなやつの声がして、門の向うへ足音が近寄り、

「うるせえな。何をがんがん叩きゃあがるのだ。しずかにしろえ」

「へ、へい。わっしはその、久でござんす」

「何だ、久公か。どうしたお前、夕方に顔を見せる筈だといって、旦那がえらく心配していなすったぜ」

「どうもすみません。みなさん、おやすみで？」

「うんにゃ、まだ起きていなさる。いま開けるからな」

潜《くぐ》り門が、ひそかに内側から開いた。

蓑虫の久にかわって、背をまるめた長谷川平蔵が矢のごとく中へ飛びこみ、拳《こぶし》

を突き出した。

「ぐ、ぐう……」

平蔵の拳に脾腹《ひばら》を撃《う》たれた中間が低くうめいて倒れ伏した。

しずかに、あくまでもしずかに門内へ入りこむ捕手たち。

久は彦十と共に後もふり向かずどこかへ駈け去ってしまう。

平蔵は、長さ一尺五寸、木柄《きづか》に鍔《つば》がついた六角の十手《じって》をつかみ、玄関前から、台所へかけて三名の捕手をのこし、みずからは竹内孫四郎ら三名の同心をしたがえ、庭へ通ずる木戸口から入った。

「なんだ、これ……だれが来たのだ？」

「久が来たのか？」

などという声が、玄関へ近づいて来る。

「それ!!」

庭へまわった平蔵が声をかけるや、竹内同心が持参の大槌《かけや》で、いきなり、雨戸を叩き破った。屋内のやつどもが逃げる間もなく、行灯を吹き消す間もなかった。

躍りこんだ長谷川平蔵が、縁側から奥の間へふみこむと、

「だれだ!!」

「野郎!!」

「な、何をしに、こいつ……」

いっせいに立った数人の男たちの向うに、平蔵は人相書そのものの〔小川や梅吉〕を見た。

さすがに梅吉は、泳ぐように次の間へ……すばやく逃走路を見つけようとかかる。

それへ、平蔵は一尺五寸の十手を思いきって投げつけたものだ。

がっつん……。

すごい音がした。

飛んで来た鉄の十手に頭部《あたま》を打撃され、小川や梅吉は、のけぞるように転倒した。

怒声と悲鳴がわきおこった。

竹内同心が気絶をした梅吉へ躍りかかるのを横眼に入れつつ、

「こやつどもを生かしておいてはためにならぬ。刃向う者は斬れ!!」

と、平蔵は抜き打ちに浪人くずれ二人を、水もたまらず斬って捨てたものである。

このあたりが火付盗賊改方の荒々しいやり口《くち》であって、

「応《おう》!!」

こたえた同心たちも、いっせいにぬきはらい、斬ってまわる。

百俵どりの住居だし、せまい屋内に入りみだれて斬り合う、すさまじい響音の中で、平蔵はちらりと、奥の寝間らしいところから飛び出し、裏口へ逃げた中年女を見た。

(どうせ、逃げられまい)

おもいつつ、また一人、庭先へころげ出ようとする浪人くずれのくびすじへ、平蔵は峯《みね》打《う》ちの一刀をあびせた。

なんとか表へ逃げたやつどもも、役所の高張提灯《たかはりぢようちん》をかかげて、ひしひしと取りかこむ捕手の手にかかり、一名の逃亡者もゆるすことなく一網打尽《いちもうだじん》。

盗賊改方には一名の死傷者もなく、浪人くずれ四名が斬死。むろん、服部角之助夫婦も捕縛《ほばく》されてしまった。

六

長谷川平蔵は、役所内の牢屋《ろうや》へ押しこめたやつどものうち、おふさ一名のみをわざと残し、あとの者を、みずから取り調べた。

小川や梅吉は、

「旦那は、おそろしい御方でございますねえ」

まんざら皮肉《ひにく》でもなく、そういったまま、あとはもう万事をあきらめた様子であった。

「どうも浪人くずれの気がきかねえ野郎どもばかりだもので、それで仕方もなく、蓑虫の久をさそいこんだのが運のつきというやつで」

「すぐに江戸を売ったらよかったのにな」

「なあに……私は旦那、ふところの金《もの》を気にして旅をするなぞは大きらいでしてね」

「小川や梅吉ともあろうやつが、あせりすぎたな。ときに……どこから本町の近江屋へ目をつけた？」

「旦那のお目をのがれて、ま、その日暮しのものを稼ぐつもりでね、以前に二、三度あそびに行ったことがある服部角之助の賭場へころげこむうち、ひょいとね……」

「いってしまえ」

「旦那。あの服部の御新造は、むかし近江屋の先代の内儀だったのでしてね。おどろくじゃあございませんか。私と気が合い、酒ものみ合ううち、ついつい、その……私と出来てしまいましてね」

「あの、おふさ……と、お前がか……」

「左様で……もう、そろそろ四十の坂へかかろうというのに、あの御新造ときたら、見かけによらず、まだ汁気《しるけ》も残っておりましてね」

にやりともせず、小川や梅吉はこんなことをいい出した。

平蔵は、だまっている。

「そうなると、いつの間にか肝胆相照《かんたんあいて》らすというやつ……で、相談がまとまりました。御新造がね、近江屋へ押しこめと、すすめたものですよ」

気障《きざわ》りをきわめた、歯の浮くような梅吉のことばなのだが、能面《のうめん》のように無表情なこの小男の口からこれがもれると、一種異様な不気味《ぶきみ》さがただようのである。

（こうしたやつこそ、どのような残忍《ざんにん》な所業《しわざ》も平気でおこなうものだ）

しゃべりつづける小川や梅吉を凝視《ぎょうし》しながら、平蔵は、梅吉の口述《こうじゅつ》を書きとっている竹内孫四郎へ、

「ぬかりなく記《しる》しておけよ」

と、いった。

次に、服部角之助。

これは、ぶくぶくに肥った中年男で、酒とばくちに青ぐろく腫《む》んだ顔つきにはまったく生色《せいしょく》がなく、ただもうひれ伏して、

「なにとぞ……なにとぞ、一命のみはお助け下さるよう」

と、くり返すのみであった。

他の浪人くずれや、服部家の中間、下女などの取調べもすみ、三日ほどを経た或る日に、おふさの取調べがおこなわれた。

取調べに当ったものは、与力《よりき》の村松忠之進である。

この日の朝。

平蔵の迎えをうけた剣友・岸井左馬之助が役宅へあらわれた。

すべてをきいた左馬之助は、

「ほかに手段《てだて》はなかったのか？」

と、いう。

「おふささんを逃がしてやれなかったか、ということか？……あの場合、それは出来なかったよ」

「銕《てつ》さんは、意外に冷たい男だ」

「なんとでもいうさ」

「しかし……おどろいたよ。あの、おふささんがなあ……」

「おれは取調べぬ。村松という与力にまかせた。ちょっと、様子を見るかね？」

「いやだ。おれはいやだよ」

だが、いざとなると左馬之助は狭《せま》い白洲《しらす》が見える詮議場《せんぎば》の横手の小部屋へ入って来た。

「ここへ来いよ」

先に来ていた平蔵がいい、二人は障子のすき間から白洲をながめた。

おふさが、白洲へ引き出されている。

二月はじめの、どこともなく青めいた陽《ひ》ざしがみちわたる白洲に、おふさは悪びれもせずにすわっていた。

むすめのころは、色白の、ふくよかな顔かたちであったものが、見ちがえるほど痩《や》せており、両眼はするどく光っていた。かつては、むっちりとふくらみを見せていた唇《くちびる》が嘘のように乾《かわ》いて、うすく引きむすばれている。

「あれが……？」

おふささんか、と、岸井左馬之助は顔面蒼白。わなわなと袴をつかんだ手がふるえはじめた。

平蔵が調べた小川や梅吉の証言をもとにして、村松与力はぴしぴしと調べをすすめた。

「私は、近江屋にうらみがございます。それゆえに梅吉をそそのかせ、近江屋夫婦を殺害させるつもりでございました。盗み金よりも、そのことのほうが、私には大事なことでございました」

むしろ、はきはきと、おふさはこたえる。

「近江屋に、なんのうらみがあったのか。いえ、申せ」

「申しても詮《せん》ないことながら、では、申しあげます」

おふさの申したては、先に、鉄砲町の御用聞きから平蔵がきいた通りのものであった。

「小川や梅吉と情《じょう》をかわしたことを、服部角之助は知らなんだのか？」

「知るも知らぬも……」

と、おふさは、見ていて寒気《さむけ》だつような冷笑をうかべ、

「いまの角之助は男ではございませぬ。女房のいらぬ人でございます。角之助がせめて、あたりまえの男でございましたなら……」

いいさして、おふさは何ものか、はげしく胸へつきあげてくるものに耐《た》えていたようだったが、やがてそれまでの冷然たる口調にもどり、

「いまの角之助が、おのれの女房を抱ける手がございましたなら、私も、ここまでは落ちこみませぬでしたろうに……」

おふさが白洲から引き立てられるときに、平蔵と左馬之助は、たまりかねて詮議場へ出て行った。

白洲に立ったおふさは、詮議場へ、急にあらわれた二人の男に気づいて、これを見まもったが、彼女の表情はみじんもうごかない。

まったく、おふさは、平蔵も左馬之助も忘れきってしまっていたのだ。

牢屋へ去るおふさを見送りつつ、平蔵が、左馬之助へささやいた。

「女という生きものには、過去《むかし》もなく、将来《ゆくすえ》もなく、ただ一つ、現在《いま》のわ

が身あるのみ……ということを、おれたちは忘れていたようだな」

「む……」

うなずいた左馬之助の両眼からは、ふつふつとして泪《なみだ》がわきこぼれているではないか。

平蔵は愕然《がくぜん》とした。

これは、おふさの変貌を知ったときのおどろきよりも、もっと強烈で、もっと深い感動をともなったものであった。

(そうか……これほどまでに左馬は、おふささんを思いつめていたのか……)

である。

二十余年前。

桜屋敷の隠居からの冷酒と蕎麦切を女中にはこばせ、高杉道場へあらわれたときのおふさにとって、平蔵や左馬之助は他の門人たちと同様、さして関心がなかった存在であったのだろう。ことばをかわしたといっても、それは時候のあいさつぐらいなものであったにすぎない。

そのおふさを、

(左馬は、こうまでおもいつめていたのか)

なのである。

先月、雪の茶店で、左馬之助が、

「おかげでおれは、妻子もなく、金もなく、一剣に托《たく》すべき夢も消え果てた」

つぶやいたそのことばを、いまさらに、平蔵はおもいうかべたのである。

悄然《しょうぜん》と役宅を出て行く左馬之助に、

「また来てくれるだろうな」

平蔵が念を入れると、

「おふささんを失ったかわりに、おりゃ、お前さんをまた得たものな」

「おれとて、同様だぞ」

「うむ……また来るよ」


春が来た。

小川や梅吉は〔はりつけ〕の刑に処せられ、服部角之助ほか浪人くずれ三名は打ち首となった。

そしておふさは、服部家の小者その他と共に、遠島《えんとう》を申しつけられたのである。

おふさが島送りとなってから数日を経て、長谷川平蔵は例のごとく編笠に面《かお》をかくし、本所へ出向いた。

神田川の船宿から小舟をやとい、大川（隅田川）へ出ると、

「本所の横川へ……」

平蔵が、船頭に命じた。

どんよりとした花曇りの空に、一羽の鳶《とび》がゆうゆうとして舞い飛んでいる。

花見どきで、川向うは人出も多かった。

「もう、花も散ります」

船頭が何気なくいった。

大川から竪川《たてかわ》へ入ると、本所になる。

竪川は、万治二年に掘割りをされたもので、幅二十間。これに橋をかけて一ツ目橋、二ツ目橋、三ツ目橋……その三ツ目橋が平蔵の旧邸があったところだ。

三ツ目橋をくぐり、平蔵をのせた小舟は、新辻橋の手前から左の堀川へまがって行く。

この川が横川である。

横川を北へ……入江町の河岸を左にながめつつ、舟はゆっくりとすすむ。

やがて、右手に法恩寺の大屋根が見え、そして、舟は出村町へさしかかった。

平蔵は、舟を横川町沿いに寄せさせた。

「旦那、桜屋敷の花は山桜だけあって散りがおそい。ごらんなさいまし、いまが満開でございますぜ」

「ちょいと、舟をとめろ」

「へい」

幅二十間の対岸に桜屋敷の木立が見える。むかしとちがい、塀も大屋根も、なるほど大身旗本の屋敷に変っていたが、山桜の老樹のみは変らない。

こんもりと……みごとなうす紅色《くれないいろ》の桜花が旧高杉道場との境のあたりの木立の向うにながめられた。

煙管《きせる》を取り出し、煙草をつめかけた長谷川平蔵のゆびのうごきが、はたとやんだ。

（あれは……？）

対岸の草地に、ぼんやりとたたずむ男ひとり。総髪に筒袖の着物、軽衫袴《かるさんばかま》……。

（左馬だ……あれは左馬之助だ）

平蔵は、ぬぎかけた編笠をあわててかぶり、船頭に「舟をやれ」と、いった。

血頭《ちがしら》の丹兵衛《たんべえ》

一

長谷川平蔵が、五カ月ぶりに、清水門外《しみずもんそと》の役宅へあらわれ、牢屋《ろうや》へも顔を見せると、

「長谷川さま。また、おもどりでございますね」

暗い牢内に、只ひとりで暮していた小房《こぶさ》の粂八《くめはち》が声をかけてきた。

素直《すなお》に敬愛の念がこもった彼の声をきき、平蔵は、

(おや……こやつ、おれを悪くおもってはいないらしい)と、感じた。

特別警察ともいうべき火付盗賊改方《ひつけとうぞくあらためかた》・役宅内の牢屋であるから、およそ十坪のそれを三つに仕切ってあるだけの小さなものである。

いま、ここに押しこめられているのは、小房の粂八ひとりであった。

「粂。元気かえ」

牢格子《ろうごうし》からのぞきこむ平蔵へ、

「よく、帰っておくんなさいましたね。長谷川さまが盗賊改メの御頭《おかしら》をおやめになったときいて、この五カ月というもなあ、この首が今日飛ぶか、明日飛ぶかと、いえもう、びくびくもんでございましたよ」

「やはり、生きていたいか？」

「ばかなことで……こうして御牢内におりますと、めっきり、気が弱くなります」

「ま、もう少し入っていろ」

助命を約束し、野槌《のづち》の弥平《やへい》一味の隠《かく》れ家《が》を白状《はくじょう》させた粂八だけに、うまくゆけば〔密偵〕としてはたらかせて見ようか……という気もちが平蔵にあって、

「とにかく、いましばらくは牢内に……」

と、自分が解任された後、盗賊改方の長官に就任した大崎源四郎へ、平蔵はくれぐれも粂八の身柄をたのんでおいたのである。

「粂八」

「はい……？」

「いまな、泥棒の風上にもおけぬひどい奴が、江戸市中を荒しまわっているぞ」

「ききましてございますよ、へえ……御牢番方《がた》が毎日のようにうわさをしておりますのでね」

粂八の顔に、奇妙なうす笑いがうかんだのを、平蔵は見のがさなかった。

（粂八は、知っているらしい）

その、泥棒の風上にもおけぬ怪盗《やつ》をである。

この怪盗、名を血頭《ちがしら》の丹兵衛《たんべえ》という。

〔血頭〕の異名《いみよう》については定《さだ》かでないが、その犯行のすさまじさは言語に絶するものがあったそうな。

十余名におよぶ手下をしたがえ、黒装束《しようぞく》に身をかため、突風のように手段をえらばず、富裕な商家を襲《おそ》い、いきなり二、三人を斬殺《ざんさつ》しておいてから、

「手前も、こんなざまになりてえか」

主人を脅《おど》して蔵《くら》の鍵《かぎ》を出させ、金品《きんぴん》をうばいとるや、主人はじめ奉公人の一人をも逃さず、皆殺しにして引きあげてしまうのだ。

「泥棒の質《たち》も落ちたものだ」

と、目白台の自邸へ帰っていた長谷川平蔵は顔をしかめ、

「ちからまかせの押しこみ強盗なら、悪党であれば誰にでも出来る。女を犯《おか》し、人を殺すというのは、真《まこと》の盗賊のなすべき業《わざ》ではないのだ」

吐き捨てるようにいった。

あの〔小川や梅吉〕の処刑がすんでから間もなく、平蔵はいったん、盗賊改方を解任されている。

ときに、老中筆頭《ろうじゅうひっとう》として将軍を補佐《ほさ》し、幕府政治の最高権力者であったのは奥州・白河十一万石の藩主、松平定信《まつだいらさだのぶ》である。

長谷川平蔵は、かねて、この少壮《しょうそう》老中から目をかけられていたらしい。

先年。いわゆる〔賄賂《わいろ》政治〕の呼び声をたかめた老中の田沼意次《おきつぐ》政権が倒れ、田沼が失脚すると共に、松平定信政権がこれにかわった。

定信は、うちつづく天災や飢饉《ききん》の後に起った人心《じんしん》の荒廃《こうはい》と経済危機を、武家と農村との結合による〔質実剛健〕な本来《ほんらい》の武家政治のすがたにもどすことによって切りぬけようとしている。松平定信が平蔵を先手《さきて》組《ぐみ》へもどしたのも、別の役目へ昇進させ、大いにはたらかせようとのねらいがあったわけだ。

平蔵の後任者として盗賊改方となった大崎源四郎は実直な人物であるが、ここ

数カ月にわたる怪盗・血頭の丹兵衛の跳梁《ちょうりょう》には手をやくばかりであった。町奉行所も盗賊改方も、この怪盗の神出鬼没《しんしゅつきぼつ》ぶりには煮湯《にえゆ》をのまされつづけてきている。

血頭一味の盗みは、盗賊仲間でいう〔急ぎ盗《ばたらき》〕というやつで、短期間に盗めるだけ盗み、すばやく他国へ消えてしまおうというやりくちだ。日本橋辺の商家へ押しこんだと思うと、次は、何と武州《ぶしゅう》・熊谷宿《くまがやじゅく》の旅籠《はたご》〔ふせや半蔵〕方へあらわれ、泊り客の財布から〔ふせや〕の金箱までうばいとり、このときの殺傷十八名におよんだ。

さらに十日後、今度は、またも江戸へ舞いもどり、下谷・上野町の鼈甲《べっこう》小間物問屋・和泉屋幸助方へ潜入し、殺傷の血飛沫《しぶき》をあげて金二百十余両を強奪している。

次は、目黒の谷山村の豪農を襲撃するという始末であった。

たまりかねて、当局が、

「長谷川平蔵を盗賊改方へもどせ」

と、いうことになった。それで大崎源四郎は解任となり、平蔵はこの年の十月二日に、ふたたび清水門外の役宅へ入ったのである。

牢屋での粂八と平蔵へ場面をもどそう。

「血頭の丹兵衛という……お前、そやつの名をきいたことがあるかえ？　あるらしいな」

「あるにもなんにも……仲間うちでは金箔《きんぱく》つきの親分《おかしら》でございます」

「ほ。そうか……」

「けれども長谷川さま。その、いま御ひざもとを荒しているやつは、にせものの血頭の丹兵衛でございますよ」

「何……？」

「本物の丹兵衛なら、そんな、むごたらしいまねは、お日さまが西から出てもいたすもんじゃあございません」

「お前、知っているのか、本物を……？」

「十九のときまで、お世話になっておりました」

「そうか。お前、丹兵衛の手下だったのか……」

「なにしろ、長谷川さま……そうだ忘れもしねえ。岡崎の御城下で吉野屋千助という物持ちへ押しこみましたときにね、わっしが台所で、飯たき女を、ついつい嬲《なぶ》ったところ、親分はもう大変な怒りようで……へい。それでまあ、破門《はもん》というやつ……血頭の親分から縁切りをいいわたされましたので」

「ふうむ……」

「血頭の親分とは、つまりそうしたお人なので、ですから、にせものでございますよ。いま、あばれまわっているのは……」

「だが、引き上げて行ったあとには、血頭丹兵衛と焼印《やきいん》うった木札《きふだ》を、かならず残してあるというぞ。お上《かみ》をないがしろにするふとい奴だ」

「……そこのところだけは、本物の通りでございますがね」

冷え冷えと、晩秋の夕闇が抱きすくめている牢内で、小房の粂八はひげの伸びたあごをなでながら、苦味《にがみ》のきいた顔貌《がんぼう》をくもらせ、だまりこんでしまった。

二

それから三日目。

麴町《こうじまち》三丁目の紙問屋・万屋《よろずや》彦左衛門方が、またも血頭一味に襲われた。

このところ、江戸市中の商家は用心の上にも用心をしていたわけであるが、怪盗一味は万屋の大屋根を巧《たく》みに破って潜入し、血なまぐさい所業を飽《あ》くことなくやってのけ、百二十余両を強奪《ごうだつ》して逃走してしまった。

このとき、背中に重傷を負いながら、万屋の次女のこうというむすめが、死体をよそおい、引き上げて行くときの怪盗一味の会話を小耳にはさんだ。黒覆面《ふくめん》の中の面体《めんてい》はわからぬながら、首領とおぼしき男が、

「これで江戸ともおさらばだ。いいか、みんな。あつまるところは島田宿《じゅく》」

と、手下どもにいったのが、

「たしかに、きこえました」

と、こうは駈けつけた長谷川平蔵に告げた。十八歳というが気丈なむすめで、彼女は重傷にもめげずに、

「どうぞして、両親の仇《かたき》を討って下さいませ」

怒りに声をふるわせたものだ。

平蔵も、すぐさま町奉行所の協力をもとめ、江戸府内から外へ通ずる道という道へ網《あみ》を張ったが、まんまと逃げられてしまい、血頭一味の只ひとりも捕えることは出来なかった。

その夜……。平蔵が、ひとり役宅の牢屋へあらわれると、小房の粂八が、

「長谷川さま。また逃げられたそうで……」

「また、牢番がしゃべっているのをきいたか」

「へい」

「粂よ」

平蔵が牢格子へ顔を近寄せ、万屋のむすめが耳にした怪盗のことばをささやくと、粂八の顔色《がんしょく》がたちまちに緊迫し、

「ふうむ……あつまるところは、島田宿とね……」

「こころ当りがあるか？」

「ございません」

きっぱりと、粂八がこたえた。

（こいつ、むかしの親分《かしら》をかばいだてしているのか……？）

しかし、粂八は「にせもの」だといいきっている。それなら何も、かばいだてすることもあるまい。平蔵の推考《すいこう》が目まぐるしく変転しはじめたときであった。

「長谷川さま……」

小房の粂八が、ぐいと内側から牢格子へ顔をさしつけてきて、

「血頭丹兵衛の名をかたるにせものの化けの皮をひんむいてやりてえと思います」

押しころしたような声で、一気にいったものである。平蔵は、粂八を凝視《ぎょうし》した。

生き残った一匹の虫のか細い声が、牢屋のどこかでしている。

「よし」

長谷川平蔵の決意は、ここに牢固《ろうこ》たるものとなったようだ。

「さぐって見てくれるか」

「はい」

「しかし、お前が盗賊改方の密偵となることは、盗賊仲間から見れば汚《けが》らわしい狗《いぬ》となることだぞ」

「ですが、わっしには恩義のある血頭の大きな名をかたる野郎をそのままにしてはおけねえ。これも仲間内の掟《おきて》でございますよ」

「なるほど」

「この御用がすみ次第、わっしは、ここへもどってまいります。このことだけは、はっきりといま、長谷川さまに御約束いたしておきますぜ」

「よろしい」

うなずいた平蔵が、

「だがな条八。野槌の弥平一味のうち、ほとんどは捕えて仕置きしたが、まだ三、四名、逃げ終《おお》せた者もいる。もしも、こやつどもの眼に、娑婆《しやば》へ出たお前の姿がとまったなら……」

条八の白状によって野槌一味が捕えられ、そのかわりに助命されたという秘密の一事が感づかれようことは必然であった。

そうなれば、彼らが条八へあたえる制裁《せいさい》の凄《すご》さがどのようなものか……むろん、条八のいのちはない。

「わかっております。が、わっしも小房の条八だ。まさかに見つけられることもござんすまい」

条八は、不敵に笑って、

「それよりも何よりも、わっしは、にせものをこらしめてやらねえじゃあ、おさまりませぬよ」

翌朝になると、小房の条八のすがたは、役宅内のどこにも見えなかった。

このことについて、盗賊改方一同に、きびしい緘口令《かんこうれい》が発せられたことはいうまでもない。条八は、長谷川平蔵がととのえてくれた道中手形《てがた》をもち、浅草並木町の料理屋〔宇治橋や〕方の料理人が伊勢詣《まい》りに行くという名目《めいもく》で、東海道を上って行った。

目ざすは、江戸より五十二里九丁、東海道・島田の宿場である。

三

小房の粂八は、両親の顔を知らぬ。

雪ぶかい山村の、小さな家に、彼が「おん婆《ばあ》」とよんだ老婆と共に暮していたことだけは、はっきりとおぼえている。次の印象は、この「おん婆」と共に、ながいながい旅をしているときの空腹と疲労と、さらに「おん婆」が夕闇の街道に打ち倒れ、ぴくりともうごかなくなってしまったときのことだ。

「わっしが、五つか、六つごろのことだと思いますよ。その、おん婆は、どうも、わっしの本当の祖母《ばあさま》のような気がするのでございますがねえ」

と、粂八は長谷川平蔵に洩《も》らしたことがある。

そのときの自分の泣声だけはおぼえているのだが、その後のことは模糊《もこ》としている。

行き倒れた「おん婆」に取りすがって泣きわめいていた彼をだれかが、どこかへ連れていったことだけはたしかで、以後は粂八、転々として諸方をわたり歩いた。

「中には親切な人もいたのでございましょうが、とにかく物心ついてからは、もう売り飛ばされて経《へ》めぐり歩いたもので……」

結句《けっく》、大坂を根拠《こんきょ》とする見世物芸人・山鳥銀太夫《やまどりぎんだゆう》一座で、粂八は少年ながら綱渡りの芸を見せていたという。

「両親の顔もしらねえということは、人間の生活《くらし》の中に何ひとつ無《ね》えということで……それからのわっしが悪《わる》の道へふみこんで行った経緯《ゆくたて》についちゃあ、いちいち申しあげるまでもございますまい」

平蔵にこうのべた粂八は、それだけに、長谷川平蔵が盗賊夫婦（助次郎・おふじ）の子に生まれて孤児となった赤子のお順を事もなげに養女としたことを知るや、ひどく感動してしまったらしい。

現代《いま》は人情蔑視《べっし》の時代であるから、人間という生きものは情智ともにそなわってこそ〔人〕となるべきことを忘れかけている。情の裏うちなくしては智性おのずから鈍磨《どんま》することに気づかなくなってきつつあるが、約二百年前のそのころは、この一事、あらためて筆舌《ひつぜつ》にのぼせるまでもなく、上流下流それぞれの生活環境において生き生きと、しかもさりげなく実践《じっせん》されていたものなのである。

小房の粂八が〔血頭の丹兵衛〕の正体をあばいてくれようと、盗賊としての血をわかせたことは事実だが、その背後には、長谷川平蔵の〔御役〕のために一肌ぬごうという、平蔵への好意がうごいていたことは否《いな》めまい。

さて……。

駿河《するが》の国・島田の宿場へ入った粂八は、五丁目の旅籠《はたご》〔鈴や紋十〕方へ草鞋《わらじ》をぬいだ。

「伊勢詣りの連れが追いつくまで、逗留《とうりゅう》しますよ」

と、いうふれこみであった。

そのころ、江戸では……。

またも、血頭の丹兵衛が一仕事やってのけた。

「まだ、江戸に潜《ひそ》んでいたのか、不敵なやつめ！」

長谷川平蔵は激怒したが、いざ、犯行の跡をしらべて見るや、

（これは……？）

首をひねってしまった。

襲われた家は、芝口二丁目の書籍商・丸屋徳四郎で、丸屋は和漢洋の書物を諸大名家へも入れているほどの有名な店だが、蔵に金がうなっているわけではない。

盗んだ金は、わずかに四十余両。

それはよいのだが、この金が、いつ盗まれたものか、丸屋方では主人はじめ奉公人一同、まったく知らなかった。一夜のうちに、足音もたてず、手口《てぐち》も見せず、風のようにながれ入って来て金を盗み、だれに気づかれることもなく逃げ去ったのである。したがって、この夜の血頭は一人の血をも流してはいない。まるで別人のような〔やりくち〕なのだが、主人夫婦の寝間の隠し戸棚にあった金箱が消えた、その場所に〔血頭丹兵衛〕の焼印うった木札が例のごとく、これ見よがしに残されていたのだから、さすがの平蔵も、わからなくなってしまった。

「ともかく、このことを粂八に知らせい」

平蔵は、すぐさま同心・酒井祐助《ゆうすけ》を島田宿へ走らせた。

これより先、粂八の後から、与力・同心・小者など合せて十名が、島田へ向って先発している。

粂八が、血頭一味を発見したときは、すぐさま、これを逮捕《たいほ》するためであって、彼らの出発にあたり、長谷川平蔵は、

「いささかでも手にあまれば、かまわぬ。斬って捨てろ」

と、命じてあった。

この一行は、島田宿へ三名、手前の藤枝へ三名、島田から出て大井川をわたろ

うとする甚兵衛島《じんべえじま》の茶店から〔川越役所《かわごし》〕へかけて四名が分散し、粂八の探偵の成果を待つ態勢に入った。

酒井同心は騎馬も利用し、五十余里を昼夜兼行二日で走破して島田宿へ入り、何気なく、粂八が泊っている旅籠の鈴や方へ草鞋《わらじ》をぬぐ。

折から夕暮れで、小房の粂八は二階の部屋から下り、風呂場へ行きかけて、酒井同心の姿を見た。粂八は、酒井に目くばせをしておいて、そのまま、風呂場へ入る。

酒井も部屋がきまると、すぐに手ぬぐいをさげて風呂場へやって来た。

中には、二人きりだ。

酒井同心の知らせをきいて、粂八は、

（そりゃ、本物だ）

と、胸の底で叫んだ。

（血頭の親分が江戸にいなすったのだ。あんまりにせものがひでえまねをするから、たまりかねて、真《まこと》の盗《はたらき》を世の中に見せなすったにちげえねえ。生きていなさりゃあ、親分は六十に近《ちけ》え筈だが……おなつかしいなあ……）

真の盗賊にあるまじきふるまいをして、追い出された粂八だが、いまも、むかしの親分に対する尊敬の念は消えていない。

　血頭の丹兵衛は四十年にわたる盗賊稼業をつづけながら一度もお縄をかけられたことがない大物だ。有り余るところから盗み、女を犯さず、一滴の血もながさず……という信条をつらぬき通すためには、三年がかりの慎重《しんちょう》な準備をおこない、大仕事することもめずらしくはなかった。

（こうなったら、にせものの面《つら》をどうしても見てやりてえ）

　条八は、風呂の中で気負《きお》いたったが、まだ手がかりはつかめていない。

四

　それから、三日すぎた。

　その夜、長谷川平蔵からの手紙を持った同心・山田市太郎が島田宿へ駈けつけ、手紙を酒井同心にわたし、すぐに引返して行った。一読した酒井祐助が条八に語りきかせる。

「なんと条八、丸屋方から盗み取った四十余両が、そっくりそのまま、主人のまくらもとに返してあったというぞ。しかも、だれにも気づかれぬうちにだ」

「へへえ……」

粂八は、

(いよいよ、本物の親分がなすったことだ)

にんまりとしたものである。

その次の日であった。

盗賊改メの人びとは、

「どうも、このあたりには立ちまわっておらぬらしい。万屋のむすめの聞きまちがいではないかな」

「十七や八の小むすめが、しかも一太刀あびせられていながら、聞きとったという。当てにならんな」

などと、いい出しはじめる。

粂八も、そう思った。で、明日は江戸へ引き上げようときまった日の夕暮れに、
粂八は、

(今夜が最後だ。念のために、もう一度、嗅《か》いで見ようか……)

ふらりと宿場の表裏をまわりはじめた。

これまでに、何度宿場をうろついて探りを入れて見たことか……。

島田宿は、昔から東海道の名駅であるし、大井川をひかえているだけに、宿場も繁盛《はんじょう》をきわめている。このようなところに盗賊の隠れ家《かくが》があるのも妙なものだが、粂八にいわせると、人家《じんか》が多い盛り場ほど絶妙な隠れ場所だということになるのだ。

宿場の本通りを大井川へ向ってすすみ、代官橋の手前を北へ切れこんだ道がまがりくねって、大井大明神の鳥居前へ達する。

このあたりは茶店、食べもの屋が軒をつらね、妖《あや》しげな女たちがうごめく店もかなりあった。〔宮小路《みやこうじ》〕と土地《ところ》の人びとがよぶ幅三間余の道の両側にたちならぶ茶店は、いずれも一種の娼家と見てよい。

「あれまあ、お客さん、まだ島田にいたのかえ」

厚化粧の女が、粂八へ声をかけてきた。

濃い夕闇の道へ出て来て、女は自分の店の軒行灯《のきあんどん》へあかりを入れたところだったのである。

この茶店の名を〔くりぬき屋〕という。

島田へ来てから、小房の粂八は二度ほど、ここへ遊びに来ていた。町の様子をさぐるには、先ず紅灯《こうとう》の下でというのが定石《じょうせき》なのだろうが、今までに耳よりなうわさはきけなかった。

「お寄んなさいよ」

「そうさなあ……」

条八は、肩を落して〔くりぬき屋〕へ入って行った。

江戸へもどる日は明日にせまっていたし、もはや、あきらめるほかはないのだ。

土間は暗く、冬めいた土のにおいがこもっていた。

店先の土間を突きぬけ裏手へまわると、そこに、二階の小座敷へ通ずる階段口がある。

「あたしでいいかえ？」

ついて来た年増女が、条八の背中を抱くようにしてささやく。

安白粉《おしろい》の匂いにげんなりとしながらも、

「うむ。酒を熱くしてな……」

条八は階段を上って突当りの小部屋へ入った。どれほど経《た》ったろうか……。

階段が、男の体重をのせたきしみかたをしたかと思うと、すぐに女の足音がせわしなく上って来て男のそれと重《かさ》なり、同時に、条八の部屋の前へとまった。

条八は、注意ぶかく身がまえをした。

一瞬、彼の脳裡《のうり》に、逃げのびた野槌の弥平一味の手下三人の顔がうかんだからである。


「もし……」

と、さっきの女の声がして、障子があき、

「お前さんに会いたいって人がいるんだけれど……」

「そこに立っていなさる人か？」

「あい」

「一人だね？」

「え、そうだよ」

「どなたさんですえ？」

と、粂八は片ひざを立て、ふところの短刀《あいくち》へ手をかけながら障子の外にいる男に声を投げた。男はこたえない。

障子の蔭から女へ何かささやき、紙にくるんだ金《もの》をわたす気配がし、これを受け取った女が、部屋へくびを突き入れ、

「いま、お酒を、ね……」

粂八へいったかと思うと、階下へ降《お》りて行ってしまった。

「ごめんよ」

のっそりと、男が入って来た。

粂八は愕然《がくぜん》とした。

「お、お前さん……」

「血頭の丹兵衛よ。粂、十五年ぶりだったのう」

まさに、丹兵衛であった。

むかしから、でっぷりとした体格も変らなかったし、眼鼻だちの大きくはっきりとした〔役者面《づら》〕も、六十の老人には見えぬ若々しさで、見おぼえのある小豆《あずき》粒《つぶ》ほどの黒子《ほくろ》が丹兵衛のあごの下にひくひくとうごいている。

「お、親分《おかしら》……」

「お前がここへ入るのを、前の井筒やという店の二階から見ていたのだ」

「さ、左様で」

あたまを下げながら、

(やっぱり、本物だったのか……)

小房の粂八は、落胆《らくたん》に青ざめていた。

万屋のむすめが死んだふりをして聞きとった怪盗の「……あつまるところは島

田宿」といった言葉から推《お》して見れば、まさに本物の血頭丹兵衛だということになる。

ところが丹兵衛は、いまの粂八について何も知ってはいないらしい。

ようやく気を取り直して顔を上げた粂八へ、

「むかしのことは、むかしのことよ」

と、笑いかけたものである。

「粂。どうして、こんなところにいるのだ？」

「へい。どうもね……江戸からここまで、やって来たのはいいのでござんすが、さしあたり身を寄せるところもなく、それに少々、躰《からだ》をこわしていたものでございますから、ついつい長逗留を……」

「それにしても、よ」

丹兵衛は、にやりとして、

「お前もむかしから女には目がねえやつよなあ。躰をこわしているというに、女の匂いを嗅《か》がねえじゃあ一夜もすごせねえという……」

「と、とんでもねえ」

「ま、いいやな」

酒、肴《さかな》がはこばれて来ると、丹兵衛は、

「あとでゆっくり可愛がってくんな」

女にいい、下へ去らせた。

「ま、ひとつ飲《や》んねえ」

「こりゃあ、どうも……へい、おそれいります」

「お前。江戸から来た、といったな」

「へい」

「それじゃあ、おれの急ぎ盗《ばたらき》のありさまをうわさにもきいたろう」

「へい、ききました。ですがどうも、わっしにはぴんと来ませぬでございましたよ」

「ふん……」

丹兵衛は恥ずるところもなく鼻で笑って見せ、

「いまのおれは、むかしの丹兵衛じゃあねえ。このせわしねえ世の中に、むかしのようにのんびりしたお盗《つとめ》がしていられるものかい」

「へい……へい……」

「おれも年齢《とし》だ。いつまでも、ゆっくりと手足をうごかしちゃいられねえ。急ぎ仕事ゆえ血も流そうし、あこぎなまねも平気でするのさ。それでなくちゃあ、当節生きてはゆけねえ。なに、こいつはおれたちの稼業《かぎよう》にかぎらねえことよ。上は大名から下は百姓まで、手前が生きのびるためには他人を蹴落してゆかねえじゃあどうにもならねえ。いい儲けをしてにたにた笑っていやがるのは商人《あきんど》どもばかりの世の中だ。だからよ……」

いいさして、粂八を見つめた丹兵衛の顔かたちは変っていないのだが、かつて〔仏《ほとけ》の丹兵衛〕などともよばれた平穏《へいおん》な人相は消え果て、あぶらぎった欲望が面《おもて》にぎらぎらと燃えたっている。

「粂。いうまでもなく、お前も元の稼業なのだろうな?」

「へい、おっしゃるまでもございません」

「どこの手についていた?」

「いえ、別に……ひとり盗《づとめ》で」

「ふうん。けちなまねをしていたのだのう」

といったのは、粂八が野槌の弥平一味の盗賊だったことを、まだ丹兵衛は知っていないということになる。

「ながらく中国すじで盗《つとめ》していたので、江戸は、まあ十年ぶりだったのだわさ」

酒をくみかわしつつ、丹兵衛がいった。

「それにしても、ずいぶんと物凄《ものすさま》じいおつとめだったそうで」

「急ぎばたらきするときは、皆殺しが一番いいのだ。痕跡《あと》が残らねえからのう」

「へい、へい」

「ときに、粂」

「へ……？」

「元の鞘《さや》へおさまらねえか？」

「と、申しますと……？」

「おれのところへもどらねえかということよ」

「へ……」

ひとつ、大きく息を吸いこんでから、

「ねがってもねえことでございますよ」

と、粂八はいった。

「そうか、そうしてくれるか。お前ほどのものがいてくれりゃあ百人力だ」

「まだ、つづけて、おつとめを？」

「今度は京よ」

「目ぼしをつけた家が四つ五つある。京は江戸とちがい、役人どももうるさくさわがねえ。思いきってやるつもりだ」

「なるほど」

「へい、へい」

「むかしのように、うるさくはいわねえ。女を犯《や》ってもいいのだぜ。ふ、ふふ……」

間もなく、血頭の丹兵衛は部屋から出て行った。

「明日の夜、五ツ半（九時）ごろ、七丁目裏の、ほれ大久保川の川っぺりに三倉《みくら》やという煙草屋がある。そこへ来てくれ。そこが、いまのおれの盗人宿《ぬすっとやど》さ。見張りの者へは、こいつを見せてやってくれよ」

と、丹兵衛は腰から煙草入れをぬき取り、これを粂八へわたした。

帰った丹兵衛と入れかわりに上って来た女を、それでも小房の粂八は抱いた。

あたりかまわぬ嬌声《きょうせい》をあげて肌身をもだえさせる女をあしらいつつ、粂八は眼を光らせ、まくらもとに置いた丹兵衛の煙草入れをにらみつけながら、

（畜生め、畜生め……年をとってから汚《けが》れてしまったやつほど、始末におえねえものはねえ）

胸の底で、叫びつづけていた。

五

翌日は、朝から時雨《しぐれ》模様であったが、ひるすぎから、雨は本降りとなった。

この雨の中で、火付盗賊改メ一行の血頭丹兵衛捕縛《ほばく》の準備は迅速《じんそく》におこなわれた。

あくまでも秘密裡に、である。

雨のまま、夜となった。

丹兵衛が「おれの盗人宿だ」と、粂八に洩らした三倉やという煙草屋は、宿場本通り七丁目の辻を北へ切れこみ、小川にかかった橋のたもとにあった。盗人宿というのは、盗賊たちの連絡所でもあり、根拠地でもあり、盗んだ金や物の隠し場所でもある。

ということは、この家に住みついている主《あるじ》も盗賊一味なので、これはあくまでも盗みばたらきには出ず、表向きはそれぞれ堅気《かたぎ》の商売へ身を入れ、なにくわぬ顔をしているのが〔たてまえ〕なのだ。

盗賊も大親分になればなるほど、諸国諸方に何カ所も盗人宿をもっているとか……。

雨が激しくなった。与力・天野甚造が指揮をとる盗賊改方は、三倉やに向って三方から闇の中をさりげなく通行人の姿をよそおい、少しずつ近づいて行った。

さらに、大井川の川越人足《かわごしにんそく》数百名を管理する〔川越役所〕から五十余名の人足たちを駆り出し、これを同心・竹内孫四郎と小柳《こやなぎ》安五郎が指揮し、遠巻きに配置を終えた。

「そろそろ、時刻でございますが……よろしゅうございますか？」

裏通りに面した林入寺《りんにゅうじ》の山門の蔭にかくれていた小房の粂八が、傍《かたわら》の天野与力へささやくと、

「お前、入ってくれるのか？」

「感づかれていねえとはかぎりませんからね」

「たのむ」

「では……」

粂八は藍微塵《あいみじん》の素袷《すあわせ》の裾を端折《はしょ》り、旅籠の番傘をさして、冷雨の中を〔三倉や〕へ向う。

このあたりの闇には、盗賊改方九名が、粂八の提灯《ちょうちん》が大久保川の橋をわたって行くのを凝《じっ》と見まもっている筈であった。

（さすがに、長谷川さまの御手の人たちだ。どこにひそんでいるのか、このおれにさえ、さっぱりわからねえ）

橋のたもとに、乞食がむしろをかぶり、うずくまっていた。

この乞食が、通りすぎようとする粂八の臑《すね》をゆびで突いて、

「小房の兄いかえ？」

つぶやくように問いかけてきた。

これが見張りである。

うなずいて粂八が、昨夜、丹兵衛からわたされた煙草入れを出し、提灯をさしつけて見せると、

「三倉やの戸を四度たたいておくんなせえ。すると中から、どちらさまでときます。兄いは、明日も雨だな、と、こうこたえておくんなせえまし」

「明日も雨……」

「へえ」

「わかった」

通りすがりの人がこれを見ても全く気づかぬほどのす早さで、二人は会話し、そのまま、粂八は〔三倉や〕の閉《し》めきった戸口へ立つ。

粂八は、戸を四度たたく。

「どちらさまで」

戸の内側に吸いつくようにしていたらしいやつの声であった。

「明日も雨だな」

「へい」

さっと潜《くぐ》り戸《ど》が開き、粂八が中へ入った。

店先、土間……どこの町にもある煙草屋そのものであった。帳場に、実直そうな五十男がいて算盤《そろばん》をはじきながら、粂八を見やって愛想《あいそ》よく笑いかけた。

そのほかに二人、これも、この店の奉公人と見える風体《ふうてい》で、

「さ、こうおいでなせえ」

そのうちの一人が先に立った。

土間から裏へ……。

小さな中庭がある。そこにも一人、見張りが立っていた。庭の向うの板塀の外は大久保川だ。中庭に物置小屋があった。

ここへ入る。中に二、三名、掛行灯の下にいて条八を迎えた。

「小房の兄いが見えましたぜ」

煙草の葉の匂いが、小屋中へこもっていた。

一段高い板敷の上げ蓋《ぶた》をあけると、下から明るい灯《あかり》がさしのぼってきた。

地下部屋があるらしい。

降りて行くと、下は十畳敷きのひろさで、石畳みの上へむしろを何枚も敷きつめ、三つの火鉢に炭火があかあかとおこっている。

「来たな」

まぎれもなく、血頭の丹兵衛が五名の手下と共に酒盛りをしていた。

「これを……」

と、条八が煙草入れを出すと、

「ま、取っておきねえ。いい品物だぜ」

「ありがとう存じます」

「さ、かためをしようかい」

何人もの人の血でぬらした手で、血頭一味が条八と〔かための盃《さかずき》〕をかわした。

それから、およそ一刻（二時間）ほど、条八は、地下部屋にいた。

「今日から七日目に、近江《おうみ》・土山宿《つちやまじゅく》の旅籠《はたご》、石見屋へ来てくれ」

と、丹兵衛は粂八にいった。したたかに酒をのまされ、粂八は〔三倉や〕を出た。

血頭一味と共に京都で一仕事やるからには、

「ちょいと駿府《すんぷ》へもどって、片をつけておかなくてはならねえことがございますんで」

という粂八へ、

「女のことかい？」

丹兵衛は笑いながらも、するどく、

「お前のことだ。間違いはあるめえが、かための盃をかわしたことを忘れるなよ」

「いうまでもございません」

「よし、行け」

外へ出た粂八は林入寺へはもどらず、宿場の本通りへ向った。

うるしのような闇が、雨けむりで白く見えるほどであった。

本通りへ出ようとする角に、打ち合せた通り、天野与力と、酒井同心が小者三人をしたがえて立っていた。

「お待ち遠さまで……」

「丹兵衛、おったか」

「たしかに……ま、お待ちなせえ。外の見張りを、わっしが片づけましょう」

取って返した粂八が、まだ橋のたもとにうずくまっている乞食の前へ来ると、

「忘れ物で……？」

いいかけたそやつのくびへ、粂八の腕が巻きつき、簡単にしめ落してしまった。

これを見た盗賊改方五名が、三倉やの表戸へ駈け寄る。別手の四名は、大久保川の裏手から打ちこむ手筈であった。

「それっ!!」

与力・天野甚造の声で、小者の一人が掛矢《かけや》をふるって表戸を叩きこわした。この物音が起るや、闇を縫って押しつめて来ていた川越人足たちが、いっせいに高張提灯をかかげ、

「わあっ……」

鬨《とき》の声をあげる。

「手向えば、かまわず斬れ!!」

と、長谷川平蔵から命じられているだけに、天野与力も、同心・酒井祐助も大刀をぬきはらって屋内へ突入した。

同時に、大久保川をわたりきった別手の四名も板塀を叩きつぶして中庭へ躍りこむ。

「手入れだ!!」

「野郎め、か、嗅ぎつけやがったか……」

盗賊どもも脇差を引きぬき、猛然と迎え撃った。

乱闘が鎮《しず》まったのは、意外に早かった。

この夜、盗人宿にあつまっていた血頭一味は、見張りの乞食をふくめて十三名であった。

このうち、抵抗をせずに捕えられたのは、〔三倉や〕の三名と乞食に化けたやつのみで、残りの九名は、首領《しゅりょう》の丹兵衛はじめ、いずれも白刃をふるって立ち向ってきた。

こうなれば、盗賊改方の捕物だけに容赦《ようしゃ》はない。

なかでも同心・酒井祐助は柳剛流《りゅうごうりゅう》の免許《めんきょ》もちで、せまい屋内から中庭へかけて巧みな剣さばきを見せ、盗賊三名を斬って倒した。

血頭の丹兵衛へは天野甚造が組みつき、足がらめにかけて押し倒し、それへ小者が手つだって縄をかけた。さすがの丹兵衛も、六十の老齢だけに、昔日《せきじつ》のはたらきを見せるべくもなかったといえよう。

ほかに、捕えた盗賊二名。残り七名はすべて斬って捨てられた。

死人《しびと》のような顔色《がんしょく》で、縄つきの丹兵衛が裏道へさしかかると、林入寺門前に待っていた小房の粂八がぬっと顔を突き出したものだ。

「や、野郎！」

丹兵衛はわめき、いきなり唾《つば》を粂八の顔へ吐きつけ、

「畜生、狗《いぬ》め!!」

「うるせえ」

たちまちに粂八の唇《くち》からも痰《たん》つばが丹兵衛の顔へ飛んだ。

「にせものの血頭丹兵衛め。素直に獄門《ごくもん》へかかりゃあがれ」

「な、何だと……こいつ、おれがにせものだと……」

「そうよ。おれが胸のうちにしまってある丹兵衛どんは、手前のようにうす汚《ぎた》ねえ野郎じゃねえ」

「こ、こいつ……」

人足の高張提灯にかこまれ、本陣へ引かれて行く血頭の丹兵衛の後姿を見送りながら、小房の粂八はがっくりとうなだれてしまった。

酒井同心が、その肩をたたき、

「あいつ、本当に、にせものなのだな？」

「へえ……」

粂八は、妙にうるんだ声で、

「本物は、あ、あんな野郎じゃねえ……にせものですとも、にせものですとも……」

六

粂八は酒井同心と共に先発し、江戸へ引返した。

丹兵衛以下の盗賊を押しこめた唐丸籠《とうまるかご》は宿継《しゅくつ》ぎの人足に担《かつ》がれ、護送されつつ、一足おくれて来る。

この一隊には天野与力以下盗賊改方がつきそい、粂八たちは先発して道中の異状に眼をくばっていたのだ。丹兵衛ほどの大盗賊ともなれば、これを奪い返そうとする手下の者もないとはいえないのである。

島田を発した翌々日の午後に、粂八と酒井が薩埵峠《さつたとうげ》をこえ、峠ふもとの〔柏や〕という茶店の前を通りぬけようとしたとき、街道前の腰かけで、名物のさざえの壺焼をつつきながら温和《おとな》しげに一本の酒をのんでいた旅の老人が、ひょいと顔をあげて粂八を見た。

「あ……」

粂八は、ちょっと立ちすくむかたちになるのを、酒井同心が見とがめて、

「何だ？」

「いえ、別に……」

酒井の耳へ唇をつけ、粂八は、

「一足先へ行って下さいまし」

「え……？」

「ま、どうか……ひとつ、お先へ」

酒井は、御頭の長谷川平蔵から「粂八の思うままにさせろ。いささかも彼をうたがってはならぬ」と念を入れられて来ているだけに、

「よし」

じろりと旅の老人に一瞥《いちべつ》をくれて通りすぎて行く。それを見送ってから、

「これは、簑火《みのひ》の親分《おかしら》……」

条八は、ていねいに旅の老人へあいさつをした。大黒《だいこく》人形そっくりの福々しい温顔をほころばせた商人《あきんど》風の老人が、

「条さんかえ、十年ぶりじゃないか。さ、ここへおいで……ちょいと、ねえさん。この人にも壺焼とお酒を、たのみますよ」

この老人、簑火の喜之助《きのすけ》といい、むかしの血頭丹兵衛とは親交もあった同格の大盗賊で、小房の条八も面識《めんしき》がある。

この日。風絶えた小春日和《びより》で、茶店の傍の植込みに八手《やつで》の花が毬《まり》のような、小さく白い花をつけていた。

「いまのおさむらいは?」

「なに、道中で連れになったお人で」

「そうかえ。どこへ行って来なすったね?」

「ちょいと上方《かみがた》まで」

「盗《おつとめ》かえ?」

「なに、遊山《ゆさん》でございますよ」

話しているうちに、篝火の喜之助は自分が野槌一味にいたことを、

（知っていなさらねえようだ）

と、粂八は感じ、安心をした。

「ながらく、居ねむりばかりをしていたのでな」

「おつとめを、ずいぶんなさらねえように、きいておりました」

「武州・蕨《わらび》に引きこもっていてな」

「ちっとも存じませぬでございました」

「もう楽隠居よ」

いいさして、喜之助が急に、いたずらっぽい笑みをうかべ、粂の耳もとへ、こうささやいた。

「ところが粂八どん。七年ぶりで、ちょいと、いたずらをやったのさ」

「え……？」

「江戸でね、血頭の丹兵衛どんが非道な急ぎ盗《ばたらき》をやった。血はながす、女は手ごめにする、いやはや本物の丹兵衛どんの仕わざではねえ、きっとにせものさ。お前さんもむかしは丹兵衛どんの手についていなすったお人だ。安心しなせえ」

「へ……へい……」

「蕨にいて、そのうわさをきいてね。わしも昔なじみの本物の丹兵衛どんのために一肌ぬいだよ」

「へ……？」

「芝口二丁目の本屋で丸屋というのへ入って、だれにも知られず四十余両をいただき、わざと丹兵衛どんの木札をのこしてきてね。本物のやりくちは、こういうもんだと世の中へ知らせてやったのさ」

小房の粂八、ただもう、眼を白黒させるばかりであった。

「たった一人の、しかも七年ぶりのおつとめだけに、大きな店をやるわけにはゆかず、小口《こぐち》な相手で丹兵衛どんにはすまなかったが……ふ、ふふ。いただいた四十両も主の枕元へちゃんと返しておいたよ」

どんな手口でやったものか……おそらく日中《にっちゅう》に何かの物売りにでも化けて丸屋をおとずれ、たくみに縁の下へでも隠れて夜を待ち、仕事をしたものであろう。

さすがに簑火の喜之助、しゃれたことをするものだ。

「ちかごろのおつとめは、どうもむごいことをするやつどもが多くなって困るねえ」

「さ、さようで……」

さざえの壺焼と酒が、条八のためにはこばれて来た。

「ところで、お前さん。本物の丹兵衛どんのうわさをきかねえかい？」

「いえ、別に……」

「そうかえ」

喜之助は腰を上げ、

「条八どん、おさらばだ。わしは、これから京へ行く。むかしの情婦《おんな》の墓まいりさ」

淡々として、簑火の喜之助は薩埵峠をのぼって行った。七十に近い年齢なのだろうが、実に達者な脚力であった。

あたまを下げ、喜之助を見送りながら、

（いやでも簑火の親分は、おそらく峠の上あたりで……）

護送されて来る血頭の丹兵衛と出会うにちがいない。

（せっかくのおこころざしが無になってしまったのだ。唐丸籠の中を見て、喜之助親分は、どんなにがっかりなさることか）

舌うちを鳴らしつつ、酒井同心に追いつくと、

「いまの老人は、だれだ？」

酒井がきいた。

「なあに、以前、武州におりましたとき、堅気同士のつきあいで知った呉服屋の旦那でございますよ。上方へね、亡くなったおかみさんの墓まいりですとさ」

「ふうん、そうか」

酒井は、うたぐってもいないようである。

「今度は、酒井さまも大手柄で……御頭さまからおほめに……」

「よせ。おれよりも、お前の手柄といってよい」

「まさか……」

「本当だ。お前、これからもおれたちとはたらく気はないか。危い仕事だし、お前にとっては厭《いや》なことだろうが……お前ほどの者がいてくれると大いに助かる」

小房の粂八は、これにこたえなかった。

粂八の脳裡からは、丹兵衛の唐丸籠を見たときの簑火の喜之助の驚愕《きょうがく》……その哀《かな》しげな老顔がなかなかに消えなかった。

浅草《あさくさ》・御厩河岸《おうまやがし》

一

現代《いま》の隅田川へ架《か》かっている厩橋《うまやばし》。これが明治二十六年に架設される前には舟《ふな》渡《わた》しで、俗に〔御厩の渡し〕とよんだ。

幕府御米蔵《おこめぐら》のたちならぶ西岸から東岸の本所へ、大川をわたるこの渡船は一人二文《もん》、馬一疋《ぴき》についても二文の渡銭《わたしせん》をとったそうな。

御米蔵の北端、堀端をへだてた浅草・三好町《みよしちょう》の河岸が渡船場で、これを〔御厩河岸〕という。むかし、このあたりに幕府の馬屋があったところから、この呼び名がついたのであろう。

そのころ。

渡船場に面した三好町の角に、〔豆岩《まめいわ》〕という小さな居酒屋があった。

主人は五尺に足らぬ小男で、年のころは三十五、六。名を岩五郎《いわごろう》ときけば、この店の名のいわれも知れようというものだ。

もっとも岩五郎は店の横手へ葭簀《よしず》張りの、もう一つの店を出していて、ここに手製の草鞋《わらじ》やら大ふく餅やらをならべ、いつも一人で店番をしている。

居酒屋の方は、女房のお勝《かつ》が小女《こおんな》ひとりを相手にてきぱきと切りまわし、酒の燗《かん》から庖丁《ほうちょう》をとっての肴《さかな》つくりまで汗みずくになってはたらきぬく。

お勝はもと品川の宿場女郎あがりだとかで宇吉《うきち》という男の子を連れ子に、その上、盲目の老母までともない、岩五郎の女房になったというが、年齢は四十一歳。色のあさぐろい瘦《や》せぎすの躰《からだ》を、それこそしぼりこむようにしてよくはたらくわけだが病気ひとつせず、いまは岩五郎との間にもおじゅんという女の子をもうけている。

連れ子の宇吉は去年、十二歳になった春に、芝・田町九丁目の紙問屋で大和屋作兵衛方へ丁稚《でっち》奉公にあがり、五歳になるおじゅんの世話をしながら、店の奥へ引きこもっているのがお勝の母親・お八百《やお》であった。

寛政元年夏の或る日のことであったが……。

「まことに、どうもすまぬが……み、水をいっぱい……」

垢《あか》と汗とほこりにぬりつぶされたような乞食坊主が〔豆岩〕のもう一つの店の前へよろめくように来て、丁度、店番をしていた岩五郎へたのんだ。

こころよく水をのませ、さらに岩五郎が、いくらかの銭を紙に包んであたえると、老《ふ》けた乞食坊主はむしゃぶりつくように、これをつかみとってふところへ入れたものだが、それから凝《じっ》と岩五郎の顔を見つめ、

「ふうむ……」

かすかに、うなった。

「おれの顔に何かついているのかね、坊さん」

「おう、ついとる」

「何が、ついてるね？」

「長生きの運命《さだめ》がついとる」

「ほう……嘘にも、ありがてえことをいって下さる」

「嘘はいわん!!」

坊主が叫んだ。真剣そのものの叫びであった。岩五郎がちょっと呆気《あっけ》にとられていると、さらに坊主が、

「お前さん、おかみさんのいいのをもらいなすったね。その、おかみさんが福をもって来た」

「ほほう」

「ちがうかえ？」

「いや、ちがわねえ」

「お前さん、義理の親ごさんと暮していなさるね。父《てて》ごか母ごか……どっちにしろ、そのお人は、どこか躰が悪い。足か手か……いや目でも悪いのじゃあないかえ」

ぴたり当てられたときには、岩五郎も瞠目《どうもく》した。このあたりでは全く見かけない乞食坊主だけに、である。

「ただし、迷っちゃあいけないよ」

坊主、厳然《げんぜん》となって、

「いまの暮しの基盤《もと》になっていることに、そむいちゃあいけない」

と、いった。

岩五郎はごくりと唾《つば》をのんで、坊主を見返し、

「いまの暮しのもと……」

つぶやくように洩《も》らすと、

「左様さ。では、ありがとうよ。ごめん、ごめん」

「あ……ちょっと待って下せえ」

「何かな？」

「よく当んなさる、おどろきました」

「人相、手相、易《えき》までみんな、わしのは当るのさ」

「では、坊さん。お前さんの……」

「わしのことか、ふ、ふふ……あまり当りすぎるのでいかぬのよ。いいことがあると出れば怠《なま》けてしまい、悪いと出ればあきらめてしまう。易者《えきしや》くずれが、こんな恰好《かつこう》で物乞いして歩く始末になるやつは、みんなそれさ」

岩五郎が去りかける老人に大ふく餅をあわてて包んだが間に合わなかった。

ようやくにたちこめてきた夏の夕闇の中へ、乞食坊主の姿は溶《と》けこみ、もうどこにも見えない。

夜になり、岩五郎は女房をたすけて居酒屋のほうではたらく。近くの武家屋敷の中間《ちゆうげん》たちや、船頭、人足などが遅《おそ》くまで酒をのみに来るので相当な繁昌《はんじよう》ぶりなのである。

夜ふけて、店を仕舞った夫婦が行水《ぎょうずい》をつかい、奥の一間で仲よく寝酒をやる。老母のお八百が目ざめると、岩五郎が茶をいれてやる。お八百がうれしげに息子夫婦へはなしかける。おじゅんは健康な寝息をたてている。岩五郎が女房の連れ子で奉公に出ている宇吉のことを心配する。お勝がよろこぶ。

まさに、乞食坊主の指摘《してき》そのもののような庶民団欒《だんらん》の図といえよう。

「そりゃあそうと……夕方にね、妙な坊さんが、おれの人相を見てくれて……」

岩五郎が語りかけたとき、戸締りをした店の戸を叩く者があった。

お勝が土間へ出て行くのを見送った岩五郎の団栗《どんぐり》のように小さな両眼が、白く光った。

このときの彼の眼の光は、山林の闇の彼方の得体《えたい》の知れぬ物音へ相対する獣《けもの》のそ、れであった。

お勝が戻って来た。

「お前さんの知り合いだって……」

「そうかえ」

立ち上った岩五郎の眼は、やさしく笑ってい、いつものおだやかな口調で、

「先に寝ていな」

と、いった。

岩五郎は、その知り合いと店の外で立ちばなしをしていたようであるが、それも、お勝が床《とこ》をとり終えるか終えぬうちに、もう戻って来た。

「中へ入ってもらえばよかったのに……」

「なに、大した用事じゃあねえ」

お勝は、亭主の知人だという老爺《ろうや》の、どこかの寺男ででもあるような温和で実直そうな風貌をちらっとおもいうかべたけれども、「どこの人？」とも問わなかった。

岩五郎の何事にも親身な性格は当然、彼の顔をひろくしていたし、こんなことはいつものことなのである。

床へ入ってから、岩五郎がいった。

「お勝、明日はまわって来るよ」

まわるというのは、緡《さし》売りに出ることをいうのだ。

当時の銭は〔穴《あな》あき銭〕であるから、これを藁《わら》でよった緡へ差して束《たば》ねておく。この緡の内職は火消役屋敷の小者の内職なのだが、岩五郎はこれを仕入れて売り歩く。以前は中間《ちゆうげん》自身が売り歩いたものだけれど、恐持《こわも》てにまかせて押し売ったりするものだから、近年は取締りがうるさく、したがって中間どもも、岩五郎のような男に売らせることが多くなって来ていた。

三日に一度ほど、岩五郎は〔もう一つの店〕の店番を義母とおじゅんにまかせて、緡売りに出る。盲目ながら、お八百はりっぱに店番をつとめた。

岩五郎の緡売りは、本所・浅草・日本橋から麴町《こうじまち》あたりまで足にまかせて売り歩くものだから、十把《ぱ》一束《そく》百文の商《あきな》いでも、ばかにならない。

翌日の昼下りに……。

緡売りに出た岩五郎が、浅草・福富町の浄念寺境内《けいだい》で、昨夜おそくたずねて来た〔知り合い〕の老爺と会っていた。

ひろい境内の木立に、蟬《せみ》が鳴きこめている。

老爺は、まさに、この寺の寺男であった。

「昨夜は突然で……びっくりしたろうねえ、岩さん」

と、老爺が人影のない本堂の裏手へ岩五郎をさそいつつ、いった。

「彦蔵爺《とっ》つぁん。よくわかったな、おれのところが……」

「蛇《じゃ》の道はへびよ。一月《ひとつき》ほど前に、お前が緡売りに出ているところを、ひょいと見かけてね」

「そうかえ。ま、ずいぶん爺つぁんとも会わねえ。七、八年にもなるか……いったい、どこにいなすった？」

「中国すじから上方《かみがた》にのう。ところで、岩さん。まさかお前、堅気《かたぎ》になったのじゃあるめえな？」

「何か、うめえ仕事でもあるのかえ？」

「乗るかい？」

「乗るともさ」

「うむ……お前なら気づかいはねえ、と思ったので声をかけてみたのだ。よし、お頭《かしら》に会わせよう」

「どこの親分《たいしょう》の下で、はたらいていなさるのだ？」

「ま、ついて来ねえ」

二

浅草から約一里半。

目黒不動堂の北面、下目黒村の百姓地の一角で、こんもりとした雑木林《ぞうきばやし》の中にある物持ちの隠居所のような家へ、彦蔵は岩五郎を案内したのである。

古びてはいるがつくりもしゃれているし、庭に面した一間《ひとま》へ通されながらも、種々の調度へ眼をやりながら、

（こいつは、大した親分らしい……）

岩五郎の胸が躍《おど》った。

岩五郎の場合、親分とは〔盗賊の首領〕を指している。

ここで、彼の生いたちにつき、いささかのべておかねばなるまい。

岩五郎も盗賊の子に生まれた。

父親の卯三郎《うさぶろう》は、越中・伏木《ふしき》の生まれで、女房のおまきとの間に岩五郎をもうけると、妻子を高岡の町に住まわせ、自分は薬の行商に諸国をまわるという暮しをはじめたが、むろん只《ただ》の行商ではない。

そのころ卯三郎は、上方一帯から近江へかけて〔盗みばたらき〕をしていた中尾の治兵衛という盗賊の首領の配下であったという。

こうした連中のだれもがそうであるように、卯三郎も晩婚で、岩五郎が生まれたときには四十をこえていた。

「なんとか、まとまった金をこしらえて、あとは死ぬまで、もう何もせずに親子

三人、のんびりと暮してえものだ」

と、卯三郎は行商へ出るたびに女房に洩らしたが、おまきは亭主を薬の行商人だと信じてうたがわない。

卯三郎の親分《たいしょう》は、盗賊のうちでも中の下ほどのところで、あまり大仕事はやらぬ。

　それだけに、卯三郎の手へ入る金《もの》もそれ相当なもので、

（もう少し稼いでから……）

おもいおもいするうち、岩五郎が八歳の夏に、おまきが病死をしてしまった。

卯三郎が、せがれをつれて江戸へ出たのは、この後のことで、それでも死んだ女房が七十両に近い金をためこんでいてくれたそうな。

卯三郎は、この金を元手にして〔独立〕することにした。

つまり、ささやかながらも配下を抱えて盗賊の首領に独立したのである。

盗みといっても、衝動《しょうどう》にまかせての乱暴な押しこみ強盗ではない。

真《まこと》の盗賊のモラルは、

一、盗まれて難儀《なんぎ》するものへは、手を出さぬこと。

一、つとめするとき、人を殺傷せぬこと。
一、女を手ごめにせぬこと。

の三カ条が金科玉条《きんかぎよくじよう》というもので、これから外《はず》れた、どこにでもころがってい
るような泥棒を真の盗賊たちは「あさましい」と見るのである。

なればこそ、盗みすることを、つとめするなどといい切ってはばからぬのだ。

またそれだけに仕事もむずかしく、大盗賊になると十年がかりで、ねらいをつけた商家や寺院へ網《あみ》をかける。この間の投資もなみなみのものではないのだ。

五十に近くなった卯三郎が、八人の配下を抱えて独立するためには、七十両の金も充分《じゆうぶん》ではない。

「もう少しの辛抱だ。なあに、いつまでもお前を放っておくものじゃねえ」

卯三郎は行商人としての別の顔で近づきになっていた京橋・西紺屋町の線香問屋・醒井屋《さめがいや》甚助方へ、岩五郎を丁稚《でっち》奉公に出した。

故郷の越中にも、

「親類ひとり、いるわけじゃねえ」

卯三郎だったからである。

こうしておいて、彼は上方へ飛んだが、肝心《かんじん》の〔おつとめ〕のほうは失敗つづきだったらしい。

二年ほどして一度、

「もう少しだから、辛抱しておくれよ」

江戸へ戻って、岩五郎にも会ったが、以来、ぷつりと消息を絶った。

こうした親をもち、身よりの者ひとりすらいない江戸で暮している少年が、どのような成長ぶりをしめすことか、あらためていうまでもなかろう。たとえば年に一度の休みにも帰って行く家がなく、待っていてくれる人ひとりいないのである。

醒井屋の主人も、

「実直そうな卯三郎の子だというので引き取ったのだが、どうも並はずれの強情者の上に陰気でいけない。また親も親じゃあないか。江戸に親類も三人ほどいるといっていたが、まるで嘘だよ。どうもね、薬行商の男の子なぞというものは……ああ、引き取るのじゃあなかった」

と、いいはじめる。

岩五郎は、いざ反抗するとなると主人の小言にも決してあやまろうとはせず、団栗眼《どんぐりまなこ》を白く光らせ、主人でも番頭でも臆するところなく睨《ね》めつけ、口もきかぬ。

そのころから岩五郎は「豆岩」とか「ちび岩」とか呼ばれてい、小男だという劣等感にさいなまれて何度も自殺をおもいたったほどであった。

それでも七年間、奉公をした。

醒井屋のすべての人びとから疎《うと》まれ、嫌《きら》われつくし、

(もう、これまでだ……)

十六歳の暮れの或る日。

小売店の集金にまわり、手にした十五両余の金を持って、岩五郎は二度と醒井屋へは戻らなかった。

あとはもう、無頼《ぶらい》の徒と成り果てるよりほかに道はない。

品川の宿場にいる香具師《やし》の世話になっていたころ、岩五郎は宿場女郎のお勝と知り合ったらしい。

六歳も年上のお勝は、岩五郎にとって姉でもあり母でもあり、さらに恋人でもあった。

このままで数年を経過していたら、岩五郎の人生もまた別のものとなっていたにちがいない。

ところが……。

品川へ来た翌年の冬に、折からの雪の中を宿場へ入って来た見すぼらしい旅の老人と、道でばったり出会ったとき、岩五郎はおもわず叫んだ。

「と、父《とっ》ちゃんじゃあねえのか……」

まさに、卯三郎である。

普通ならば、わが子を放《ほう》り捨て同然にしてしまった父親へ、なつかしげに声をかけるまでもない。けれども岩五郎の脳裡《のうり》には、高岡の町の小さな家で旅から帰って来たときの父と母の、いかにも仲むつまじい団欒があざやかに、強烈にしみついている。

また卯三郎も、そのころは、なめしゃぶるようにして、たった一人の息子を可愛がったものであった。

「おれが故郷《くに》じゃあね、しんこ泥鰌《どじょう》といって、小ゆびほどの小せえ泥鰌がとれる。父ちゃんは、こいつを鍋《なべ》へ入れてね、ごぼうをこう細く切って、味噌の汁をつくるのがうめえのさ。大きい鍋にいっぱいこしらえてよ。おっ母と三人で、ふうふういいながら何杯も汁をすするんだ」

と、岩五郎が双眸《りょうめ》をかがやかせて、お勝に語ったことがある。

それだけに、

（父ちゃんは、きっと仕事がうまく行かねえのだ）

信じてうたがわなかったし、事実、その通りだったのだ。

声をかけられて、卯三郎は笠をはねのけ、渋紙色の皺《しわ》ぶかい顔をゆがませ、

「お前、岩じゃあないか……」

泥雪の中へ、へたりこんでしまったものだ。

そして、息子の現状を見た卯三郎は、ついにおのれの〔本体〕を打ち明け、他人を入れずに父子ふたり、うらみをかけた醒井屋へ押込み、金百四十余両を盗み取ったのが、岩五郎の〔この道〕へ入るきっかけとなったのである。

以来、十七年。

いまは居酒屋〔豆岩〕の亭主となった三十五歳の岩五郎だが、父親はまだ生きているのだ。

だが、そのことをお勝もお八百も知ってはいない。

三

はなしをもどす。

下目黒村の風雅な家に、岩五郎を迎えたのは、五十がらみのでっぷりと肥《こ》えた老人で、色白のふくよかな顔貌はあくまでもやさしげに、長者の風格さえそなわっている。

彦蔵爺が、

「岩さん。お頭《かしら》でいなさる」

と引きあわせるのを受けて、

「海老坂《えびさか》の与兵衛《よへえ》でござる」

老人が名乗った。

岩五郎は目をみはった。

海老坂の与兵衛は、岩五郎と同じ越中の生まれで、父の卯三郎が元気で〈おつとめ〉をしていたころから、すでに親子三代にわたる盗賊界の名門？　であって、

「おれも、こんなに耄碌《もうろく》する前に、一度でいいから海老坂のお頭の下ではたらいてみたかったよ」

と、卯三郎がよくいったものだ。

まさに大盗賊の典型で、盛りには八十余名の配下をあやつり、諸国を股にかけ

て大仕掛けな〔盗みばたらき〕も数カ所にわたって同時におこなったといわれる。

「盗む者も泣きを見ず、盗まれる者も泣きを見ず」

という大盗賊の〔理想〕をつらぬき通し、老齢に達した配下は次々に身をかためさせて二度とこの道へ引き入れず、五十余年の生涯に捕縛された配下はわずかに五名。それも決して頭領・与兵衛の隠れ家の組織をもらすことなく死罪をうけている。

「彦蔵どんとは、前に一緒だったそうだねえ」

と、海老坂の与兵衛が、いつくしみをこめた眼《ま》ざ《な》しで岩五郎を見やりつつ、

「お前さんのことも、お父《と》さ《つ》んのことも、うわさにはきいていましたよ。卯三郎どんは元気だそうだね」

「はい。元気というわけにはまいりませんが、細々と生きております」

「いくつになんなすったね？」

「七十六でございます」

「へえ、そりゃまあ、めでたいことだ」

「ありがとう存じます」

「むりにはすすめないが、乗って見なさるかえ？」

「私でお役にたちますことならば……」

「たのみます。人手がなくてねえ。ま、この年になっていまさらとも思うが……なかなか死にそうにもない。いえばまあ最後のおつとめで、一度は散り散りになった手下の者を全部あつめるのも面倒なので、こぢんまりと十五人ほどでやりたいとおもっているのだが……」

「へえ、へえ……」

多勢の配下の面倒を見つくしてきただけに、海老坂の与兵衛は、これからわが身の余生を送るための金が不足になってきた、と、後で彦蔵が語った。

「あのお頭のおかげで、おれたち仲間がどれだけ畳の上で死ねたか知れやあしねえのだものね。おれもこの年で、いまさらと思ったのだけれど幸いに身一つだし、ろくなはたらきは出来ねえが……なんとか、与兵衛親分の役に立つような人をと思い、手づるをたぐっていたところ、丁度お前を見かけたというわけさ」

と、彦蔵はいった。

すでに、ねらいはつけてある。

本郷一丁目の醬油《しょうゆ》酢問屋《すどんや》・柳屋吉右衛門《きちえもん》という富商がそれで、三年も前から飯たきの下男として善太郎という中年の配下を奉公させている海老坂の与兵衛であった。

このほかに佐助という配下を按摩《あんま》に化けさせて柳屋へ出入りをさせている。これも二年がかりで、いまは佐助も柳屋の主人夫婦の気に入られて、泊りがけでも、み治療をすることもめずらしくない。

もちろん、佐助はりっぱな按摩として通る技術の持主だし、盲目の演技も堂に入ったものだ。

この二人のほか七名ほどが、むかしからの配下で、あとの六名は彦蔵があつめた者らしい。

「お前さんに恥をさらすようだが、柳屋の金蔵《かねぐら》の錠前《じょうまえ》は一寸《ちょつと》むずかしくてね。以前に私のところにいた平十という男なら、どんな錠前でもあけられたものだが、いまはもうあの世へ行ってしまったものだから……」

いいつつ、海老坂の与兵衛が数枚の図面を出して岩五郎の前へひろげた。

いずれも、飯たきになって住込んでいる善太郎が描いたもので、柳屋の屋内屋外の平面図から、蔵の錠前の図まで精妙をきわめた筆致《ひっち》であった。

「なるほど……」

岩五郎は息をのんだ。

錠前外しの技術は至難のもので、大きな商家になればなるほど精巧な錠前を使用してい、それが二重三重になっているから、なまなかな盗賊ではあしらいかねる。

何年かかっての計画でも錠前があかなくてはどうにもならぬ。

それなら、店の者へ白刃をつきつけ、鍵を出させて蔵の扉を開けさせればよいのだが、そこはそれ、真の盗賊はちがうのである。

ねらいをつけた家の人びとが安らかに寝息をたてて朝を迎え、しばらくしてから、

「あっ……盗《と》られた」

と、仰天《ぎょうてん》するのでなくてはならぬ。

戸の隙間から微風のように入り、また微風のように出て行く。

なればこそ綿密《めんみつ》な計画も必要であるし、腕利きの配下もほしいのである。

近年は、白刃をぬきはらって押し入り、脅《おど》したり殺したり、女と見れば盗みの最中にこれを犯《おか》し、暴力にまかせての盗賊団が横行している。

そのことを熟知している岩五郎だけに、

(うわさにたがわぬ立派なお人だ)

じゅんじゅんと計画を語る海老坂の与兵衛の顔貌に、声に、おもわずうっとりと酔ってしまっていた。

一時は、上方すじの大親分のもとで、錠前外しには折紙をつけられた岩五郎だけに、目《ま》のあたりに見る巨賊の風格に魅《み》せられ、

（ふうむ……このお人のためなら、なるほど命がけではたらく手下も出る筈だ）

感にたえている。

与兵衛は彦蔵を信じ、いったん信じたとなると彦蔵が連れてきた岩五郎にもむかしからの配下と同様の信頼をかける。

もしも、そむかれて自分の身が危険になる、ということなどは考えても見ない。

このあたりが並の首領とはちがうところで、その度量《どりょう》の大きさは、岩五郎から見ても判然とする。

「この錠前のことを、たのみましたよ」

彦蔵と共に辞去するとき、海老坂の与兵衛が軽く頭を下げて、金十両を半紙に包み、

「まだ会ったことはないが……卯三郎どんに、みやげでも」

と、岩五郎へわたしてよこし、

「仕事《おつとめ》は、秋の風が吹きはじめてからだがね」

といった。

その夜、家へ帰った岩五郎は、めずらしく眠れないらしく、お勝は彼が輾転《てんてん》と寝返りをする気配を夢うつつに知って、朝になってから、口には出さぬが、

（どうも変だ。うちの人、なにか心配事でもあるのかしら……？）

ちらと不安をおぼえたが、それも一日きりで、以後の岩五郎の日常には変化もなく、相変らず、苦労をしつくしたもの同士がたどりついた団欒《だんらん》は小ゆるぎもしなかった。

あのとき……。

品川宿でなじんだ岩五郎が突然に消えて後、三年を経てから、お勝は高輪北町に住む大工の弥吉に落籍《ひか》されて女房となり、宇吉を生んだが、間もなく弥吉に死なれ、盲目の母と子を抱えて苦労をしたあげく、品川の〔みなとや〕という小店《こみせ》から二度のつとめに出た。

二十八になった岩五郎と再会したのも、やっぱり品川においてであった。

四

たちまち、夏はすぎた。

寛政元年八月（現代の九月）下旬の或る日のことだが……。

この日も緡《さし》売りに出た岩五郎が、回向院《えこういん》門前を歩いていると、すれちがった侍《さむらい》が岩五郎だけにわかる眴《めくばせ》をし、そのまま急ぎ足で後もふり返らずに竪川《たてかわ》の方向へ行く。

歩みつつ、侍は手にした笠をかぶった。

かなりの距離《きょり》をおいて、岩五郎は、この侍の後にしたがった。

侍の名を佐嶋忠介《さじまちゅうすけ》という。

佐嶋は、御先手組《おさきてぐみ》の与力《よりき》をつとめている老巧の人物である。

大川へながれこむ掘割りの竪川に、夕陽がにぶく光っていた。

佐嶋忠介は、わき目もふらずに二ツ目橋をわたり、深川へ向う道をすすむ。

このあたりには、旗本屋敷や大名の下屋敷が並んでいるけれども、草地や雑木林も多く、まだまだ江戸郊外の名残《なご》りを色濃くとどめている。

あまり、人影もなかった。

佐嶋与力が、つと林の中へ切れこんだ。

その姿を遠くから岩五郎はみとめている。

岩五郎は歩みの速度を尚もゆるめ、間怠《まだる》いほどの時間をかけてから雑木林へ分け入った。

林の中に、佐嶋忠介がたたずんでいる。

「かわりもないかな？」

と、岩五郎を迎えた。

「へい、おかげさまをもちまして」

「卯三郎も達者か？」

「どうやら、少しずつでございますが手足もうごくようになりまして……」

「そりゃあよかった」

笠をぬいだ佐嶋が、五十二歳にしては若々しく見える温顔をほころばせて、

「ときに……」

「へ？」

「この春には大手柄《おおてがら》をたてたそうだな。布引《ぬのびき》の九右衛門《きゅうえもん》一味をことごとく御縄《おなわ》に

することができたのも、お前の、かげながらのはたらきが大きかったと、先日、長谷川様も大層におよろこびであったぞ」

「左様で……へい、もったいねえことでございます」

佐嶋与力が長谷川様といったのは、火付盗賊改《ひつけとうぞくあらた》メの長谷川平蔵宣以《のぶため》のことだ。

火付盗賊改方は、町奉行所とは別の、いえば一種の特別警察のようなもので、すこぶる機動性に富み、江戸市中内外の犯罪を取締ることはもちろん、いざとなれば、自由に他国へも飛んで行って〔刑事〕にはたらく。この幕府職制中の役目は御先手組の組頭《くみがしら》が交替でつとめ、四百石の旗本・長谷川平蔵は現・火付盗賊改方の長官ということになる。

平蔵が役目についたのは二年ほど前からで、その前は堀帯刀《ほりたてわき》がつとめていた。

ちなみにいうと、佐嶋忠介は堀帯刀に属する与力であって、堀が盗賊改メをしていたときにはこれをたすけ、縦横に活躍をした男で、

「……忠介で保《も》つ堀の帯刀」

などと、うわさをされたほどであった。

だから、いま雑木林の中で親しげに語り合っている佐嶋与力と岩五郎は、敏腕《びんわん》の前警吏と前盗賊ということになる。

「ときにな……」

と、また佐嶋がいった。

「おれは今度、長谷川様から借りられることになったよ」

「へい」

「別に、あらたまることはないのだが、今日からお前との連絡《れんらく》はおれがする。以前の通りだ」

「わかっております」

「昨日から、おれは長谷川様御役宅内の長屋へ移っているが、かまえて訪《たず》ねて来るな。急用のあるときは、お前の店の軒先へ、そうだ、この笠をつるしておけい」

と、佐嶋与力が手にした変哲もない菅笠《すげがさ》をわたしてよこした。

ここまでくれば、この二人の関係もおのずから知れよう。

岩五郎は前盗賊の履歴《りれき》と経験に物をいわせ、火付盗賊改方の手先となっていたのである。

つまり町奉行所の場合なら、同心、御用聞きの下にいて絶えず暗黒街の情報を探《さぐ》っている下《した》っ引《ぴき》に相当するもので、盗賊仲間からいえば汚《けが》らわしい〔狗《いぬ》〕ということになるのだ。

岩五郎がそうなったについては、むろん、それだけのいきさつがあった。

七年前まで、岩五郎は父親と共に甲州一帯を本拠《ほんきょ》とする鶍《いすか》の喜左衛門という大盗の下でおつとめをしていたものだ。

この喜左衛門の配下でも頭株の真泥《まどろ》の伊之松という盗賊が、単独で江戸へ出て来て盗みをはたらいたことがあり、これを当時の火付盗賊改メ・堀帯刀が捕えた。

いうまでもなく直接に捕縛《ほばく》をしたのは与力・佐嶋忠介である。

真泥の伊之松を責めたててみると、どうも背後には大物がひそんでいる気がして、佐嶋与力は思いきった拷問《ごうもん》にかけ、ついに伊之松の口から鶍の喜左衛門一味の所在を白状させるに至った。

このとき、喜左衛門は甲州・石和《いさわ》の本拠に一味をあつめ、大仕事をするため大坂へ乗りこむ手筈をととのえていたらしい。

そこは機動性のある盗賊改方であるから、

「世のためになることじゃ。かまわぬ、甲州へ出張《でば》って鶍一味を引っ捕えい」

と、堀帯刀が命を下し、佐嶋与力は同心五名、小者十名をひきつれて甲府へおもむき、甲府勤番からも人数を出してもらい、石和の本拠へ打ちこみ、鶍の喜左衛門以下十二名を捕縛した。

　この中に、岩五郎と卯三郎も入っていたのである。

折しも、卯三郎は中風《ちゅうぶ》を発して身うごきもならず、ために岩五郎も逃げ遅れ、共に捕縛されたのである。

　一味が江戸送りとなって後に、佐嶋忠介が中心となって吟味を重ねたが、岩五郎のどこを見こんだものか、或る日の深夜に岩五郎のみを牢《ろう》から出して自室へ呼びつけ、

「中風の親父と共に死にたいか。それともお上《かみ》の御用にはたらき生きのびたいか？」

　と、持ちかけたものだ。

　むろん、岩五郎としては同業の者を売る狗《いぬ》なぞに成り下りたくはなかったが、佐嶋与力は懸命に説きふせ、盗賊たちの組織を放り捨てておいては、いまに警吏の手もおよびかねることになるし、岩五郎らのいう〔真の盗賊〕の激減と共に、殺し、強姦《ごうかん》をも合せおこなう非道の盗賊が増加する一方の現状を述べた。このことは岩五郎も遺憾《いかん》とするところであったし、誠意をこめた火のような舌鋒《ぜっぽう》をもって説きすすめる佐嶋の情熱に、

（御公儀のお役人にも、こんなお人がいたのか……）

と、感動をした。

さらに。

堀邸内にもうけられた牢内で病気に苦しむ父親・卯三郎を見ていると、どうにも居たたまれなくなり、数日を経て、

「お引きうけいたしましょう」

と、佐嶋与力へ申し出たのである。

こうして、鷵一味が死罪になった後、ひそかに岩五郎と卯三郎は牢を出され、中気の父親を浅草下谷・新寺町の長屋に住まわせ、これに小女《こおんな》をつきそわせた。以来いままで、この父親の面倒は申し送りに火付盗賊改方で見てくれている。また、それだけに岩五郎もはたらいて見せねばならなかった。

お勝と再会し、現状のごとき家業をいとなんだのも、それが〔狗〕としての探索に便利であったからだ。

そのかわり、むかしの同業者にこのことが知れれば、否も応もなく、岩五郎は裏切者として復讐《ふくしゅう》の刃を身に受けねばなるまい。

清水門外《しみずもんそと》の長谷川平蔵役宅へは訪ねるな、と佐嶋が念を押したのもこのためで、

双方の連絡には相当の苦心を必要とするのである。

岩五郎と別れるときに、佐嶋忠介がふっと思い出したようにいった。

「このごろ、ひょいと耳にはさんだことなのだが、ほれ、むかしは名を売った海老坂の与兵衛が江戸にいるという……あの大泥棒、まだ生きているらしい」

岩五郎は、こたえなかった。

「そのことも気にかけておいてくれ」

「へい……」

五

海老坂の与兵衛の指揮の下に〔おつとめ〕の計画は着々とすすめられ、いまは決行のときを待つばかりとなった。

盗み出した金箱は、用意した二梃《ちょう》の駕籠《かご》へ入れ、これを駕籠かきに化《ば》けた一味の者が担《かつ》ぎ、頭領・与兵衛自身がつきそって、本郷・竹町の組屋敷がならぶ道をぬって一気に仙台堀へ出る。

そこは江戸城・外郭の濠《ほり》でもあって、ここに小舟が待ちかまえて金箱を受けとり、一味のうち約半数を乗せ、御茶の水から江戸川へ逃げようというのだ。

（なるほどなあ……）

計画がすすむにつれ、岩五郎は感嘆せずにはいられなかった。

これだけの大仕事をしながら、翌朝になるまで犯行をさとられぬために微細《びさい》な工作をおこない、一味の者もすべて安全に逃げ切るよう、海老坂の与兵衛は苦心をかさねている。

そこには頭領として、

「手下の者のすべての身になって、おつとめをするのでなくては頭領の値打ちなし」

と断ずる与兵衛の信念が、脈うっているのである。

岩五郎は、われを忘れていた。

狗の身ならば、この計画がはじめられたとき、何を置いても火付盗賊改方へ密告をし、指令を仰がねばならない。

そうでなくては、岩五郎が〔公儀〕を裏切ることになるのだ。それが判明したら岩五郎も卯三郎も捕えられ、有無《うむ》をいわさず打首になってしまうこと必定《ひつじょう》であった。

「わしにとっても、これが最後のおつとめゆえ、獲《え》たものは一年後にみなで分け合い、以後は互いに相かまわぬことじゃ」

と与兵衛はいった。

一味十五名の中で、岩五郎が知っているのは彦蔵爺のみだが、名のみをきいていた腕利きもかなり入っている。

岩五郎は蔵の錠前を外す道具をひそかにあつらえ、計画に熱中した。

彼の説明をきいて与兵衛も、

「さすがに岩五郎どんだ、きっと錠前は開《あ》くよ」

力づよく、受け合ってくれたものである。

岩五郎は、浅草にいる卯三郎にも、このことを洩らさぬ。これを知ったら老父は、

「とんでもねえ。お前は佐嶋さまの眼を節穴だとおもっているのか……どうか、やめてくれ。よいよいになったおれはともかく、お前の首が飛んだら、女房子はどうするのだ」

きっと、必死にとめることであろう。

にもかかわらず、岩五郎は深入りをしている。

（こんな大親分は見たことがねえ。なるほど、真の大仕事とはこういうものなのか……）

であった。

盗賊としての血がわき返ってくるおもいなのである。

一味の統率力もすばらしい。下目黒の隠居所を中心とする連絡にも全く村人たちの眼にとまらぬ手法がつかわれ、それが、いちいち灰汁《あく》ぬけている。一味の者たちは決行までの過程をたのしみつつ、しかも緊張が日毎に加わって行く妙味をかみしめながら、念には念を入れて準備をかためてゆくのだ。

海老坂の与兵衛は、一点のうたがいも岩五郎に対し抱いてはいない。

配下を信ずること鉄のごとし……でなければ大仕事は出来ない。何しろ脅《おど》しの刃物なぞというものは剃刀《かみそり》ひとつ持って行かぬというのである。

（だが、もう、いけねえ……）

岩五郎は、本所の雑木林の中で佐嶋忠介に会い、佐嶋から「海老坂の与兵衛が江戸へ入っているらしい」と、釘をさされてからは、夢がさめたようなおもいがした。

（佐嶋さまは、おれのしていることをお見通しなのかも知れねえ。あのお人の眼

はごまかせねえ）

そうなると……。

この夏、店先へあらわれた乞食坊主の予言が急に気になり出したものである。

（あの坊さんは、おれの、いまの暮しのもとになっていることへ、そむいちゃあならねえといいなすった……）

その基盤《もと》というのは、あくまでも〔狗〕となって公儀のおために働くことなのだ。

（あぶねえ……あぶねえ……）

岩五郎は、我に帰って冷汗をかいた。

いったんは父親ともども死罪になるところを助けられたということは、重大なことであった。

おのれのみか、現在では、お勝やお八百、子供たちの運命までも背負っている岩五郎なのである。

（さ、佐嶋さまには、そむけねえ）

思いきって、あれから二日ほど後の朝、岩五郎は店の軒先へ、佐嶋から受けとった菅笠《すげがさ》をつるした。

海老坂の与兵衛の顔を見てからでは、とても密告が出来なくなる。

すると、笠をつるして岩五郎が店の中へ入るか入らぬかのうちに、彦蔵爺が顔を見せた。いままでは、お勝とも顔見知りになっている爺さんであった。

彦蔵は「すぐに下目黒へ……」と、岩五郎へささやき、にこにことお勝たちへは笑顔を見せながら帰って行く。

すでに〔おつとめ〕の決行は、九月七日の夜ときまっている。

出かけぬわけにはゆかないので、岩五郎が下目黒へ行くと、与兵衛が、

「岩五郎どん、日がのびたよ」

と、いった。

何と、本郷の柳屋へ飯たきとなって住み込んでいた善太郎が急病で倒れてしまったと、按摩の佐助から知らせが入ったのだという。

しかも、その急病は卯三郎と同じ〔中風〕だというのだから、とても役にはたたぬ。

内からの手引きなくしては、刃物ひとつ持たぬ盗みが成立するわけがないのだ。

「さ、左様で……」

この瞬間、岩五郎の面上には、ありありと落胆《らくたん》の色が浮きあがった。演技では

ない。われ知らず、この頭領と、この大仕事に魅せられて夢中に日をすごし計画に加わっていた岩五郎の盗賊としての情熱が、

（何てえこった。残念な……）

の真情となって露呈《ろてい》されたのである。

「日がのびる、だけじゃあすまないよ。善太郎のかわりに柳屋へ手下の者を入れるまでには、また一年もかかろうかねえ」

与兵衛、いささかもあわてぬ。

悠然として、時を待とうというのだ。

「ま、そのつもりでいて下さいよ」

与兵衛にいわれ、岩五郎はふらふらと浅草へ帰って来、豆岩の、もう一つのほうの店の軒先を入りかけて、

「あ……」

おもわず、低く叫んだ。

軒先には、まだ菅笠がつるしてあった。

（日がのびたのなら、なにも急いで……）

おもったとたん、秋の夕闇がたちこめる河岸道を近づいて来た侍が笠の中から、

「おれだ」

何気なく岩五郎へ声をかけておいて、さっさと遠ざかって行く。

与力・佐嶋忠介であった。

岩五郎は、これに従って歩み出すよりほかに道はなかった。

膾《なます》にでもするつもりなのか、生きのよさそうな鱸《すずき》に庖丁をいれていたお勝が開け放した障子の向うから顔をのぞかせ、

「お前さん。お帰んなさい。どこへ行くのさ？」

声をかけてきた。

「すぐ帰るよ。一本つけといてくんねえな」

強《し》いて明るくこたえ、岩五郎は身を返した。

六

岩五郎の密告によって、海老坂の与兵衛一味が、火付盗賊改方・長谷川平蔵によって捕えられたのは、それから三日後のことである。

浄念寺にいた彦蔵爺ほか、頭領の与兵衛をふくめて計九名がお縄にかけられた

が、残る六名は逃亡した。

その翌朝……。

御厩河岸の岩五郎一家のものが、夜逃げをした。

同時に、下谷・新寺町の長屋から、よいよいの卯三郎も姿を消した。

その夜。

江戸城・清水門外にある長谷川平蔵役宅の奥の一間で、あるじの平蔵が佐嶋忠介と語り合っている。

「病人の父親を抱えての旅でありますゆえ、岩五郎を捕えるのはわけもないことですが……」

と、佐嶋与力がいうのへ、長谷川平蔵は事もなげに、

「捨てておけ」

「は……」

「岩五郎も、よくせきのことであったのだろうよ。いままでよくはたらいてくれたほうびだ。好きにさせてやれ」

「却《かえ》って、あぶないことで」

「与兵衛一味のうち、逃げた者が六名。こやつらが、もし岩五郎の裏切りを知っ

たなら、只ではおくまい」

「そのことでございます」

「そのときはそのときのことよ。いまの岩五郎には、江戸で暮したくない理由があるのだろう。さて、岩めはどこへ行ったやら……生まれ故郷の越中を目ざしたのではあるまいか……」

この部屋に、もう一人の男がいる。

坊主あたまながら小刀をたばさんだ老人……と見えるが、この男、長谷川平蔵と同年の四十四歳で、平蔵とは若いころの剣術友達だ。名を岸井左馬之助《さまのすけ》といって、父の代からの下総《しもうさ》・佐倉の浪人である。

平蔵が盗賊改メに任じてから、岸井左馬之助の蔭《かげ》からの助力は大きかったといわれる。岸井は変装に妙を得て市井《しせい》に埋没し、さまざまの情報を平蔵におくりわたして犯人検挙に協力をした。

その岸井が、このとき口をはさんだ。

「岩五郎は、よい男であったな、平蔵どの」

「うむ」

「この夏であったが……おれが、例の乞食坊主の風体《ふうてい》でな。何喰わぬ顔で岩の店へころげこみ、水を所望したことがある」

「ほほう……それは、いっこうに存じませぬでした」

「うむ。そのときにな、親切に水をのませてくれた上、銭を包んでくれてな」

と、佐嶋与力。

「なるほど」

「あの男、これなら御役にたつ、と思いきわめたものだ。そのときの、彼のとりなしのあたたかさ。おもわずうれしく……おれもな、人相をいささか見るので、お前は長命の相じゃと、こういってやったものだ」

「そりゃ、まことにか？」

と、長谷川平蔵。

「うむ」

大きくうなずき、岸井左馬之助が、

「それでな、おれも念を押したものよ」

ほろ苦《にが》く笑って、

「いまの暮しのもとになっていることに、そむいてはならぬ、となし
「ふむ、ふむ」

「何やら、感にたえた顔つきをしておったが……」

「なるほど」

庭に虫の声がみちている。

月の無い晩で、風は冷えていた。

酒肴《しゆこう》がはこばれ、長谷川平蔵が取りあげた盃へ佐嶋忠介が酌をしかけたとき、

「岩五郎が、越中のどこかの町で、中風の親父と盲目の義母と、女房と子と、安《あん》穏《のん》に好きなどじょう汁をすすってくれるような身の上になってくれることだな」

平蔵がいい、盃をほしてから岸井左馬之助へ、

「ところで左馬。おれが寿命《じゆみよう》は？」

と、きいた。

岸井は悪びれもせず、

「五十まで」

ずばり、いいきったものである。

平蔵は、にやりとして、こういった。

「あと六年か……やることだけはやってのけておくことだな、左馬」

老盗《ろうとう》の夢《ゆめ》

一

簑火《みのひ》の喜之助《きのすけ》は、その日も、お千代の墓参りに出かけた。
京都へ来てから、年を越して二カ月にもなるが、
(わしのすることは、むかしの情婦《おんな》の墓参りだけになってしまった……)
なのである。
いま、喜之助は、五条橋・東詰《ひがしづめ》にある宿屋〔藤《ふじ》や〕方に滞在をしていた。
滞在というよりも、藤や主人の源吉が、
「さあお頭《かしら》が帰って来なすった。もうもう決して離しませぬぜ」
という、そのことばを素直《すなお》に受けて、

(わしも、六十七になってしまった……なにごとも思いきって、京へ骨を埋《う》めるのもいいだろうよ)

喜之助はめっきり老《ふ》けこんだ心細さと、それがために生ずる楽隠居《らくいんきょ》の安逸《あんいつ》さとの微妙な混交《こんこう》を、古びた肉体とこころのうごきの中に嚙みしめ、味わいつつ、日を送っていたのである。

その日……あの場所で……。

その女を見ることがなかったら、喜之助の余生は、おだやかな衰弱のままに身をゆだね、何事もなく朽《く》ち果てていったことであろう。

お千代の墓は、京都市中の北方、瓜生山《うりゅうやま》の裾《すそ》にあった。

お千代が死んでから、二十年を経ている。

彼女は、盗賊〔伊賀の音五郎《おとごろう》〕の女房であり、喜之助と音五郎との交際《つきあい》(盗賊同士の)は、かなり古い。

だが、喜之助が、お千代の顔をはじめて見たのは、伊賀の音五郎が捕えられ、大坂・千日前の刑場で〔火あぶり〕の刑に処せられた後のことで、

「生前、音五郎が、いろいろと御世話になりましたそうで」

と、お千代が京の喜之助宅へ、あいさつにあらわれたのである。これは亡き音

五郎が「いざというときは簑火の人をたのめ」といいのこしていたことをも意味するのだ。

そのときの喜之助宅が、いまの藤やで、当時も表向きは宿屋を経営してい、裏へまわれば一味の〔盗人宿《ぬすっとやど》〕であったわけだ。

「お前も足を洗う気なら、この藤やをゆずってやろう」

八年前。喜之助が盗みをやめ、江戸へ去るとき、こういって藤やの〔のれん〕をゆずりわたした、その亭主が、いまの源吉なので……だから藤や源吉、もとは簑火一味の幹部盗賊ということになる。

さて、その日の昼ごろ。

喜之助は〔藤や〕を出て、鴨川の東岸を北上し、前面に比叡山《ひえいざん》を仰ぎつつ、一《いち》乗寺《じょうじ》村へかかった。

底冷《きつ》えの強い京の町にも、これをかこむ山なみにも、日毎に春のにおいが立ちのぼりつつあるかのような、なんどりと晴れた午後であった。

瓜生山の谷間《たにあい》にあるお千代の墓を清め、例のごとく、しばらくは其処《そこ》に茫然《ぼうぜん》とたたずむ。

伊賀の音五郎の女房だったお千代を情婦にしたのも、彼女が、

(なにごとにつけ、お前のような女でなくては、盗《つとめ》のことを打ちあかせぬ)

ほどの、しっかりした女だったからである。

それのみではない。

反胸《そりむね》の堂々たる体格のお千代の、あくまでも豊満な乳房や腰の肉《しし》おきが、喜之助には惜しくて惜しくて手ばなせなくなってしまったのだ。

(お千代。源吉がね、わしが死んだら、この墓へ一緒に埋《う》めてくれるとさ)

なんとなく、墓へ語りかけるような泪《なみだ》もろい気持になってくるのが、われながらなさけなかった。

空に夕暮れのいろがただよいはじめたのに気づき、喜之助は帰途についた。

一乗寺村へ下る坂道へ出たとたん、喜之助は胃の腑《ふ》をぎゅっとつかまれたような気がした。

眼の前を通りすぎた肥《ふと》り肉《じし》の大女が、お千代そっくりに見えたからである。

おどろいた瞬間に、喜之助はぎくりと足をふみ違え、苦痛のうめきを発し、尻《しり》餅《もち》をついてしまった。

大女が駈け寄って来た。肥体に似合わぬ、その敏捷《びんしょう》な躰のこなしもお千代そのままなのである。

「大事ございまへんかえ？」

あたたかい女の手が、喜之助を抱き起した。見上げて喜之助が、

(ちがう、ちがう。ちがうのが当り前さ)

苦笑をにじませた。

大女だが、若さにみなぎっている可愛らしい顔が近々と喜之助を見つめている。

黒瞳《くろめ》のぱっちりと、鼻も唇《くち》もぼってりとした……愛嬌《あいきよう》たっぷりな表情のうごきが、京の女にはないものであった。

「ありがとうよ。どうも年寄りは、足もとが……」

「大事おへんか？」

「あ、立てるとも……お前さん。こんな、さびしいところにお住まいかえ？」

女は笑って、この坂の上の不動堂へ参詣しての帰りみち、だ、とこたえた。

この夜。喜之助は、ついに五条の〔藤や〕へ帰らなかった。

二

この夜から、簑火の喜之助の様子が、がらりと変った。

（もしやお頭は、また新しいお盗《つとめ》のことでも考えはじめたのではなかろうか？）

はじめのうちは、藤や源吉も気が気でなかった。

いまはもう堅気《かたぎ》暮しがぴったり板につき、藤やも裏表なく宿屋稼業をしているし、そうなればまた、十手《じって》捕縄《とりなわ》への恐怖がない一日一日のありがたさが、五十男の源吉には身にしみてきている。

このごろの喜之助は一日置きに藤やを出て、いそいそと何処かへ行き、外泊もまれではない。ここに至って、

（ははあ……いい女《の》が出来なすったか……）

と源吉にもなっとくがいったようである。

一月《ひとつき》もたつと、篝火の喜之助の老顔に花が咲いたような照りがみなぎりはじめ、京へ来てからは眼に見えておとろえかかっていた体軀が筋金をはめこんだかのようにぴんしゃんとなった。

喜之助も源吉も、たがいに何もいわぬが、藤やの奉公人同様に、喜之助を主人の叔父だと信じきっている源吉の女房・おきさも、

「叔父さまのおあそび、度がすぎぬとようござりますなあ」

などと、苦笑まじりに、

「どこの女《おな》ごはんどすのやろ？」

「ま、いい。叔父ごのなさることだ。まちがいはあるまいよ」

と、源吉はこたえた。

喜之助の相手の女は、まさに、あの大女であった。

おとよと名乗る彼女は、愛宕《あたご》郡、山端《やまばな》の茶屋〔杉野や〕の茶汲女である。

山端は、若狭《わかさ》街道が京の都へ入らんとする喉《のど》もとにあたるところだけに、高野川沿いの街道には茶店もならぶし、料理茶屋もあり、麦飯・とろろ汁・川魚料理などが名物だそうな。〔杉野や〕もその一つで、街道に面した店先をぬけ、中庭へ入ると、こんもりとした木立を縫い、渡り廊下でつないだ三棟ほどの座敷があり、ここでゆるりと飲食をたのしめるし、のぞみとあれば泊ることもできる。

あの日、連れ立って一乗寺村へ出たとき、おとよがここの茶汲女ときき、喜之助は軽く夕飯をしたためて帰るつもりになった。

それもこれも、大女好みの男の血が少しばかり波立っていたからであろうか……。

おとよは大いにうれしがり、杉野やでも、金持ちの老商人と見てとって下へもおかぬもてなしぶりを見せ、喜之助は久しぶりに酒をのみすぎ、茶汲女たちに祝儀をはずみ、愉快にさわいだ揚句、奥座敷へ酔いつぶれてしまった。

この夜に、おとよをわがものにしたのではないし、喜之助もまた、六十七歳のわが老軀が、いまさらどうなるわけのものではないことを充分に知悉《ちしつ》していたのだ。

ところが翌日。藤やへ帰ってからも、喜之助の血のさわぎは容易にしずまらなかった。

喜之助の大女好みは、いまにはじまったことではない。

亡きお千代も然り。足を洗って江戸へ行き、むすめ一人を抱えた中年の寡婦《やもめ》・お幸と知り合い、彼女の世話をする気になったのも、お幸がでっぷりと肥えた福々しい体格のもちぬしであったからだ。

このお幸の故郷である武州《ぶしゆう》・蕨《わらび》の宿《しゆく》で、喜之助は小さな宿屋をいとなんだが、お幸が病死したのをきっかけに、お幸のむすめ・おもんに聟《むこ》を迎えて当主とし、

「さ、これからはお前さんたちで、ここを仕切って見るがいい。お父さんは京へ行き、もう帰っては来ないよ」

ひきとめる若夫婦の手を振りはらい、蕨を発したのも、かねがね、くどいほどに、

「京へもどって来て下さい」

と、手紙をよこしていた藤や源吉の手に、おのが老後をゆだねたほうが気楽だと決意したまでである。

ひと先ず江戸へ出て、あの〔血頭《ちがしら》の丹兵衛《たんべえ》〕事件に、喜之助もしゃれた一役を買い、京へのぼる途中、薩埵峠《さったとうげ》ふもとの茶屋で喜之助は小房《こぶさ》の粂八《くめはち》と出会った。

粂八と別れて峠を越えて行くと、物々しい警固の列にまもられて山道を上って来る唐丸籠《とうまるかご》が十三。

すれちがいつつ、笠の中から何気なく、その唐丸籠の一つを見て、

(あっ……まぎれもねえ、血頭の丹兵衛どんではねえか)

籠の中の丹兵衛は、江戸送りの獄門《ごくもん》をひかえ、もう半分は死人のように虚脱《きよだつ》していたから、むかし友達の喜之助へ気がつく筈もない。

(そうだったのかえ……)

さすがに簑火の喜之助、小房の粂八と血頭の丹兵衛とのいきさつが水をのみこむような自然さで胸に落ちてきたものだ。

(江戸で、あの非道な、むごい盗《つとめ》をしたのは、やっぱり本物の丹兵衛どんだったのか……ふ、ふふ……粂八どんも、わしと同様、本物の仕わざではねえと思って

いなすったのだね。すると……先刻、条八どんの連れのおさむらい。陣笠に馬乗《うまのり》袴《ばかま》で、しゃんとした姿かたち……うむ。まぎれもねえお役人だ。すると条八どんは、その手先……つまり、狗《いぬ》になっていなすったのか)

はなしが逸《そ》れた。もとへもどそう。

それで喜之助……。

ついつい、山端の杉野やへ通ううち。ある日の夕暮れであったが……。

いつものように、おとよの愛嬌たっぷりな接待をうけ、魚をむしって口へ入れてもらったり、一つ盃で酒をくみかわしたりするうち、

(あ……？)

われながら意外……勃然《ぼつぜん》として萌《きざ》しはじめたのを知ったのである。

眼前に、おとよのもりあがった乳房が、この世のものではないほどの巨大さで衣服からはじきこぼれんばかりであった。

「おい……」

女の、その体軀にくらべては嘘のようにちんまりとした手をつかむと、

「あい……？」

はずかしげに、つつましげに、それでいてふれなば落ちようという風情。ぷっ

くりとしたおとよの若い唇がわずかにひらき、白い歯の間からちらちらと紅色の舌が見える。

「お、おい……」

「あい……」

引きよせると、おもい躰《からだ》をふわふわともたせかけてきたが、その重量をささえかね、喜之助は横ざまに倒れた。倒れつつも、喜之助の右手が小山のごときふくらみを見せたおとよの腰へのびている。

そして……。

万事が、とどこおりなくすんでしまったのである。そればかりか、老いたわがちからの前に、ほとんど狂態に近い態《さま》をしめしたおとよを見て、

(こ、こいつは、わしも、まんざら……)

喜之助は、おどりあがらんばかりであった。

帰りぎわに、この、もと大盗賊の頭領が、いささか恥ずかしげに、

「五年ぶりだよ」

おとよにささやくと、女は得もいわれぬ嬌声《きょうせい》をもって、

「あ……こないなこと、わたし、はじめて……一度にやせてしもうた……」

とこたえたものだ。

(わしにも、まだ男のちからが残っていたじゃないか……)

もちろん若い者のそれとは比ぶべくもないが、喜之助はそれなりに、女の巨体へ立ち向えたし、そこは老練の千変万化の仕わざで二十歳のおとよをあしらう。ふしぎに疲れも浮いては出ず、却《かえ》って若やいだちからが心身にわき出てくるおもいがして、

(よし、これなら大丈夫……もう一度、死ぬ前に、夢を見るか……)

おとよの双腕《もろうで》に抱きしめられ、まくわ瓜《うり》のような乳房に老顔をうめていると、喜之助は幼児の甘えさえも取りもどしてくる。

信州・上田のつくり酒屋の子に生まれた喜之助の母は、上田城下の人びとから、

「相撲小町《すもうこまち》」

とよばれた大女で、しかも美女であったという。その顔だちの美しさを、六歳の夏に母と死に別れた喜之助は、よくおぼえてはいない。

だが、圧倒されるほどの巨大な乳房や腰。腹の中へ自分の小さな躰が埋没《まいぼつ》するような……母の肉体のすばらしさだけは、喜之助の肌がしかとのみこんでいたのである。

(この年になって、おとよのような若い大女にめぐり合うというのも何かの縁だ。江戸へ出て、おもいきり、おとよにぜいたくをさせてやり、わしも、あれのみごとなからだに溺《おぼ》れてみたい……)

それには、先ず金がいる。

五十両ほどの死金は持っている喜之助だが、こうなると、そのようなことではおさまらなくなってきた。盗《つとめ》ざかりのころ、数年がかりの大仕事をすませてのち、酒も女も思うままの贅沢三昧《ぜいたくざんまい》な明け暮れが、老いた喜之助の胸によみがえってくる。

(だが……藤やの源吉には黙っていよう。あの男は、もう堅気の水にしっかりとなじみきっているものなあ……)

血頭丹兵衛事件で、ひそかに盗《つとめ》したことも源吉には洩らしていなかった。

晩春の或る夜。

杉野やの奥座敷で、いまはもう大っぴらに夜具をしきのべ、肥体をなやましげにくねらせつつ、喜之助の巧妙な愛撫にもだえているおとよに、

「すこしの間、待っていてくれるかえ?」

喜之助が、甘ったるい声でささやいた。

「どこへ、お行きやすの？」

「江戸へ、一応もどるつもりさ」

「ま……」

「お前さんが住む家を見つけに行くのさ」

「ほんまどすの、江戸見物へ……？」

「ほんま、ほんまだよ」

「あれ、うれしおす」

「ここに二十両ある。それまでの小づかいだ。ま、半年……おそくも秋までにはもどるが、それまでに、浮気ごころをおこしたりしたら承知しませんよ」

「そんな、あほなこと……」

「あ……おい、おい……そうお前……乳房《ちち》を押しつけちゃあ、お前……わしの息がつまってしまうじゃあないか」

篝火の喜之助が、

「すぐにもどる旅ゆえ、案ぜぬこと」

と、簡単きわまる手紙を藤や源吉へのこし、いずこともなく消えたのは、それから三日後のことである。

三

江戸は、初夏であった。

篝火の喜之助は、京から百二十五里二十丁の東海道を、二十五日もかけて江戸へ入っている。

そして、京を出るとき、五両そこその金が入っていた喜之助の胴巻が江戸へついたときは百十二両余にふくれあがっていた。

これは、東海道を下る道中で、喜之助が只ひとりで盗みばたらきをした収穫《しゅうかく》であって、草津の宿《しゅく》の旅籠〔野村屋〕で盗んだ金七両を手はじめに、いずれも金高は小さく、決して慾張《よくば》らずに数カ所を稼ぎつつ、江戸へ入ったわけだが、

（篝火の喜之助ともあろうものが、こんな鼠盗《ねずみばたらき》をやろうなぞとは思っても見なかったわえ）

喜之助は、ひとり恥じていた。

こうした小泥棒の所業を、大盗賊は〔ねずみばたらき〕とよんで軽蔑《けいべつ》をするのだ。しかし喜之助のすることだから、他人を少しも傷つけず、盗《と》られて困るよう

などころからは決して盗らず、金高も少いから大さわぎに追われることもない。彼が、ともかく百両余の金を必要としたのは、これからの大仕事への資金ともいうべきものであったろう。

といっても、むかしの喜之助のした大仕事とはくらべものにならない。

(なんとしても三百両は……)

ほしいものだ、と喜之助は考えていた。

現代《いま》の金にして千数百万円というところか。これだけの金で、江戸へよんだおとよと精いっぱいのたのしい夢を、

(一年見りゃあ、それでいい。あとはもう姿をくらまし、折を見て藤やへもどり、そして、わしは死ぬ。死んでお千代の墓の中へ……)

なのである。

江戸へ入った喜之助は、蕨《わらび》宿の旅籠〔井関や〕の旧主人として、むかしなじみの、日本橋・十軒店の宿屋〔丸屋仙太郎〕方へ草鞋《わらじ》をぬいだ。

翌日。

喜之助は、浅草・鳥越《とりごえ》にある松寿院《しょうじゅいん》という寺の門前の、小さな花屋を訪れた。

まっ青に晴れ上った初夏の空から、燕《つばめ》が矢のように疾《はし》って来ては、地上すれす

れに……また屋根へ、空へ舞いあがって行く。

「ごめんなさいよ」

店先へ入って声をかけると、奥から瘦《や》せこけた、焼きざましの干魚《ひもの》のような老《ろう》爺《や》があらわれ、

「おやまあ、こりゃあ、おめずらしいことで」

「爺《と》っつぁん、元気のようだねえ」

「篝火のお頭も……」

「はい、おかげさんでね」

「ま、とにかくお上んなすって……汚ねえところでござんすけれど……」

「ではまあ、ごめんなさいよ」

手みやげの、下谷新黒門町・茗荷屋《みようがや》の〔五色おこし〕へ切餅《きりもち》（金二十五両包）一つをそえて出し、喜之助がいった。

「夜兎《ようさぎ》の人に、たのんじゃあくれまいかね？」

「さ、そいつは……」

「え？」

「どんなおたのみか存じませんが、うちのお頭はいま遠国盗《おんごくづとめ》なんで……」

「そうか……そいつは知らなかった……」

喜之助は、ありありと落胆《らくたん》の態《てい》を見せた。

この花屋の老爺は、前砂《まいすな》の捨蔵《すてぞう》といい、二代つづきの大盗賊・夜兎の角右衛門《かくえもん》の配下で、もう十年も前からここへ住みつき、夜兎一味の江戸における〔盗賊宿〕の役目をつとめていた。

篝火の喜之助は、先代の夜兎角右衛門と親交があり、互いに腕ききの配下を貸したり借りたりする間柄であったし、当代の角右衛門とも仲は悪くない。

八年前に足を洗い、配下の盗賊も、組織もすべて散らしてしまった喜之助であったから、今度の、われながら思いもかけなかった急場の盗《つとめ》には、どうしても他人の手を借りなくてはならぬ。

そこで、夜兎の角右衛門をたのんだわけだが、いま夜兎一味は大仕事のため、芸州・広島城下へ集結しており、江戸には、前砂の捨蔵ひとりというわけであった。

「実はねえ、捨蔵さん。笑っておくんなさるな。いったん足を洗い、またこの年をして、死ぬ前の、これが最後のおつとめを思いたったが……ま、そのわけはきかねえでおいて下さいよ」

「さようで……」

前砂の捨蔵は、かねてから喜之助に好意を抱いている。

――盗まれて難儀するものへは、手を出すまじきこと。つとめするとき、人を殺傷せぬこと。女を手ごめにせぬこと……。

この三カ条を守り通した大盗賊の典型が、先代・夜兎のお頭と簑火の喜之助。

こうおもいこんでいたからである。

当代の夜兎については、

「いまのところは先代ゆずりに、なかなか立派におつとめをなさいやすが、こいつ年をとってから、人間、変ってくるもので……そのときまでは、ま、ほめてやらねえことにいたしましょうよ」

捨蔵は、当代の夜兎角右衛門について、喜之助へこう洩らしたことがある。

「どれほどのおつとめをなさいますのか、そいつは知りませんが……この老爺《おやじ》が手をお貸し申しても……」

「いや、そいつはいけない。盗賊宿の亭主は、つとめをしてはならねえが定法《じょうほう》だ」

「へい、へい」

「そうかえ……ま、それでは仕方がない」

「あ、篝火のお頭。こいつは……この切餅はいけません」

「ま、取っておきなさい。手みやげがわりだ」

「お頭……」

ふっと何をおもいついたものか、捨蔵老人が、

「いま、夜兎《うち》のお頭の下ではたらきてえという腕のきいた賊《の》が三人ほど……」

「いるのかえ？」

「へい。お頭が江戸へもどってから引き合せてくれと、蛇《くちなわ》のお頭からお口ぞえがあったので」

蛇のお頭というのは〔くちなわの平十郎〕といって、これも盗賊仲間では知らぬものなき大盗賊であった。喜之助も二度ほど酒席を共にしたことがある。

「どんな連中だえ？」

「そりゃあもう、前には野槌《のづち》の弥平《やへい》さんのところにいたお人たちで、土蔵破りはきわめつきの……」

「野槌の……一昨年《おとどし》、お仕置になった……」

「へい、へい」

なるほど野槌の弥平なら大盗の部類に入るし、格もよいが、血頭の丹兵衛ほどでなくとも相当に手荒な盗みをはたらいていたときいている。そこが、もう一つ、喜之助には気に入らなかったけれども、

「いまどき、うちのお頭や簑火のお頭のようなおつとめをなさるお人はおりませぬぜ。急ぎの御用なら、ひとつ、その三人をつかって見てはいかがさまで？」

「そうよなあ……」

「けれども何でございますよ。いま、江戸では、御存じの火付盗賊改《ひつけとうぞくあらた》メの長谷川平蔵という……これは大した利者《きけもの》で、去年の暮には、ほれ、血頭の丹兵衛さんをお縄にしたばかりか、次々にその引っくくられますので、江戸の仲間《なかま》たちも、鬼の平蔵……いえ鬼平が御役をつとめているうちは、江戸でのおつとめはひかえたほうがいい、などと申しておりますようで」

「ほほう。うわさにきいたが、その長谷川……いやさ鬼の平蔵は、そんなに凄味《すごみ》のある人かえ」

「へい、へい」

「ふむ。張り合って見るのも、おもしろいな」

「そりゃあ、ま……鬼平の眼をくらますのもおもしろうござんす」

「よし。ひとつその三人に会ってみようかえ」

「さようで。なに、指図《さしず》はお前さまがなさることだ。三人ともきちんとおつとめをいたしましょうよ」

四

前砂の捨蔵の引き合せにより、三人の盗賊が、篝火の喜之助のもとではたらくこととなった。

その一、印代《いしろ》の庄助

その二、火前坊《かぜんぼう》権七

その三、岩坂の茂太郎

三人とも屈強の三十男で、処刑された野槌の弥平一味のもので、弥平捕物の際には、かの〔小川や梅吉〕と共に他所にいて捕縛をまぬがれた。

さらに、小川や梅吉がお縄になったときも、この三人は行《こう》を共にしていない。

野槌の弥平の隠れ家《かくが》が、長谷川平蔵によってつきとめられたのは、

「小房の条八が白状をしやあがったにちげえねえ」と、小川や梅吉が生前、三人

にもらしている。それだけに、

「野槌のお頭ばかりか、梅吉どんが獄門にかかったのも、みんな小房の粂八が吐いたからだ。畜生め、野郎の面《つら》を見たら只じゃあおかねえ。なぶり殺しにしてやろうぜ」

粂八のことを語り合うたび、三人とも眼の色を変える。

野槌一味の組織が根こそぎ破壊《はかい》されてしまい、いまの三人は大仕事にもありつけず、その日その日を下らぬ〔ねずみばたらき〕でお茶をにごしている始末なのだ。

だから、うわさにもきいていた大盗・簑火の喜之助のお盗《つとめ》を手つだわないか、と、前砂の捨蔵老人からさそわれ、

「そいつは、ありがてえ」

「ぜひとも、たのむ」

三人は大よろこびであった。さらに、捨蔵老人からこのことをきいた蛇《くちなわ》の平十郎が、

「おれはいま、つとめやすみで、来年の秋にならねえじゃあ一味の者も江戸へあつまらねえ。だが折角、簑火の人のおつとめだから、一人、役にたつ男をお貸し

申そうじゃねえか」

こういって、座頭《ざとう》の彦《ひこ》の市《いち》というのを差し向けてくれた。

〔座頭〕と異名をとっているだけに、この男の按摩術は大したもので、あくまでも盲人をよそおい、先ず、目ざす場所の近くへ住みつくことから、彦の市の仕事がはじまるのである。

ところで……。

篝火の喜之助がねらいをつけたのは、四谷《よつや》御門外の蠟燭問屋《ろうそくどんや》・三徳屋《さんとくや》治兵衛方の金蔵《かねぐら》であった。

三徳屋は江戸開府《かいふ》以来の商家で、江戸城へも尾州家へも出入りをゆるされているほどだが、店がまえも大きくないし、奉公人も少いが、特製上等の〔三徳ろうそく〕は一般には販売せず、長年にわたる顧客（主として上流武家や大名）を相手に商売をしているという、なかなか威張ったものであった。

喜之助が、この〔三徳屋〕へ目をつけたのは、武州・蕨で同棲《どうせい》していた亡きお幸が、三徳屋方の通い番頭で伊与造《いよぞう》という者の女房であったからだ。

病死した前夫の伊与造から、お幸は三徳屋の内情もきいており、代々にわたって蓄積された金銀が蔵にうなっていることを、茶のみばなしに喜之助へ語ったことがある。

「ふむ、ふむ……」

何気なく相槌《あいづち》をうちながら、そのとき喜之助は、

（それだけの金蔵があって、しかも店がまえが小さく、奉公人も少い。まわりは武家や大名屋敷が多いことだし、仕事はやりやすい。こいつは、わしのおつとめにぴったりはまっているわえ）

などと考えたものだが、当時はきっぱりと足を洗ったつもりで、

（これでとうとう、わしもお縄にかかることなく、畳の上で死ねそうだ。泥棒稼《しらなみか》業《ぎょう》としては、こんな、めでたいことはない）

と、おもっていたことだし、むろん食指はうごかなかったのだが、

（おとよ。お前とめぐり合ったがために、わしはまた、おつとめをやらなあならねえ。ほんにお前はわるい女だよ。ふ、ふふ……）

いまや、三徳屋目ざしての〔おつとめ〕の準備に懸命であった。

座頭の彦の市は、すぐに喜之助の配慮によって、三徳屋の近く、麹屋横丁《こうじやよこちょう》の長屋へ住みつき、あんま稼業に精を出しはじめる。

彦の市の盲人ぶりは、さすがに堂に入ったものだし、あぶらっ気のぬけた清《きよ》げ

な老座頭になりきっていい、しかも腕は上々というものだから、たちまち評判となる。

うわさをきき、三徳屋の主人・治兵衛が彦の市をよんで療治《りょうじ》させてみて、

「これは大したものだ。これからも一日おきにたのむ」

ということになったし、夏がすぎるころには、

「ま、ゆっくりとしておいで。御飯をたべて、寝しなに、お前さんにもんでもらいながら、私はねむるからね。なに、今夜はかまわない。話相手をしておくれ。お前のはなしはおもしろい」

治兵衛に引きとめられ、三徳屋へ泊りこむこともめずらしいことではなくなった。

(しめた!!)

と篝火の喜之助は久しぶりに〔おつとめ〕への情熱をかきたてられた。

彦の市が泊りこんだ夜に、三徳屋へ潜入する。いうまでもなく厳重な戸締りを中から開けて、喜之助たちをさそい入れるのが彦の市の役目であった。

以前に、お幸からきいた三徳屋の屋内の様子と、彦の市がさぐりとったものとを合せ、喜之助は精密な図面をこしらえた。

「なんとしても、合せて五人では手が足りない。押しこみ当夜に、あと四、五人はほしい」

と喜之助がいうや、

「そのほうは、わっし共へまかせて下せえまし。決して、お頭のお気に入らぬようなまねはいたしません」

印代の庄助が、すぐに受け合った。

盗み出した金をはこぶ手筈もつけなくてはならぬし、

「……どうしても、京へもどるのは来年正月になるだろうが、安心して待っていておくれ」

と喜之助は金十両をそえ、山端の茶屋にいるおとよへ手紙を書いた。

いま、喜之助は谷中《やなか》・首ふり坂の長遠寺《ちょうおんじ》という小さな寺の離れに仮寓《かぐう》していた。

これも前砂の捨蔵の紹介によるもので、寺には役人の眼もあまりとどかぬし、諸方に散っている三人の盗賊と相談をするのにも都合がいい。三人を代表して、いつも印代の庄助が打ち合せにやって来るのだが、寺へあらわれるときの庄助は、どこから見ても大店《おおだな》づとめの番頭というかたちで、喜之助の甥ということになっている。

十二月に入って……。

彦の市から、

「十四日は祝いごとがあるので、三徳屋へよばれています。泊りがけで、あそびがてら治療をするようにと、いまからいいつかっていますが……」と、いってきた。

「よし。十四日にきめよう」

簑火の喜之助がいった。

「まるで、忠臣蔵でんね。こいつはおもしろいじゃあござんせんか」と、印代の庄助。

「雪がふっても、雨がふっても、やりますよ」

喜之助が頭領の威厳を見せて、いいきった。

簑火の喜之助……その異名の〔簑火《みのひ》〕のいわれは、暗夜の田舎道に打ち捨てられた簑や笠へ何の原因もなく、めら、めら、めらめらと火が燃えることがある。田舎の人びとは魑魅魍魎《ちみもうりょう》の怪火とおもい、これを〔簑火〕とよんだ。大盗賊の異名にしてはわるくない。

五

盗《おつとめ》が明日の夜にせまった十二月十三日の夕暮れに……。首ふり坂の長遠寺を「京へもどりますので」と、あいさつをして出た簑火の喜之助は、四谷・伝馬《てんま》町一丁目の貸座敷〔玉や〕へおもむいた。玉やは、かつて野槌の弥平の息がかかった一種の〔盗人宿〕であるから、万事に都合がよい。

印代の庄助と火前坊権七が先へ来ていた。岩坂の茂太郎は一足おくれて来るという。

玉やの奥座敷で、喜之助は福々しい温顔に自信のいろをうかべ、

「手筈はいいね？」

庄助と権七に、

「十四日の四ツ半（午後十一時）に、天徳寺門前替地の火除地《ひよけち》へきちんとあつまる。そのときに、庄助どんは手つだいの人を五人……たしかにそうだね？」

「へい。御心配なく」

「権七どんは茂太郎どんと、手車《てぐるま》の用意を……いいね」

ゆったりと酒をのみながら、喜之助は、

「頂戴した金は、一時、尾張さま裏の空屋敷《あきやしき》へ運びこむ。あとは、わしがうまくはからうよ」

といった。

このとき、おくれて来た岩坂の茂太郎がぬっと入って来た。少し顔色が緊張に青ざめてい、眼の光りが異様であったが、尚もいいつづける喜之助を見て、茂太郎は庄助らのうしろへ座を占めた。

「茂太郎どんも来たことだから、はっきりといっておこう。お前さん方のことだから承知のこととおもうが、今度のおつとめには、必ず三徳屋の人たちを殺したり傷つけたりしてはいけないし、女《おな》ごしゅに手をかけてもいけない。もしも手にあまるようなら、すべてをあきらめて引き揚げることだ。いいかえ、真《まこと》のおつとめの道を外《はず》してはならねえことを、手つだいの人たちへも、よくよくいいきかせておいてくれ」と、ここで喜之助は胸を張り、

「なにしろわしの……この簑火の喜之助のおつとめだということを忘れては困るぜ」

「へい、へい」

おだやかな声ながら、ぐいと貫禄《かんろく》をきかせていったのだが、このとき、印代の庄助がにやりと笑った。

(……?)

喜之助が妙におもったのは、その庄助のうすら笑いに露骨《ろこつ》な軽侮《けいぶ》が見えたからである。

「おい、庄助どん……」

いいかけた喜之助へ、いきなり三人が飛びかかって来た。あっという間もない。

喜之助は、したたか後頭部とえりくびを撲《なぐ》りつけられ、たわいもなく気をうしなってしまったのだ。

気がつくと、篝火の喜之助は手も足もきびしく縛られ、猿ぐつわまでも噛まされ、部屋の隅へころがされていた。

三人のほかに、この〔玉や〕の亭主・弥六が部屋へ入って来ていて、四人で酒をのんでいる。

喜之助は、そのまま尚、気絶したふりをよそおい、じっとうごかずにいた。

「けっ。何が篝火の喜之助だ。こんな、むかし気質《かたぎ》の老いぼれとおつとめが出来るものか」

「手にあまるようなら殺しをやめて逃げろ、だとさ。あきれけえって物もいえねえ」

「さ、これで、三徳屋での盗金《つとめがね》は、おれたち三人だけのものよ」

「さて、この老いぼれをどうするね？」

するとと玉や弥六が、

「裏の物置へほうりこんでおき、あとでおれが、うまくねむらせてやろうよ」

と、こたえた。喜之助は、屈辱《くつじょく》と激怒で気も狂わんばかりであった。むかし鳴らした自分の貫禄でこやつどもを、むかしの篝火一味の配下を手なずけるように服従させ得ると考えていたのである。そこをまた、彼らはうまく利用し、あくまでも喜之助へ従順をよそおい、すべての手筈を喜之助につけさせ、三徳屋の絵図面までもいま彼のふところからうばい取ってしまった。

「かまわねえ、三徳屋のやつら、みな殺しよ」

と、火前坊権七がすさまじい声でいった。

すると、岩坂の茂太郎が、

「殺しといやあ、小房の粂八をどうする？」

「茂どんよ。たしかにお前、粂を見たのか？」

「うむ。ここへ来る途中、鎌倉河岸《がし》の居酒屋豊島へ入って行くのを見かけ、やつの出て来るのを待って後をつけた。それで、ここへ来るのがおくれたのさ」

「じゃあ、粂の居どころもつきとめたんだな」

「いうまでもねえ」

「畜生め。野郎そうして娑婆《しゃば》へ出たところを見ると、とうとう盗賊改メの狗《いぬ》になりゃあがったのだな」

「野槌のお頭をはじめ、おれたち仲間を売りゃあがった粂の野郎、生かしてはおけねえ」

「明日、三徳屋でおつとめをすれば、当分、江戸へは帰れねえぜ」

「よし。今夜のうちに粂を殺《や》るか」

「いいとも」

「ところで茂太郎どん。粂は、どこに住んでいやがるのだ？」

「なに、板新道《いたじんみち》の裏長屋にいて、夜になると鎌倉河岸へ味噌おでんの屋台店を出していやがるらしい。こいつは近所できききこんだのだよ」

「よし。少し早いが、ぼつぼつ出かけようぜ」

「玉やの……この老いぼれの始末をたのんだぜ」

「いいともよ」

六

まだ夜もふけてはいないことだし、とりあえず簑火の喜之助は、玉やの裏庭にある物置小屋へ押しこめられた。

もう喜之助に逃亡の余地はないと見て、

「すぐにもどるが、なんなら、お前がしめ殺しておいてくれ」

と、玉や弥六が若い者にいいつけ、帳場へもどって行った。玉やは売春宿も兼ねているので、いまの時刻はなかなかにいそがしいのである。若い者は、自分ひとりの手で喜之助をしめ殺す度胸《どきょう》もないらしく、小屋の外で寒さにふるえながら見張りをつづけていた。

小屋の中では、喜之助が、

(野郎ども、はじめからわしをたぶらかすつもりでいやがったな。なるほど……いまどきのおつとめはこうなってしまったのかえ。掟《おきて》もなにもありゃあしねえ。まるで外道《げどう》だ。あいつらが三徳屋へ押しこんだら血を見ねえではおさまるまい。

なるほどなあ……小房の粂八どんが狗になった気持も、よくわかる）そして、喜之助の両腕は微妙《びみょう》にうごいていた。
（わしとしたことが……気ごころも知れぬやつどもを寄せあつめて、おつとめが出来るとおもいこんでいたとは、なんと恥ずかしいことだ。むかしの子分《こぶん》たちにも顔向けがならねえ。それもこれも……あの、おとよの見事なからだをもっと思いきりなぐさんで見たいという、年甲斐もねえ夢を見たからだが……ふ、ふふ。篝火の喜之助もこれでは台なしだわえ）
篝火一味のものなら、若いころの喜之助が、
〔縄抜《なわぬ》けの喜之助〕
の異名をとっていたことを知ってもいたろうが、野槌一味の三人は全く、喜之助にこの妙技があることを知らぬ。喜之助の両手両足が、ぐにゃぐにゃにやわらかくなって、骨や関節がどうかなってしまうのか……。
たちまちに、両手首をくりつけていた縄が小屋の土間へ落ち、喜之助の両腕に再びちからが入ると、あとはもう、その手で足の縄を解き、猿ぐつわを外してしまった。
（しばらくやって見なかったが、まだまだ、わしのからだはやわらかいな）

喜之助は、わざと不気味な〔うなり声〕をあげてみた。

「うるせえ、畜生め。下手にさわぐと叩っ殺すぞ」

いいつつ、若い者が小屋の戸を外から開けた瞬間、そやつは中へ引きずりこまれて、喜之助の当身《あてみ》をくらい、悶絶《もんぜつ》した。

そやつのふところから、喜之助は短刀《あいくち》をうばい、履物《はきもの》をぬがせてはき、するりと小屋から出て、裏庭の塀を越え、闇に消えた。

(やつら三人、只じゃあおかねえ)

掟にしたがい、裏切った三人を成敗《せいばい》するというよりも、

(やつらを生かしておいては、真のおつとめが汚《けが》れるばかりだ)

と、喜之助は考えている。

いまは喜之助、三徳屋での〔おつとめ〕も忘れ、ただもう全身が燃えるように熱く火照《ほて》り、六十七の老齢もものかは、得体の知れぬ激情にかきたてられ、十も二十も若返ったような精気にみちみちていたのである。

篝火の喜之助は、庄助ら三人に九段坂の上で追いついた。

気絶した玉やの若い者が発見されれば、すぐさま追手がかかるにちがいない。

(急がにゃあならねえ)

喜之助は、速足《はやあし》にみだれた呼吸をしずめつつ、前方を行く三人の提灯《ちょうちん》のあかりを凝視《ぎょうし》し、ひたひたと後をつける。

雪が、ちらちらと落ちてきたようだ。

うるしのような闇の道だが、右側は田安御門と江戸城の濠《ほり》。左は大身旗本の屋敷地で、いまは犬一匹通ってはいない。

時刻は、五ツ（午後八時）をまわったころでもあろうか……。

九段坂を下りきって、濠端をちょいと右へ入ったところに葭簀《よしず》張りの居酒屋がある。

近辺の武家屋敷の小者相手の店なのであろう。ここへ、すいと三人が入って行った。

（野郎ども。いっぱいひっかけてから、粂八どんを殺《や》りに行くつもりか、ふてえやつどもだ）

喜之助は、竹下主水正《もんどのしょう》屋敷の塀ぎわにうずくまり、道をへだてた向う側の居酒屋を見つめた。葭簀の間から、三人が、こちらに背を向け熱燗《あつかん》の酒をのんでいる。ほかに客はなく、亭主の老爺がひとりであった。しばらく待ったが、三人、なかなか出て来ない。

（もうそろそろ、玉やからの追手があらわれるころだ）

喜之助は決意した。

雪の中をするすると出て行き、ずいと居酒屋の中へふみこむ。

「おや、いらっ……」

いらっしゃいまし、と、亭主がいいかける間もなく、無言のまま、篝火の喜之助は短刀を引きぬき、印代の庄助と火前坊権七ふたりの背中の急所を、ずぶりずぶりと突きえぐったものである。

端倪《たんげい》すべからざる老盗の早わざであった。

「ぎゃあ……」

「うわあ……」

庄助と権七が腰からころげ落ちるのへ、

「野郎ども」押しかかった喜之助が、今度は腹の急所を突きえぐる。血がしぶいた。

「あっ……老いぼれ……」

仰天した岩坂の茂太郎、こやつは二人が刺殺される間に、ようやく飛び退《の》くことを得た。

喜之助が三人のうちの一人に身がまえる余裕《よゆう》をあたえたのは、むろん計算の上である。いかに喜之助でも三人一度に片づけることは不可能であった。居酒屋の亭主は悲鳴をあげて裏口から外へ逃げた。

近くには辻番所もあることだし、ぐずぐずしている暇《ひま》はなかった。

「くそ……」

岩坂の茂太郎は喜之助に退路をふさがれたが、腰かけの向う側へ飛び退き、短刀を引きぬいた。

喜之助との距離は一間《けん》半にすぎない。

「くそ、じじいめ!!」

ぴくりともせず息絶えている庄助と権七を横眼でみて、茂太郎は歯がみをした。一気にこれだけの殺人をやってのけた老盗に彼は気圧《けお》されていた。

「小僧め」

と、篝火の喜之助は短刀を両手につかみ、これをぴったりとわが脇腹へ当てながら、

「外道の最期とは手前たちのことよ」

猛然として躰ごと、茂太郎へぶつかっていった。同時に茂太郎も、おめき声を

あげ、喜之助へ短刀を突き出した。

二人の絶叫《ぜっきょう》があがった。

互いに互いの、腹と胸を突きつらぬき、二人は、折り重なるように倒れ、すぐに息が絶えたようである。

そのころ……。

鎌倉河岸の屋台店では、小房の粂八が味噌おでんと燗酒を売りながら、はたらいている。

客は、このあたりにあつまる人足、船頭、駕籠かきなどで、雪の中を飛びこんで来ると、むさぼるように食い、飲む。

ちょうど客足が絶えたところであったが、

「粂よ。さむいのう」

頭巾《ずきん》をかぶった中年の武士が、屋台の前へ立ち、粂八へ声をかけた。

「あ……長谷川さま。お見まわり、御苦労さまでございます」

「変ったことはないか？」

「いまのところ、別に……」

「近ごろは、ねずみばたらきの賊《やつ》どもが多くなって困る。昨夜もな、柳原の小さな菓子屋で鶴やという……そこで、わずか三両の金を盗むために、主人夫婦をなぶり殺しにした二人組があってな」

きいて粂八は、するどい舌うちを何度も洩らし、

「ひでえ世の中になったものでございますね」

「油断なく、さぐりをたのむぞ」

「へい、へい」

そこへ人足が三人、駈けこんで来た。

「では、な」

あたたかい微笑を粂八へ投げ、長谷川平蔵は供もつれぬ只一人、傘もささず鎌倉河岸を巡回《じゅんかい》しはじめた。

そのころ……。

麹屋横丁の長屋で、座頭の彦の市は、

(いよいよ、明日の夜だな。篝火のお頭のことだ。手つだいのおれにも、たっぷりと礼をして下さるだろうし……それにさ、相手が三徳屋の金蔵だ。こいつは盗んでも盗みきれめえよ)

などと、ほくそ笑んでいた。

そのころ……。

京都郊外・山端の茶屋〔杉野や〕の奥座敷では、茶汲女のおとよが、京の三条柳馬場に店舗をかまえる松屋伊左衛門という中年男に巨大な乳房をもてあそばれながら、

「あ……こないなこと、わたし、はじめてどす……一度にやせてしもうた」

甘い声で、ささやいている。

おとよは、篝火の喜之助から小づかいにともらった金二十両を、瓜生山中の不動堂にいる若い山伏《やまぶし》の黒滝坊《くろたきぼう》にみつぎ、黒滝坊はこの金で朽ち果てかけた不動堂を修理するなどと、うまいことをいっていたが、いまはどこかへ消えてしまい、その美男のたくましい山伏に入れあげていたおとよを、いたく落胆《らくたん》させていたのである。

暗剣白梅香《あんけんはくばいこう》

一

なまあたたかく、しめった闇に汐《しお》の香がただよっている。

星もない空のどこかで、春雷《しゅんらい》が鳴った。

（や……？）

長谷川平蔵は、一種、名状《めいじょう》しがたい妙な気配を背後に感じて立ちどまった。

それは、歩いて行く自分のうしろから、闇がふくれあがり呼吸をして抱きすくめてきた……とでもいったらよいのだろうか。これは平蔵の多様な人生経験が、いつとはなく彼自身の感応《かんのう》をするどいものにしてくれていたからこそで、常人ならば、まったく気にもかけぬことであったろう。

むろん、振り向いて提灯《ちょうちん》をさしつけた後方の道に、人影はおろか犬の仔一匹見えはしなかった。

もっとも、文字通りの暗夜で、左側は会津侯の中屋敷と松平陸奥守の下屋敷の塀が長々《ながなが》とつづき、辻番所も、汐留橋《しおどめ》に近い脇坂屋敷のあたりまで行かぬと無いのだ。

右側は、汐留川をへだてた浜御殿の宏大な森で、川のながれは浜御殿の東面から江戸湾へそそいでいる。このあたり、現代《いま》の新橋汐留駅構内にあたる。

この日。

長谷川平蔵は、芝・新銭座《しんせんざ》に住む表御番医師・井上立泉《りゅうせん》をたずねての帰途であった。

幕府から二百俵の扶持《ふち》をもらっている井上医師は、平蔵の亡父・宣雄《のぶお》と親交があった人物である。

長男も医師で名を玄庵《げんあん》といい、一昨年に妻を迎えたが、このたび、めでたくも男子をもうけた。井上立泉にとっては初孫《ういまご》ということになる。

で……。

この日の午後から、平蔵は贈物をたずさえ、祝いをのべに井上邸を訪問したのだ。

「帰りは遅くなるぞ」

いいおいて、只ひとり平蔵は、清水門外《しみずもんそと》の役所を出て来た。

火付盗賊改《ひっけとうぞくあらた》メの長官となってからの平蔵は、暇さえあれば単独で江戸市中の巡回をおこない、夜から朝にかかることもめずらしくないし、事実、長官みずからの巡回によって、就任以来十数件の犯罪を取締ることを得ている。

井上立泉にひきとめられ、夕飯を馳走《ちそう》になり、間もなく辞した。

五ツ（午後八時）ごろであったろうか、この道を日が暮れてからたどる者はほとんどいない。

平蔵は、また歩き出した。

背後の、異様な気配が消えている。

会津屋敷の切れ目の掘割りに、小さな橋がかかってい、平蔵が、これをわたりかけたときであった。

背後から、突風のように肉薄《にくはく》して来る殺気を感じた。

平蔵は振り向かず、まっすぐに駈けた。ここで振り向いたなら、かならず斬られる。振り向くという一瞬の動作をしたために敵につけこまれるのだ。

駈けながら、提灯を捨てて大刀をぬきはらうや、

「む!!」

身を沈めざま、背後に迫る敵を、平蔵がなぎはらった。

敵は、ほとんど平蔵の頭上を飛び越えるようにして、この逆襲をかわし、二人の位置が入れかわった転瞬《てんしゅん》、声もなく激烈な斬撃《ざんげき》を平蔵へ送りこんできた。

刀身と刀身が噛み合い、火花が散った。

「何者だ!!」

一気に小橋を飛び退《すさ》って、ぴたり、平蔵のかまえがきまる。

敵は、微《かす》かにうなった。

顔は黒覆面《くろふくめん》をもっておおい、着流しの裾《すそ》を端折《はしょ》った身軽な姿だが、なにぶん暗闇のことだし、よく見きわめがつかなかった。

(こいつ、できる……)

平蔵は緊張した。

掘割川の小橋をへだてた両たもとに身がまえつつ、二人は身じろぎもせぬ。

「火付盗賊改メ、長谷川平蔵と知ってのことか……そうだろうな、そうらしい」

ややあって、平蔵が声をかけると、その返事に敵は舌うちを鳴らし、すばやく

刀をひき、あっという間に身をひるがえし、闇へ溶《と》けこんでしまった。

平蔵は、立ちつくしたままである。

闇の中に芳香《ほうこう》がただよっていた。

(あの曲者《くせもの》は、女……?)

と思ったほどだ。

化粧《けしよう》のにおい……、一口《ひとくち》にいってしまえぬほどの微妙《びみよう》な、妖《あや》しげな香《かお》りである。

刀をひっさげたまま、歩むにつれ、この芳香は濃くなり、やがて消えた。

平蔵のすぐ前に、脇坂屋敷の辻番所の灯が見えた。一本道だし、この番所前を曲者が通らぬ筈はない。

番所の人びとは、平蔵の問いに、こうこたえた。

「そのような者は一人も、ここを通りませなんだが……」

二

(斬れなかった……斬れる筈なのに、斬れなかった。ふしぎな男《やつ》だ、あの長谷川平蔵という男……)

金子半四郎は、手鏡の中に映《うつ》っている自分の顔を見つめながら、

「……斬れぬ筈はないのだ」

おのれにいいきかせるようなつぶやきを、思わず洩《も》らした。

色白の、頬骨《ほおぼね》が張った細面《ほそおもて》なのだがふとやかな鼻と濃い眉《まゆ》と、眼球が見えぬほどに細い両眼とが、半四郎の顔貌《がんぼう》をかなり個性的なものにしている。

一度見たら、ま、忘れられぬ顔といってよかろう。

総髪を毎日きちんとゆいあげ、ひげもていねいに剃《そ》る。

衣服なども……たとえば折目正しい薩摩絣《さつまがすり》のようなものを着て、いつも袴《はかま》をつけている半四郎なのだ。

彼の浪宅は、そのころまだ江戸の郊外であった駒込村にある。

木立と田畑のひろがりの中に、大名の下屋敷や寺院の大屋根が点在《てんざい》するほかは、百姓家ばかりといってよい。

王子権現《ごんげん》社へ通ずる道を西へ切れこんだところに、甚右衛門《じんえもん》という大きな植木屋があって、ここのひろい地所の中の〔離れ〕が半四郎の住居であった。

半四郎が、ここへ住みついてから三年になる。

はじめここへあらわれたとき、半四郎は植木屋・甚右衛門にこういった。

「事情《わけ》あって、くわしいことは申しあげられぬが……実は拙者《せっしゃ》、敵討《かたきう》つ身にござる」

口のききようも落ちついていて、身なりもととのってい、当時は三十五歳の半四郎であったが、いかにも篤実《とくじつ》そうな人柄に見えたし、

「あの小屋に住まわせて下さるならば、これは当座の……」

と、金十両を出したものだから、甚右衛門は一度に、信用をしてしまった。

以来、半四郎はこの信用にそむいたことがない。

敵をさがしているのだから、外出が多いことや、たびたびの外泊も怪《あや》しむべきではなかろう。

敵とねらわれる者が、身分を隠して逃げまわるのは当然だが、敵を討つ方だとて、うっかり自分の身分や所在《しょざい》をあきらかにするわけにはゆかぬ。なぜといえば、もし敵がこれを知ったなら、敵の方から押しかけて来て不意を襲《おそ》われ〔返り討ち〕になりかねないからである。

だから植木屋・甚右衛門は、

「おそらくはなんだろうな、金子半四郎というお名前も仮《かり》の名だろうよ。なるほど大変なものだ、親のかたきを討つということは、な……」

女房や、せがれ夫婦にも、

「金子さんのことを、めったに洩らしてはならねえぞ」

口どめをしているほどであった。

半四郎が敵討つ身であることに間違いはない。

名も、本名である。

ただし、植木屋・甚右衛門に本名を名乗ってはいても、彼は他の場所で、いくつもの〔変名〕を用いている。

現に、本郷・根津権現門前《ねづごんげんもんぜん》の盛り場を一手《いって》にたばねている顔役〔三の松平十〕によび出され、

「ひとつ、大仕事をやってもらいたいのだがね。引きうけて下さるか、鳥飼《とりがい》さん」

と、平十にいわれたように、そこでは半四郎、鳥飼伊織《いおり》の変名で通っているのだ。

その〔大仕事〕というのが……。

「いま、鬼の平蔵とか鬼平とかよばれて悪党どもに恐れられている火付盗賊改メの長谷川平蔵。このお人を殺《や》ってもらいたいのだがね」

であった。

そこは、三の松平十が経営する根津権現前の料理茶屋〔釘《くぎ》ぬきや〕の奥座敷で、金子半四郎はこの部屋で平十から、この三年の間に五件の殺人依頼《いらい》をうけ、これを果してきた。

三の松平十は、本郷・小石川・下谷にかけて、暗黒街に大勢力をほこる顔役である。

これまでに、金を得るため何人もの人間を斬殺してきた半四郎だが、三の松平十の依頼だけは、

(安心して引きうけられる)

のである。

仕事が大きい。だから報酬《ほうしゅう》も多い。

暗殺の仕事が他にもれる心配は絶対になかった。

だが、今度のように現職の幕臣で、しかも端倪《たんげい》すべからざる手練《しゅれん》のもちぬしである長谷川平蔵を斬り殺せという、これほどの〔大仕事〕は、はじめてといってよい。

「だれからのたのみだ……ときいても、いうまいな」

半四郎が、細い、女のようなやさしい声音《こわね》できくと、三の松平十は、

「当り前のことだ。お前さんにも似合わねえことをききなさるね」

「ふむ……で？」

「礼金のことですかえ？」

「そうさ」

「金百両」

当時の百両というと、現代《いま》の四、五百万円にもあたろうか。

半四郎は、くびを振った。

「いけませぬかえ？」

「仕事が仕事だ」

「では……百五十両」

「だめ」

「二百両」

「三百両なら、やってもよい」

三の松平十は厭な顔をして、返事を二日ほど待ってくれといった。二日後に
〔釘ぬきや〕をたずねると、平十は、にこにこしながら半金の百五十両を半四郎

にわたし、

「三百両で、いいと申しましたよ」

「依頼主《いらいぬし》がか……よほどの大金持と見える」

「まあね……」

「長谷川平蔵の息の根をとめたいという男ゆえ、只者ではないな」

「ま、なんとでも思って下せえましよ」

　これできまった。

「ところで鳥飼さん」

　そのとき、平十が、

「いつかきこうと思っていたのだが、お前さんの躰《からだ》から、まことに良いにおいがたちのぼってくる。匂い袋でもしのばせているのですかえ」

「ま……そんなところだ」

「おしゃれなお人さ、お前さんというお人は……」

　すると金子半四郎の顔貌が一変した。陰惨《いんさん》なかげりが瞬時、彼の面《おもて》を灰色にくもらせ、

「血のにおいを消すためだ」

うめくように、半四郎がこたえた。

平十も、恐るべき過去をもっているだけに、すぐわかって、

「いままでに、何人殺《や》んなさった？」

「さて……三十人を越えていようよ」

「では、鬼の平蔵をたのみましたぜ」

「おれが引きうけたことだ」

「安心をしておりますとも」

五日後。

金子半四郎は、清水門外の盗賊改方役宅の前に張り込み、外出する長谷川平蔵を見て後をつけ、平蔵が新銭座の井上医師邸へ入るのをたしかめた。編笠と袴《はかま》をぬぎ、これを日蔭町通りの〔稲荷社《いなりしゃ》〕の境内の木蔭へ隠してから取って返し、尚も見張りをつづけ、帰途についた平蔵を襲ったものである。

最初〟間合いをはかって襲いかかったとき、平蔵は振り向かずに逃げた。

これに、半四郎は先ず意表《いひょう》をつかれた。

(常人には……いや、よほどの人物でも出来ぬことだ。あの場合、かならず振り向く)

振り向いて刀の柄《つか》へ手をかけ、これを引きぬく一瞬の間が、半四郎のつけこむ隙《すき》となるのだ。それを相手は逃げ、呼吸をととのえてから抜刀し、身を沈めてこちらの足をなぎはらってきた。

刃《やいば》を向け合ってからも、妙に威圧されてしまい、半四郎はついに逃げた。逃げて松平屋敷の塀へ飛びつき、塀の内へ下りて隠れ、平蔵の通りすぎるのを待ち、それから再び闇の道へもどった半四郎なのである。

（おそるべき男だが、殺し甲斐がある）

植木屋・甚右衛門の離れで、手鏡を置いた金子半四郎は大刀を取って立ちあがり、

「……今度こそは……」

と、外へ出て行った。

三

それから五日がすぎた。

その日の午後……。

長谷川平蔵は、深川・石島町にある船宿〔鶴《つる》や〕の一室で、密偵・小房《こぶさ》の粂八《くめはち》とひそかに会っていた。

けむるような雨であった。

このところ三日ほど市中巡回を休んでいた平蔵のもとへ、粂八から、

「お目にかかりたい」

という伝言があったのは、今朝のことだ。

いまも粂八は、夜になると、鎌倉河岸に〔おでん〕と燗酒《かんざけ》の屋台店を出している。

場所がら、種々雑多な人びとが群れあつまる鎌倉河岸での〔聞きこみ〕は、長谷川平蔵の耳へ江戸の暗黒街の片鱗《へんりん》をつたえてくれるし、それを元《もと》にして手づるをつかんだ平蔵が、犯人を捕えたことも少くないといわれる。

平蔵が鎌倉河岸へあらわれぬとき、粂八のほうから急ぎの用事が出来ると、彼は笠に顔を隠して清水門外の役宅の表門を通りすぎながら、門番にちらと顔を見せ、何気ない様子でさっさと通りすぎてしまう。

粂八の顔を見た門番は、ただちに、これを御頭《おかしら》へ告げることになっていて、すると平蔵は、これも微行《びこう》で深川の〔鶴や〕へあらわれ、粂八と会うのである。

粂八がどこに住み、何をしているかは、平蔵のほかに与力・同心たち数名がこれを知るのみだ。

「妙なことを聞きこみましたので……」

と、先に来て待っていた粂八は平蔵の盃へ酒をみたしながら、

「昨夜おそくでございましたが、前に一、二度顔を見せたことがある二人づれが……」

粂八の屋台店へ来て、酒をのんだ。

この二人、河岸にもやってある荷船の船頭とも見える風体《ふうてい》で、中年のおだやかそうな、いかにも汐《しお》の香がしみついているような……。

「ですから私も、気にかけてはおりませぬでしたが……ところが昨夜、この二人が……」

その二人のうちの一人が、

「亀穴《かめあな》の人が、江戸へ入《へえ》ったそうな」

すると、別の一人が、

「じゃあ、いよいよ、おつとめだのう」

こう答えたという。

常人が聞いたら、別に何の変哲《へんてつ》もない会話であるが、余人ならぬ小房の粂八の耳へ入ったら、これは別の意味をもつことになる。すなわち〔おつとめ〕は〔盗《つとめ》〕に通じるし、さらに〔亀穴の人〕というのは、

「おそらく、私ども仲間で蛇《くちなわ》の平十郎の軍師だとうわさをされている亀穴の政五郎のことではねえかと思います」

と、粂八は平蔵にいった。

「おそらく、お前のいう通りだろうな」

「へい。大泥棒の蛇の平十郎が江戸の何処かにひそんでいることは、長谷川様も御承知のことで……とすれば、いよいよ平十郎は諸国へ散っていた手下《てした》をあつめ、大仕事に取りかかろうとしているのでは、ございますまいか」

「ふむ……」

粂八の直感に間違いはあるまいと、平蔵はおもった。

「で、粂八。その船頭ふうの二人づれのあとをつけたのか？」

「いえ、それが……それまではほかの客も来なかったのに、二人が出て行くのと入れちがいにね、こいつは毎晩のように酒をのみに来る本多屋敷の中間《ちゅうげん》が四人《よったり》、いきなりくびを突込んできたもので……でもまあ、すぐに、水を汲《く》みに行くふり

をして駈け出したのでございますが、もう影もかたちもねえので……」

「ま、仕方があるまい」

「手ぬかりなことでございました」

「いや、そうでない。よくやってくれた」

「おそれ入ります」

「その二人の顔、忘れずにいてくれろ」

「そりゃもう大丈夫でございます」

「それにしても条八、よく長つづきしてくれる。ありがたいぞ」

以前の盗賊《なかま》を売る密偵《いぬ》となりきった条八だが、長谷川平蔵の、長官としての寝食を忘れた真摯《しんし》な努力に感化されてか、

「私はもう、むかしの仲間にいつ殺《や》られてもいい覚悟ができておりますよ」

と、平蔵にいえるような男に小房の条八はなっていたのである。

間もなく、条八は一足先に帰って行ったが、平蔵は〔鶴や〕へ居残り、独酌で雨がやむのを待つことにした。雨がやめば三日ぶりに夜の町を巡回するつもりなのである。

この船宿〔鶴や〕のある石島町は、船宿が多い深川でも外れだし、空地や草原

が多く人目にもつかぬ。前をながれる堀川が扇橋から小名木川《おなぎがわ》へ合し、これが大川（隅田川）へ通ずる。

「やみそうもござりませぬな」

顔見知りの〔鶴や〕の亭主が、熱い酒と共に、田螺《たにし》とわけぎのぬたの小鉢を盆にのせて、平蔵のいる座敷へあらわれた。

「や……これはうまそうな」

平蔵は、すぐに箸をとり、

「御亭主。よかったら酒の相手をしてくれぬか」

「はい。私でよろしいのでしたら……」

亭主の名を利右衛門《りえもん》という。六十がらみの、でっぷりとした好々爺《こうこうや》であった。

女房のおみちはずっと年下の四十になるかならぬかという、これも気さくなはたらきもので〔鶴や〕の経営は一手に彼女がきりまわしている。

この船宿を紹介してくれたのは、剣友・岸井左馬之助《さまのすけ》である。

「あの夫婦が鶴やを買い取ったのは五年ほど前なのだがね。女房はともかく亭主の利右衛門さんは、過去《むかし》、いろいろな目にあってきている人らしい」

岸井は人相も見るし手相も見る。剣術も大したものだが、その方も、

「易者《えきしゃ》で立派にめしが食えるのさ」

と、彼自身はっきりというし、

「平蔵どのは長生きできぬよ」

まじめな顔で、ずばりといってのけたりする。

その岸井左馬之助からも「亭主の過去へはふれるな。そのかわり、お前さんの役目上の秘密も、あの亭主夫婦は決してもらさぬから安心しろ」と念を押されている長谷川平蔵であった。

夜に入っても雨はやまなかった。

平蔵は巡回をあきらめ〔鶴や〕から舟を出してもらうことにした。大川から神田川へ入って、昌平橋《しょうへいばし》のあたりで陸《おか》へ上れば駕籠《かご》屋がいくらもある。

平蔵を乗せた屋根舟が〔鶴や〕の前をはなれたとき、河岸の木蔭に傘《かさ》をさしてたたずむ人影が一つ……。

「斬れぬ……どうしても斬れぬ……」

その浪人の……いや、金子半四郎のかすかなつぶやきをきいた者はいない。

だが、平蔵は舟の中で、

（たしか……鶴やの近くに、おれを見つめていた男《やつ》がいる。先夜の刺客《しかく》か……そ

れにしては、あのときの匂いが……む、そうか。雨が消したのだな)

おもいつつ、暗い川面《かわも》にゆられていた。

四

その夜。

長谷川平蔵は、昌平橋で舟から上ると、橋の北詰・湯島横町の菓子屋〔近江や〕へ立ち寄った。ここの〔羽衣煎餅《はごろもせんべい》〕というう すヽ焼の砂糖煎餅が妻女の久栄《ひさえ》の大好物であることをおもい出したからだ。

まだ宵《よい》の口であったし、〔近江や〕は戸をしめていなかった。

雨も、ほとんどやみかけていたが、もう巡回する気にはなれず、平蔵は羽衣煎餅を包ませている間に、駕籠をよんでもらうことにした。

むろん、〔近江や〕では、この客が四百石取りの旗本で、しかも近頃は江戸市中でも評判の人物、盗賊改方の長谷川平蔵とは全く気づいていない。

外出するときの平蔵は、どこかの大名の下級・勤番侍《きんばんざむらい》といった風体であるし、言動も気やすい。その、〔近江や〕の店の者へ対する気軽な態度を見ていたらし

い〔近江や〕の女房が次の間から店先へあらわれ、

「毎度、ごひいきに……」

と、愛想《あいそ》をいった。三十がらみの、まだ色香も充分にのこっていて「近江やは
羽衣煎餅と女房の愛嬌《あいきよう》でもつ」と、近辺では評判の女房である。

「おう、遅くにすまんな」

「とんでもございません」

「この名物、女房が大好物でな」

「それはそれは……おそれいりましてございます」

あたまを下げた〔近江や〕の女房の大丸髷《まるまげ》から、濃厚な香りがただよってきた。

平蔵の顔色が、一瞬だが変ったようだ。

「お内儀《ないぎ》」

「は……？」

「お前さんの、その髪へつけているあぶらは何というものだね」

「ま……やはり匂いが、あの強《きつ》すぎますようで」

「いや別に……だが、ちょいとふしぎな、良い匂いがするものだから……」

「これは近頃、池の端・仲町《なかちよう》の浪花《なにわ》やで売り出しました白梅香《はくばいこう》という髪あぶらな

のでございます。私は年甲斐もなく新しもの好きでございまして……」

「なるほど……甘酸《あまず》っぱい花の香りのような……ちょいとお内儀、色っぽい匂いだぞ」

「まあ、御冗談を——ほ、ほほほ……」

駕籠が来ると、平蔵は買物の包みを抱えたまま「池の端・仲町へ……」と、命じた。

長谷川平蔵が役宅へ帰ったのは、夜もかなりふけてからのことで、
すぐに平蔵は、役所内の長屋に住む与力・天野甚造をまねき、密談一刻（二時間）におよんだ。

「天野をよべ」

さらに翌朝。同心の酒井《さかい》祐助《ゆうすけ》がよばれ、天野をまじえて三人の密談があり、酒井同心は、この夜から役宅を出て行方知れずとなった。

長谷川平蔵は、それから数日、役宅から一歩も出ない。

（おれが、ここから一歩も出なければ、あの近江やの内儀と同じ髪油をつけていた刺客は、かならず役宅のまわりをうろつき、おれの外出を見張るにちがいない）

で、平蔵は〔浪花や〕から買って来ておいた髪油の〔白梅香〕のにおいを同心たちにおぼえさせ、

「よいか……このにおいをもつ男が、この近くをうろついていたら、後をつけよ。おそらく浪人者だ」

といいつけ、変装をした同心三名が役宅のまわりを微行《びこう》しはじめたが、どうも目ざす相手はあらわれぬようである。

長谷川平蔵が外出をやめてから六日目の夜……。

金子半四郎は、入谷田圃《たんぼ》で、別口の暗殺をやってのけた。

殺した男は、本石町三丁目の蠟問屋《ろうどんや》〔葭屋専右衛門《よしやせんえもん》〕の聟《むこ》で宗太郎という……あまりに女道楽がはげしく、聟にもらったものの〔葭屋〕方でも持てあましていたそうな。

宗太郎を乗せていた駕籠かき二人も、同時に斬殺してしまった。

この暗殺は、深川一帯に睨《にら》みをきかせている丸太橋の与平次《よへいじ》からの依頼であった。

礼金は金百両。

依頼主の名は知らされぬが、おそらく葭屋専右衛門にちがいないと、金子半四

郎はおもっている。

この夜、半四郎は何くわぬ顔で吉原へ泊り、翌日の午後になって、上野・不忍《しのばず》の池《いけ》のほとりにあらわれた。

（香油《においあぶら》も切れている。ついでに買って行こうか……）

この前、通りがかりに仲町の〔浪花や〕で買った〔白梅香〕のにおいが、半四郎には気に入っている。香油といってもいろいろあるが、上質の品なら髪油でもよい。これを彼はゆびにとって、両肩から腋《わき》、胸のあたりへ、うすくぬりこむのが習慣《しゅうかん》となってしまっていた。

理由は……しゃれてするのではない。

暮してゆくために人を斬るようになってから、半四郎は自分の体臭に血の匂いがこびりついているような気がしている。それと、妙にこの、三十八歳の男の肌にしてはあぶらが消え、かさかさとかわいた手ざわりになってしまい、肌も鉛色《なまりいろ》にくすんできたようにおもえてならない。

（おれは、なにか悪い病気にでもかかっているのではないか……）

一度、おもいついて香油をぬってみると、もうやめられなくなってしまった。

水白粉《おしろい》を極くうすく胸もとへぬることもある。

これらの香りは、半四郎のこころをなごませ、落ちつかせてくれるようであった。

（どうでもう……生きている甲斐もないようなおれなのだが……）

故郷の伊予《いよ》・大洲《おおず》を出てから、二十年を経ている。

半四郎の父・金子七平は、大洲藩の士《さむらい》で、同藩士の森為之介と酒席で口論し、ついに刀をぬき合い、森に斬殺された。ときに半四郎十八歳という。

こうなると、当時の武士の掟《おきて》として、父の敵を討たねば半四郎の武士としての社会復帰は成りたたぬわけであったから、親類が二名つきそい、すぐさま敵・森為之介を追って大洲を発した。

五年……十年……。

半四郎は一度も、森為之介に出会わなかった。半四郎も成長したことだし、年少のころから一刀流をまなんで、その剣術の冴えを大洲では知らぬものがなかったほどで、つきそいの親類たちは三年も経つと、

「もはや、私一人にて大丈夫」

と、いい放った半四郎のことばを却《かえ》ってよろこび、さっさと帰国してしまったものだ。

十年……十五年……。

こうなると敵討ちの旅もみじめなものとなる。母親も死んでしまい、親類の家も代が替り、さらに藩庁自体も半四郎のことなど忘れてしまう。

仕送りが絶えるから、自分で路用の金をつくり出さねばならぬ。

金子半四郎が暗殺によって金を得ることをおぼえたのは、大坂で貧困にあえいでいたときのことだ。

堺筋通り北久宝寺町に住む白子《しらこ》の菊右衛門《きくえもん》という顔役にひろわれたからである。江戸へ来るときも菊右衛門の引き合せによって〔仕事〕の糸口がついたわけだ。

大仕事となれば一年に一人を殺せば悠々と遊び暮せるのだが、妙なもので、ふところがあたたかいときほど依頼が重なる。

(さて……今度はまた長谷川平蔵か。気が重いな……どうもあいつ、好かぬ)

池の端・仲町の〔浪花や〕で〔白梅香〕を買いもとめ、広小路の雑踏《ざっとう》へ出たとき、金子半四郎は舌うちを鳴らした。

「どうなすったえ、まだかね」

と、三日前に三の松平十から〔さいそく〕をうけてもいる。

(だが……このところ平蔵は役宅を出ていない。用心をしているのだ。ますます、

好かぬ）

広小路を南へ行く半四郎のうしろから、町人姿に変った同心・酒井祐助がつけている。

あれから酒井同心は、〔浪花や〕の店の者に化けて住みこみ、半四郎のあらわれるのを待っていたのだ。

〔浪花や〕の者が長谷川平蔵に「三月《みつき》に一度ほど、香油を買いに見えるおさむらいさまがございます」といった、そのことばを唯一のたよりにしての張りこみであったのである。

五

ところが……。

酒井同心は、まんまと半四郎に逃げられてしまった。

上野広小路から新黒門町に出て、鰻屋《うなぎや》の〔春木や〕へ入った半四郎は、ここでゆるりと食事をしたためたが、このときすでに、彼は酒井同心の尾行《びこう》に気づいていたらしい。

「相手は小部屋へ入って、いやもう一刻も出て来ませぬ。中へ飛びこむわけにもゆかず、私も別の部屋で……どうも、やりにくいことでした。それでも、やつの出たすぐあとから追って出たのですが、まことになれたもので、影もかたちも……申しわけございませぬ」

酒井同心は、くちびるを噛んでうつむき、ひたすら平蔵にわびるばかりであった。

「ま、よいわさ」

平蔵は酒井をゆるし、

「こうなっては、二度と浪花やへはあらわれまい」

「まことに、どうも……」

押上村《おしあげ》の春慶寺《しゅんけいじ》の小坊主が、岸井左馬之助の手紙を役宅へとどけて来たのは、その翌日であった。

「久しぶりで一緒にのみたいのだが、夕暮れに深川の鶴やへ寄ってはくれぬか。もしも御多忙なら無理にとはいわぬゆえ、放念《ほうねん》ありたい。ともかく、自分は鶴やへ行っているから……」

と、左馬之助は書いて来ている。

「行くとつたえて下さい」

平蔵は、小坊主に菓子をたっぷりとあたえ、

「左馬之助は元気でおりますかな？」

「はい、寺の庭で、よう剣術の稽古を、ひとりでなさっていらっしゃいます。本《ほん》身《み》の刀をふりまわされまして……そりゃもう、すさまじいもので……」

本所・桜屋敷の〔おふささん〕が島送りになってから、もう二年を経ている。

当時は鬱々《うつうつ》としてたのしまなかった岸井左馬之助も、ようやく気をとりなおしたと見える。

午後、平蔵は役宅を出た。

まだ約束の時刻には早かったが、まっすぐに深川へ向った。

小川町の通りへかかるころ、

（だれか、後をつけているな）

と、平蔵は直感したが、かまわずにいた。もしも〔白梅香〕の刺客《しかく》なら今度こそ決着《けっちゃく》をつけるつもりでいる。

平蔵の勘《かん》は的中《てきちゅう》していた。

金子半四郎は、一ツ橋御門外の火除地《ひよけち》にいて、平蔵があらわれるのを見た。

(よし、今夜こそ!!)

であった。

こうなると、暗殺者としての情熱が、強敵であればあるほど燃えあがってくるのは、我ながらふしぎなことだ。

(平蔵を斬れば、残り半金の百五十両と合せて三百両という大金が入る。ここで、しばらく江戸をはなれてもよいな。京へ行こう。京は隠れ住むにもっともよい。遊び暮して三百両……かなりぜいたくにやっても二年は保《も》つ)

いまの半四郎は、亡父の敵を討つ気持になれない。

偶然に出会えば、

(もちろん、斬る)

つもりだが、強《し》いてさがしまわる気はない。

若いころは血眼《ちまなこ》になり、敵の森為之介をさがしまわったものだが、二十年もたつと、敵へのうらみも稀薄《きはく》になってしまう。

(為之介も六十に近い年齢だろうし、もう死んでしまったかも知れぬ。おれも、敵の面《つら》をもう忘れかけてきたようだ……)

亡父が森に斬殺されたのも、互いに乱酔《らんすい》の上での喧嘩沙汰なのである。

（おれとちがって、剣術などに縁のない父なのに、なぜ刀なぞぬいたのだ……）

十八歳で敵討ちの旅へ出るときでさえ、半四郎は舌うちを鳴らしたものであった。

長谷川平蔵が深川石島町の船宿〔鶴や〕へ入ったのは七ツ（午後四時）ごろであったろうか。

どんよりと曇った空が、おもたげに江戸の町を抱きすくめている。

歩いていると、むし暑いほどで、

「花が咲くには、まだ間があるというのにな……」

平蔵は、〔鶴や〕の二階の一室へくつろぐと、酒をはこんで来た女中に、そういった。

夕暮れになり、とうとう雨が降り出してきた。

「おう、来てくれたのか」

岸井左馬之助もあらわれ、久しぶりに二人きりの酒宴となった。

「その後、どうなった？」

「何がだ、左馬之助」

「ほれ……鎌倉河岸の密偵、粂八とかいう……」

「うむ」

「あれがほれ、蛇《くちなわ》の何とかいう大泥棒のことについて聞きこんだとか……」

「そうか。以後はまだ何とも手がかりがつかめぬらしい」

「そうか。ところで平蔵」

「うむ？」

「おれもなあ、何かしたいよ」

「何をね？」

「お前さんの御役目を蔭ながら手伝ってみたいな」

「むうん、そうか。やってくれるか」

「いいかな」

「人手が足りなくて困っている。左馬之助のようなわけ知りが、はたらいてくれるなら大いに結構。ただし、一文も出ないぞ」

「そこがいいところさ」

とっぷり暮れた六ツ半ごろ、二人とも寝そべって近くから按摩《あんま》をよび、躰《からだ》をもみほぐしてもらっていた。

「酒をのんで、もみほぐしてもらうと、どっ、と疲れが浮いて出るの」

「それがいいのさ、平蔵」

「年のせいかな、按摩《こいつ》が一番たのしみになってきてな」

「おれもさ」

そのとき、〔鶴や〕の女中が表の戸をしめようとしていた。持舟は客を乗せて出ているし、平蔵たちは今夜泊るというので、戸じまりだけは一応しておくことにしたのだ。

と……。

しとしととけむる雨の暗い道から、ぬっと〔鶴や〕へ入って来たさむらいがある。金子半四郎であった。

「ちょっと休ませてもらいたい。酒をたのむ」

半四郎が、おだやかにいうのをきいて、女房おみちが出た。見ると身なりもととのった武士だし、ことわる理由もないので、

「さ、どうぞ。お二階へ……」

愛想よくこたえたのだが、これを何気なく、台所口の土間からのぞいて見た亭主の利右衛門の顔が、空間に凍りついたようになった。

六

それまで、金子半四郎は〔鶴や〕と堀川をへだてた扇橋代地の居酒屋にいて、川向うの〔鶴や〕の二階を見張っていたものである。

そのうち、彼はもう、居酒屋の障子の隙間から長谷川平蔵を見張っていることに耐えられなくなってきた。外は雨だし、この居酒屋で二刻もの間、ちびちびと盃をなめていた故もあるが、なによりも半四郎は、おのれの気力が刻一刻と充実してくるのをおぼえ、ついに〔鶴や〕へ斬りこむ決意をかためた。

(これが江戸での最後の仕事だ)

というふくみもある。

むしろ、覆面などをして闇の道に平蔵を襲うほうが至難であるかも知れぬ。そうしたときの平蔵の注意力は倍加しているだろうからだ。思いきって、船宿の客をよそおい、堂々と乗りこみ、二階座敷へ案内されながら、いきなり平蔵のいる部屋の障子を開けて抜き打ちをかける。相手はかなり酒をのんでいるし、まさかにここへ半四郎が飛びこんで来るとは考えていない。そこがつけ目であった。

（よし!!）

先刻、尻端折りの男が〔鶴や〕へ入って行ったようだが、これが岸井左馬之助とは、さすがの半四郎も気づかない。

脇差一本をさして番傘を肩にした左馬之助の、あまりにも気軽な風体を、遠目のためもあったが、半四郎はさむらいだとさえ思いもしなかったようである。

あまり酒ものまずにねばっていた半四郎を厭《いや》な顔つきで見ていた居酒屋の亭主も、

「長居をしたな。つりはいらぬ」

出がけに半四郎が出した一分《いちぶ》をもらって、ぺこぺこあたまを下げ、送り出した。

半四郎は扇橋をわたって対岸へ行き、そのまま、いささかのためらいもなく〔鶴や〕へ入ったのである。

「どうぞ、こちらへ……」

女房おみちが先へ立ち、半四郎は土間から上り、階段口へかかる。

台所へ酒の仕度に入る女中と擦れちがうようにして、亭主の利右衛門があらわれ、階段を二、三段ほど上った半四郎の背後から、何と、

「金子半四郎どの」と、押しころしたような声をかけたものである。

振り向いた半四郎の躰へ、老人の利右衛門が躍り上るようにして、猛然と躰ごとぶつかっていった。

「………」

「うわ……」

半四郎の絶叫《ぜっきょう》……。

二人は折り重なるようにしてころげ落ちたが、利右衛門は必死に半四郎へしがみつき、相手の腹へ突き通した出刃庖丁《でばぼうちょう》をえぐりまわす。

おみちの悲鳴と半四郎二度目の絶叫があがる。どうも大変なさわぎになってしまった。

平蔵と左馬之助が駈けつけたとき、女房は気を失って利右衛門の両腕に抱えられてい、台所口では女中ふたりが腰をぬかしていた。

あたりいちめん、血の海であった。

金子半四郎は仰向けに倒れ、その血の海の中で息絶えており、刀の柄《つか》にも手がかかっていない。

この恐るべき暗殺者の最期としては、呆気《あっけ》なさすぎる。半四郎の全神経は階上の平蔵へ向けてそそがれ、そのうしろから思いもかけぬ人の奇襲をうけたからであろう。

半四郎は、船宿の亭主・利右衛門の顔さえ判別《はんべつ》できぬうちに死んだ。

「いったい、これは……？」

長谷川平蔵は、血のにおいの中にさえ、はっきりとただよう〔白梅香〕の香りを嗅ぎながら、利右衛門へ問うた。

「はい……」

利右衛門は臆することなく、

「この仁《じん》は、むかし、私めが国もとで討ち果しましたる金子七平の息《そく》、半四郎にござる」

と、いいはなった。

「ふうむ……」

「敵討ちも武士のならいならば、返り討ちも武士のならいでござる」と、利右衛門は胸を張って、平蔵と左馬之助へ、

「いかが」

反問してきたものである。

平蔵はこれにこたえず、左馬之助をかえりみて、

「この男だよ、おれをつけねらっていたのは……」と、いった。

それから半刻後。

〔鶴や〕の二階で、平蔵と左馬之助が亭主・利右衛門と酒をくみかわしている。

金子半四郎の死体は、火付盗賊改メ長谷川平蔵を暗殺せんとした名も知れぬ曲《くせ》者《もの》ということで始末されたらしい。

「まあ、まる一年は江戸を留守にすることだな、利右衛門……いや森為之介どの」

と平蔵が、

「留守中、この船宿は、おれが手のものでちゃんとまもっておこうよ」

「おそれ入りました」

「来年の今ごろ、お前さんが帰って来たら、このままのすがたで鶴やが待っている」

平蔵は、小房の粂八に、この船宿をあずけるつもりでいる。

「なにせ、得体の知れぬ仕事をしていたらしい金子半四郎だ。どんなとばっちりがお前さんにかかるやも知れぬからね」

「はい……なれど、半四郎が二十年も私の行方をさがして……それをおもうと私も、……」

「これさ、気弱いことをいってはならぬ。ほれ、さっきもお前さんがいったではないか。返り討ちも武士のならい、とな」

「私も二十年の間、そうおもいつづけ、片時も油断はいたしませぬでした」

「それでこそ武士。だが森さん、よく半四郎の顔がわかったものだ」

「二十年前の顔つきそのままでございました。ですが、ぬっと入ってきたとき、両眼にすさまじい殺気が……」

「おれの首をとるつもりでいたのだからな」

「で……これはもう、私を討ちにと……」

「そう思いこむのは当然だ」

　すると岸井左馬之助が、

「森さん、江戸をはなれて行先はあるのかね」

「はい。女房の故郷が近江で……」

「明朝すぐさま、発《た》つことだな」

「そのつもりでおります」

　平蔵が、伝法《でんぽう》な口調で、

「おっかねえやつが消えちまったから、もっとのもうじゃあねえか」といい出し、亭主がその仕度に階下へ去った。

「ここの亭主《おやじ》、やはり相当な男だった……」

と、左馬之助。

「返り討ちは武士のならいか……きっぱりいったな。なかなか、そこまで覚悟がつくものでない」

「ときに平蔵」

「む?」

「いったい、あの良いにおいをぷんぷんさせていた刺客は、だれにたのまれて、お前さんを殺《や》ろうとしたのかね?」

「それさ」平蔵は半眼《はんがん》の表情となり、

「これは、おれの勘だがね」

「よく当るからな」

「どうも、条八のききこみが気になる。蛇《くちなわ》の平十郎という大泥棒さ」

「なるほど」

「こいつ近々、大仕事をやらかしそうだ」

「そこでお前さんが邪魔になる」

「まあ、な……」

「どこで眼を光らせているか、知れたものではないからね、長谷川平蔵さまは……」

「その通り」

「となると、あいつが死んだのは惜しい。生かしておいてさぐってみれば、その蛇の平十郎の隠《かく》れ処《が》が突きとめられたかも知れぬぜ」

「いや……おそらくわかるまいよ。金子半四郎に、おれの暗殺をたのんだのは別の人間さ」

「なるほど」

「こうなると、蛇の平十郎のうごきが、おれは気になってきた……」

このとき利右衛門が、手料理の白魚《しらうお》と豆腐《とうふ》の小鍋だてと酒をはこんできた。

「や、これはよい」

「春のにおいが湯気にたちのぼっているなあ、左馬」

「うむ、うむ」

「森さん……いや、御亭主」

「はい」

「お内儀はどうした？」

「ようやく、落ち着きましたようで……いまはじめて、私の過去《むかし》をはなしてきかせました」

座《ざ》頭《とう》と猿《さる》

一

行灯《あんどん》のあかりの下で、女のあえぎがたかまってきはじめた。

座《ざ》頭《とう》の彦《ひこ》の市《いち》は、茄子《なす》の実のような鼻とうすい唇を女のやわらかい下腹へ押しつけ、細いが堅く筋肉のひきしまった両腕で、女の腰を巻きしめている。

このごろ、めっきりと量感にみちてきた女のからだを、五十男とは思えぬ執拗《しつよう》さでまさぐりつつ、

(こいつめ……)

彦の市は胸の底で舌うちを鳴らした。

(こいつ、ほかに男をこしらえやがったな……)

盲目であるはずの彦の市がうす眼をあけて、身もだえする女を見つめている。

女……おそのは、むろん、これに気づかぬ。

おそのの前では、彦の市も完全に盲人をよそおっているし、長年にわたって心身になれつくした彼の擬態《ぎたい》には、寸分《すんぷん》の隙《すき》もない。

「ああ……もう、旦那……」

おそのが、無我夢中の狂態をしめしはじめた。

あさぐろいが、二十《はたち》の女の凝脂《ぎょうし》に照りかえった乳房から腋《わき》のあたりへかけ、紫色の斑点《はんてん》がいくつも浮き出して見える。

これは、まさに彦の市以外の男の唇が、彼女の肌を吸った痕なのである。

(畜生め、ほかに男を……)

彦の市の嫉妬《しっと》は、むしろけだものじみた愛撫の所作《しょさ》に変っていった。

たまりかねたように、おそのが両肘《りょうひじ》をついて上半身をおこしたので、彦の市はあわてて両眼を閉じ、

「む……よし、よし……」

こたえつつ、今度は盲人の自分になりきり、躰《からだ》を伸ばして女へのしかかっていったが、腸《はらわた》が煮えかえるような気持であった。

（畜生め、いまに見ていろ）

按摩《あんま》という表向きの稼業柄《かぎょうがら》、数えきれぬ女体に接してきているし、女好きでは人後に落ちぬ彦の市であったが、三カ月ほど前から我が物とし、同棲《どうせい》しているおそのを、

（卯《う》年の九月生まれの女のからだはこたえられねえというが、まさにその通りだ。こ、こんな女を生涯のうちに一人でも抱けたらと、おれは夢に見ていたものだが……そいつが本当になった）

ひまさえあれば、日中でも、おそのへいどみかかる始末なのである。

それだけに、間男《まおとこ》をされた彦の市の怒りは、通りいっぺんのものではなかった。

月のうち三日ほど、きめられた日に、彦の市は愛宕《あたご》下に住む表御番医師・牧野正庵《しょうあん》のところへ出かけ、もみ療治をする。

相変らず四谷の麴屋横丁《こうじやよこちょう》に住む彼は、去年から引きつづいて四谷御門外の蠟燭《ろうそく》問屋《どんや》〔三徳屋〕へも出入りし、主人・治兵衛に可愛がられている。

去年、十二月十四日に、簑火《みのひ》の喜之助《きのすけ》を首領とする盗賊たちを、彦の市は三徳屋に引き入れることになっていた。

ところが当夜。うち合せたごとく、彼らは三徳屋へ押しこんで来なかったばか

りか、翌朝になると、九段下の濠端《ほりばた》へ出ている葭簀《よしず》張りの居酒屋の中で、簑火の喜之助は仲間《なかま》三人と争い、相討ちになって死んだそうな。

これは、火付盗賊改方《ひつけとうぞくあらためかた》・長谷川平蔵の出役《しゅつやく》によって、喜之助らの身もとが判明したということだ。

(よくまあ、簑火のお頭《かしら》だということがわかったものだな)

彦の市は、ぞっとした。

三徳屋押込みがふいになった残念さよりも、火の粉がこっちへもかかるような気がして、彦の市は落ちつかなかった。

もともと彼は、盗賊〔蛇《くちなわ》の平十郎〕の配下であるし、簑火の喜之助のために貸しだされただけに、こうなると、一時も早く手を引いてしまいたかった。

で、彼は彼のお頭である蛇の平十郎へ、

「麹屋横丁を引きはらいたいとおもいますが……」

うかがいをたてた……といっても直接にではない。大盗賊・蛇の平十郎の居所など、末端の彦の市が知ることは不可能であった。彦の市とお頭の間にはいくつもの段階があり、いま、彦の市にお頭の指令をあたえてよこすのは、麻布・飯倉《いいぐら》三丁目に白玉堂《はくぎょくどう》という唐物《とうぶつ》屋の店を出している紋蔵《もんぞう》という男で、これもまた蛇の平十郎一味であること言うをまたない。

白玉堂を通じて、お頭は彦の市に、こう命じた。

「お前の身にはお上《かみ》の眼もとどいていないから安心をしていろ。だから、今までのように暮して、三徳屋への出入りもつづけるのだ」

そして年が明けると、

「三徳屋の主人の姉が、愛宕下の牧野正庵という御城《おしろ》医師の内儀《ないぎ》ゆえ、うまくもちかけて、牧野へ出入りがかなうようにしろ」

と、指令が来た。

これは、蛇の平十郎の新しい盗《つとめ》に関係がある仕事と見てよい。さいわい、お上の眼はこちらへ光ってはいないとわかったし、彦の市もすぐにはたらきはじめた。

なにしろ、按摩術にかけては非凡の腕をもつ彼だけに、三徳屋の紹介で梅が咲くころには、牧野家へ出入りするようになったのである。

牧野正庵の妻はお沢《さわ》といい、三徳屋の主人の姉だけに、六十の老女だし、

「このように上手なもみ療治にかかったことはない」

大よろこびであった。

この牧野家へ二度目の療治に出かけた帰途、愛宕山・門前の茶店で、茶汲女を

していたおそのを、彦の市は見出したのである。

ひと目で、

(この女は、飼《か》ってみてえ)

と、彦の市は見きわめをつけた。

二

おそのは、薄幸《ふしあわせ》な女であった。

母親が早死をしたので、彼女は七歳のころから鎌倉節の飴売りをしている父親に育てられ、十七の夏、線香突きをしている房五郎という男の女房になった。

線香突きというのは、どろどろに煉《ね》った抹香《まっこう》を〔つくり箱〕へ入れて重《おも》しをかけ、箱底の細い穴から線香になって出る……つまり線香づくりの職人のことで、房五郎は本所・押上村の仕事場ではたらいていたのである。

線香突きは躰によくないそうだが、房五郎も痩《や》せた、顔色の冴えぬ男で、とても二十七という年齢には見えぬ老《ふ》けこみかたで、一年中妙な咳《せき》をしていた。陰気で無口だが、しかし、おそのにはやさしい亭主で、吉岡町の長屋から一日も休むことなく仕事場へ通っていたものだが、足かけ二年の結婚生活で、房五郎は呆気《あっけ》なく病死をしてしまった。

なんでも仕事場で急に血を吐き、その血のかたまりが喉《のど》へつかえて呼吸《いき》が絶えたのだそうで、手つだいの小僧がおろおろするうち、たちまち倒れ伏してうごかなくなったのだという。その後、おそのは父親・与助のもとへ帰った。

そのころ、父親は芝の北新網《しんあみ》の裏長屋に住んでいたのだが、出戻りのむすめを迎えて間もなく、中風《ちゅうぶ》で倒れた。まだ五十をこえたばかりの与助なのだが、これではどうしようもない。そこで、おそのが愛宕権現・門前の茶店へはたらきに出たのである。

愛宕権現は人も知る江戸四カ寺の一つで、胸を突くような男坂の六十八級の石段をのぼりつめた山上のながめは、

「……懸岸壁立《けんがんへきりゅう》して空をしのぎ（中略）山頂は松柏鬱茂《しょうはくうつも》し、夏日《かじつ》といえどもここにのぼれば涼風りんりんとして炎暑《えんしょ》を忘る。見おろせば三条九陌《きゅうはく》の万戸《ばんこ》千門《せんもん》は甍《いらか》をつらねてところせまく、海水は渺焉《びょうえん》とひらけて千里の風光をたくわえ……」

と、江戸名所図会《ずえ》の解説にあるように、参詣、観光の群衆が絶え間もない。

愛宕山をかこむ寺々の密集もすばらしいが、崖下に二十余軒もつらなる茶店で

は、茶汲女が化粧をこらして客を待つ。

あの盗賊・野槌《のづち》の弥平《やへい》の情婦・お常も、愛宕下の茶汲女であったはずだ。

といえばわかるように……。

この辺の茶汲女の裏へまわっての売春は、すこぶるさかんなものであり、好者《すきもの》の客は茶店へ連れ出し料をはらい、女を連れ出すのだ。

おそのもたまにではあるが、客をとった。

病気で手足もうごかせぬ父親には付きそいをたのまねばならぬし、医薬の代もばかにならない。で……。茶汲女になってから半年後に、おそのは彦の市と出会い、二十両の仕度金をもらって〔囲《かこ》いもの〕になったと、こういうわけであった。

「私は、この通り、めくら按摩で、お前さんの顔かたちはわからないけれども、その声をきいただけでやさしい人柄がわかる。どうかお前、私のものになっておくれ」

口説《くど》かれた上、月々、父親には二両の仕送りもするとききき、こころがうごいた。

(あたしの声をきいただけで、人柄がわかる、と、彦の市さんはいってくれたのだもの)

何人もの男に肌をなぶられるのは辛《つら》いことだったたし、彦の市に好感を抱いたおそのは、この申し出をうけいれることにした。

だが……。

麴屋横丁の彦の市宅へ移って来ると、仕度金の二十両はたしかによこした彦の市も、月々二両の手当という約束については、おくびにも出さない。

当時の二十両は現代《いま》の百万円に近い金だし、これを父親が住む長屋の家主へあずけてあるから、当分は心配ないが、

(でも……?)

おそのは、三カ月を一緒に暮してみて、

(この人と、こんな暮しをしていたら……?)

若い女だけがもつするどい直感で、漠然とではあったが、それだけにつかみどころのない不安に抱きすくめられてきはじめた。

(この人と暮していたら、あたし、狂人《きちがい》になってしまう……)

外へ療治に出て行くときの彦の市は、醜男《ぶおとこ》は醜男なりに、おだやかで清《きよ》げな風格があって、近所でも、

「腕もいいが、人柄もおとなしくて、あれじゃあ繁昌《はんじょう》しないわけがない」

評判がよいし、おそのが愛宕下の茶店で彦の市に会ったときも、こうした印象

をうけていたわけだが……。

共に暮してみると、なんとも不気味《ぶきみ》な匂いが〔旦那〕からたちのぼってくる。

父親とそれほど年齢の差はないというのに、ひまさえあれば日中でも手をのばしてきて、それはもう口にはいいつくせぬほどの狂態をしめし、同じようなあさましいまねを、おそのにも強《し》いずにはおかない。

厭で厭でたまらなかったのだが、彦の市の十本の指は魔法のようにおそのの肉体を狂喜せしめる。

彦の市への愛情はなく、慾望だけが別の〔生きもの〕となってうごめいている。

おそのには、そうした自分がおそろしくなってきた。

さらに……。

彦の市は一文の銭もおそのの自由にさせなかった。

おそのの単独の外出にうるさく、月に何度か北新網の長屋へ父親を見舞うことも、ゆるしを得るまでが大変なのである。

(どうも旦那は、ただの座頭じゃない……)

金魚売りや枝豆売りの声が、江戸の町をながしはじめるようになった或る日……。

「徳太郎さんは、いまのあたしをどうおもって？」

おそのは、病父を見舞ったとき、隣家に住んでい、小間物の行商をしている徳太郎という若者に問いかけてみた。

「どうって、そんな……」

折からの雨で商売を休んでいた徳太郎は、白い、ふっくりとした手で器用に茶をいれてすすめながら、

「私には、わからない……」

ちらと上眼《うわめ》づかいにおそのを見るや、色白のえりくびに血の色をのぼらせ、すぐにうつ向いてしまった。

(このひと、あたしを好きなんだわ)

二十五だというが、少年のような初々《ういうい》しさだ。一年ほど前にこの長屋へ住みついた徳太郎は、上総《かずさ》の生まれで親も身寄りもない独《ひと》り暮しであった。

気だてがやさしく、ひまを見ては、おそのの父親の面倒《めんどう》もよくみてくれるし、おそのも、ここへ来るたびに徳太郎の手みやげを忘れたことがない。

「ねえ、徳さん……」

「え……？」

「いって下さいよ、ねえ……」

「なにをさ?」

「あたし、こんな暮しをつづけていいのか、どうか……」

「だって……私は、おそのさんがどんな暮しをしているんだか、くわしく知っているわけじゃないもの、いいようがない」

「ま、いじわるな……」

「だって……」

「いじわるよ、いじわる」

かるく打《ぶ》つ所作《しょさ》をしたおそのの手を徳太郎がつかんだ。つかんで、すぐにはなして、また彼は満面を充血させ、うつむいてしまう。

(このひと、たしかに……あたしを好きなんだ)

長屋の、せまい部屋に生《なま》あたたかい五月雨《さみだれ》の音がこもっている。

「と、徳さん……」

かすれ声でいったとき、おそのは我にもなく逆上していたようである。

(このひと、まだ女を知らないのかしら……)

おそのの双眸《りょうめ》に妖《あや》しい光が加わった。

うつむいて、かすかにふるえている徳太郎のくびへ、おそのの両腕がさしのべられていった。

こうなると、彦の市の仕込みをうけているおそのだけに、日頃、胸の底へよどみたまっている憂悶《ゆうもん》がかえって大胆きわまるふるまいとなってあらわれる。

「お、おそのさん……」

ふるえている徳太郎を、おそのは押し倒した。

終ったとき、

「おそのさんが、はじめての女だ……」

徳太郎が恥じらいつつ告白し、おそのは歓喜に五体がしびれるのをおぼえた。

それからはもう、病父を見舞うたびに、二人はあいびきをした。

柴井町の蕎麦屋《そばや》〔東向庵《とうこうあん》〕二階の小座敷が、ふたりが出会いの場所で、徳太郎はこの店に顔がきくと見え、万事が好都合にはこぶ。

彦の市が金をわたさぬので、費用はいつも徳太郎がはらう。

数度のうちに、早くも徳太郎の唇のあとがおそのの肌へのこるようになった。

彦の市に抱かれるときも、

（どうせ、見えやしないんだもの……）

おそのは、あかりをうけて、おのが肌にのこる徳太郎の唇や歯のあとを見きわめつつ、彦の市の愛撫にこたえてゆくうち、相手が〔旦那〕なのだか徳太郎なのだか、わからなくなってくるのであった。

三

「と、いうわけでね……」

小間物屋の徳太郎は笑いをかみしめながら、

「その彦の市とかいう座頭の面《つら》が見てえや」

おそのへ対するときとは、がらり変った伝法な口調でいい、茶わんの冷酒を一息にのみほした。

相手は苦笑していた。老人である。

この老人、浅草・鳥越《とりごえ》の松寿院門前で花屋をしている前砂《まいすな》の捨蔵《すてぞう》であった。

大盗《たいとう》・夜兎《ようさぎ》の角右衛門《かくえもん》の盗人宿《ぬすっとやど》の役目をつとめる捨蔵に、亡き篝火の喜之助が助勢をたのんだ一件は、すでにのべた。

「徳よ」

捨蔵老人は新しい酒を茶わんへみたしてやりながら、

「お前は、なにも知らねえようだ」

と、いった。

「え……?」

「その座頭、彦の市という人をよ」

「じゃあ、爺《とっ》つぁんは知っていなさるのかえ?」

「まあな……」

そこへ、老婆が花を買いに来たので、捨蔵は店へ出て行き、

「へえ、もう……すっかり夏でございますねえ」

まっ青に晴れあがった午後の空を仰いだりして、また戻って来るや、

「その女から手を引きねえよ」

「そりゃまあ、女はほかにいくらでもいるからね」

「その通りだ」

と、急に捨蔵は徳太郎を強く見すえ、

「そうしてもらいてえのさ」

「ふうん……」

「お前に、一働《ひとはたら》きしてもらわねえじゃあならねえことになってな」

「お盗《つとめ》かい？」

「その通り。ま、おれたちのお頭《かしら》が中国すじの盗《つとめ》を終え、江戸へもどりなさるのは、早くて、来春《らいはる》のことだ」

「おいらも、お頭のお供をしたかったのにな」

「骨やすめに江戸で遊んでいろと、こういって下すったお頭の気持を有難いとおもわねえのか」

「わかってるよ」

「気楽な小間物屋渡世は表向きで、さんざ女の子とあそび暮していやがって、躰も鈍《なま》ってしまったろうに」

「冗談じゃねえ。死んだ親父の代から軽業《かるわざ》で売ったおいらの盗《つとめ》だ。二年やそこら遊んだからといって、なまくらになるものじゃねえ」

「さて、そこだ」

「何が、そこだ？」

「お前の軽業が、ぜひにもほしいといわれてのう」

「へ、そうかい。広島にいなさるお頭が呼んで下すったのか？」

「そうじゃあねえ。貸しばたらきよ」

「ふうん……」

「実はな……蛇《くちなわ》の平十郎親分が、ぜひにもお前を借りてえというのだ」

まだ顔を見たこともないけれども、蛇の平十郎の盗賊界における〔名声〕を、徳太郎が知らぬわけはない。

「じゃあ何かい爺《とっ》つぁん、うちのお頭も承知なのだね？」

「そうとも。いま江戸にいるのはお前とおれだけだ。助《す》けてやれと、昨日、お頭からの早飛脚《はやびきゃく》が、返事をとどけてきたのさ。だから今夜にも、おまえのところへ出向くつもりでいたんだが、……寄ってくれて丁度《ちょうど》よかった」

「そうかい、よし。うちのお頭のゆるしが出たのなら、蛇《くちなわ》一味の盗みの仕組みを見ておくのもおもしろいな」

「やってくれるかえ。蛇のお頭には、うちでも義理があってな」

「いいともよ」

「ところで、徳よ」

前砂の捨蔵は「ま、そいつをのめ」と冷酒をすすめ、徳太郎がのみ終えるのを待ってから、こういったものである。

「お前がいま、いい気持につるんでいる女の旦那……座頭の彦の市というお人は、蛇のお頭の手下なんだぜ」

四

梅雨《つゆ》もあがって、ほんとうの夏になった。

その日の午後。

「今日は、三徳屋さんから、泊りがけで療治がてら大旦那のお話相手をするようにいわれているのでね。お前も、ゆっくりとお父《とっ》つぁんの看病をしておいで」

めずらしく彦の市が、二分《にぶ》も小遣《こづか》いをよこし、おそのにいった。

おその、もとよりのぞむところである。

いまのおそのは、中風の父親を見舞うことよりも、小間物屋徳太郎とのあいびきのほうが大事になってきている。

「あの……泊って来てもいいですか？」

「いいともね」

「ま……」

「うれしそうだね」

「だって、お父つぁんの看病が……」

「そうともそうとも……お前は親孝行だものねえ」

「あれ、そんな……」

久しぶりに二分も小遣いをもらって、おそのは有頂天になっていた。

（この金で、徳さんと一緒に、どこかしずかなところで、ゆっくりと、あの御飯でも……そして、それから……）

〔旦那〕を送り出してから、おそのは、いそいそと仕度にかかった。

万事に吝《けち》な彦の市も、おそのが適当に着かざることには、あまり金を惜しまない。

麹屋横丁の長屋の中に、彦の市の住居《すまい》は中二階のついた一軒建ての小ぎれいなものだ。

近頃、上方《かみがた》からの流行が江戸へも移った〔まる輪〕というかたちに髪をゆい、仕立ておろしの銚子縮《ちょうしちぢみ》の夏着といういでたちで、おそのが家を出て塩町の通りへかかるのを、

（畜生め、畜生め……）

理性寺《りしょうじ》の門の蔭から、彦の市は見送っていた。

家を出るとき、風呂敷《ふろしき》包みにしてきた夏羽織を寺の境内ではおり、用意の菅笠に顔をかくした彦の市は、めくら座頭の擬態をかなぐり捨て、

（今日こそは畜生め、相手の男がどんなやつか、面《つら》あ見とどけてくれる！）

すぐさま、おそのの跡をつけはじめた。

男というものは、女房の浮気を知ると、相手の男より女房のほうを憎むのが常例だが、彦の市は、

（おそのの知らねえうちに、相手の男を、そっと殺《や》っちまおう）

と、決意をしていた。

いまのところ、お頭の蛇の平十郎からは、

「いまのままでいろ。そして牧野正庵のところでは、せいぜい可愛がられるようにつとめておけ」

とだけ、指令が来ている。

牧野正庵は、幕府から百五十俵の扶持《ふち》をもらっている医師であるけれども、蛇の平十郎がねらいをつけるほどの相手ではもちろんない。

だから、彦の市を牧野家へ親しく出入りをさせておき、牧野正庵を利用して、

別の、どこかの大きな目的へ彦の市を近づける……おそらくこれが、蛇の平十郎のねらいと見てよい。

（どっちにしろ、よほどの大仕事らしい）

と、彦の市も感づいていた。

大仕事になればなるほど、手順が複雑面倒であるし、時間日時もたっぷりとかけることになる。

（早くて、今年の暮れか……来春ごろのお盗《つとめ》だな）

そうなれば彦の市も蛇一味と共に活躍をし、盗《つとめ》が終ったあとは、散り散りに江戸をはなれることになるのは必定《ひつじょう》であった。

そのときが、おそのとの別れになる。

だからもう彦の市は、

（一緒にいる間だけは、ほかの男の指一本、さわらせてなるものか）

であった。

大仕事の前に、色事《いろごと》さわぎで人を殺《あや》めるなどということは、盗賊仲間で堅く禁じられていることだが、

（なあに、だれの目にもふれねえようにやってみせるさ）

彦の市は自信満々というところだ。

この自信は、おそのの情夫《おとこ》を見た瞬間、さらに大きくふくれあがったのである。

おそのは、いったん北新網の長屋へ行き、しばらく病父の枕頭《ちんとう》で時をすごしてから、夕暮れになって、帰宅した小間物屋の徳太郎をさそい、柴井町の〔東向庵〕へおもむいた。

菅笠に面をかくしたまま、彦の市は、汗みずくになって跡をつけまわし、徳太郎の顔を確認《かくにん》したのである。

もとより彦の市は、吹けば飛ぶように生白《なまつちろ》い、この若者が、大盗・夜兎の角右衛門の手下で〔尾君子小僧《びくんしこぞう》〕と異名をとった腕利きだとは知るよしもない。

〔尾君子〕すなわち〔猿〕のことで、これは徳太郎の人並みはずれた身軽な活動ぶりを如実《にょじつ》にしめした異名だ。

彦の市も〔尾君子小僧〕の名は耳にしていたけれども、顔もかたちも見たことがない相手だけに、これが小間物屋徳太郎とむすびつかないのは当然であった。

徳太郎は徳太郎で、

「おそのさん。もっと私をいじめておくれ。ねえ、もっといじめておくれよ」

などと、東向庵の二階の小座敷で、女の愛撫に甘えながら、

（この女とも、もうじきに別れなくちゃならねえ）

と、考えていた。

前砂の捨蔵の紹介《ひきあわせ》で、二日ほど前に、徳太郎は飯倉三丁目の唐物屋《とうぶつや》〔白玉堂〕をおとずれ、主人の紋蔵から、こういわれている。

「間もなく、お前さんはうちのお頭の下《もと》へ行ってもらわざあなるまいよ」

紋蔵は、蛇の平十郎一味でも相当に上の、いわゆる幹部盗賊で、

「今度の仕事には、ぜひともお前さんのちからが借りたいと、お頭がいいなすってね」

「左様で……それで、目ざすところは？」

「そいつは、お頭の胸三寸にあることで、私も知らないのさ」

紋蔵はいったが、

（この人は、空とぼけていなさる）

と、徳太郎は見きわめをつけていた。

それにしても、蛇の平十郎が直接に自分へ指令をあたえるということは、

（よっぽど、おいらの腕を見こんだものと見える。こいつはちょいと、うれしいぜ）

自分の頭領・夜兎の角右衛門への謝礼は別にしても、徳太郎のふところへ入る分け前も少くはあるまい。

「ねえ……ねえ、徳さんたら、何をぼんやりしているのよ」

あわただしい愛撫が終って、おそのは、ぐっとひろげた胸もとの、もりあがった肌が汗にぬれているのもかまわず、

「ねえ、今夜はあたし、お金《たから》もっているんだから……」

「そうかい、でもそれは、お父つぁんにおあげよ」

徳太郎は、しおらしい口調でいう。

「いや、今夜つかってしまう。ねえ、もっとしずかなところで、ゆっくり、ごはんを食べようよ」

「今夜は泊れるのだってね」

「あとで、うんといじめてあげるから……」

赤くなって、徳太郎はうつむいて見せたが、肚《はら》の中《なか》で、

(なんとかひとつ、この女と別れる前に……そうだ、彦の市の野郎をそっと殺《ねむ》らせ、ついでに中気の親父の息の根もとめてやろう。どうでもう、生きていても仕方がねえんだものな。この二人が死んじまえば、おそのも我身ひとつ。こころも

からだもぐっと楽《らく》になれるというものだ）
事もなげに考えていた。
彦の市が、これから自分が借りられて行く蛇の平十郎一味だということは百も承知の上なのである。

五

座頭・彦の市が、小間物屋徳太郎の顔を見きわめてから三日後に、五十海《いかるみ》の権平という凶悪な盗賊が逮捕《たいほ》された。

こやつ、この年の正月ごろから、江戸市中の諸方を何と七カ所も盗みばたらきをやって、このために殺傷した者、男女をふくめて十八名にのぼったという。

この権平を捕えたのは、いうまでもなく長谷川平蔵で、調べもせずに、

「このような悪党どもは一刻も早く成敗《せいばい》してしまうにかぎる」

と、逮捕の翌日には、早くも一味八名と共に引出し、品川の刑場で磔《はりつけ》にしてしまったものだ。

「さすがに鬼の平蔵とよばれるだけのことはある。やることがすさまじいよ」

五十海一味が処刑された翌日。

松寿院門前の花屋へたずねて来た〔尾君子小僧〕の徳太郎に、前砂の捨蔵老人がいった。

「どうも、長谷川平蔵という盗賊改メは油断がならねえ。蛇のお頭も、こんなときにお盗《つとめ》をしねえでもいいのになあ」

「なあに、爺つぁん。蛇の平十郎親分は、うちのお頭と同じように、只の一度もお縄《なわ》の味を知らねえほどの大きなお人だ。心配するにはおよばねえってことよ」

「なあに、そうではねえ」

「と、いうと?」

「そもそもだ。ほかのところから人を借りるというようになっては盗《つとめ》もおしめえさ。それだけ、腕っこきの手下がいなくなったというわけだ。おれが見るに、蛇のお頭は、もう落ち目よ」

「そうかねえ」

「うちのお頭を見ねえ。先代のころからお前、只の一度も助人《すけっと》をたのんだことはねえじゃねえか」

「ちげえねえ」

「あの、簑火の喜之助さんほどの、りっぱなお頭でも助人をほしがるような盗《つとめ》をしたため、とうとう非業《ひごう》の最期をとげなすったものなあ……いいかえ、徳よ。今度の助人は仲間内の義理があってすることだ。うちのお頭が口をすっぱくして、いつもいっていなさる盗《つとめ》の掟《おきて》にはずれるような仕事をするのだったら、いつなんどきでも手を引いてしまいねえ。あとはおれが引きうける。いいな、わかっているな」

「わかっているとも、爺つぁん」

徳太郎が、夕暮れ近くなって北新網の長屋へ帰ってみると、長屋中が大さわぎの最中である。

おそのの父親が住む家の門口に人だかりがしていた。

「おそのさんのお父つぁんが、さっき……」

「どうしたんです。いったい……？」

向う隣りの棒手振《ぼてふり》の魚屋の女房が、顔色を変えている。

「亡くなったのですか……」

「そうなんだよ。急にお前さん……」

「おそのさんのところへは？」

「知らせてやったけど……」

やがて、おそのが麹屋横丁から駈けつけて来た。

このところ、おそのの外出には殊《こと》さらにうるさい彦の市なのだが、実の父親が死んだのでは、出してやらぬわけにはゆかない。

金一両の香典《こうでん》をあたえ、

「明日の葬式には行ってもいいよ」

と、彦の市はいったそうである。

「では、今夜、彦の市さんはお宅にいるので？」

瞼《まぶた》を赤く腫《は》らしているおそのへ、徳太郎は低い声できいた。

「え……ひとりで、お酒を……」

「そうですか……」

父親は、こっちの手を下さずに死んでくれたし、

(あとは、彦の市だけだ)

通夜《つや》の席から、となりの自分の家へ、そっと帰るや、

(おその。お前の邪魔《じやま》なものは、このおいらがみんな片づけておいてやるからな)

徳太郎は、いたずらっぽい笑いをうかべ、

(そのあとで二人きり……短い月日を、どこかへ隠れ、思いきりたのしもうぜ)

押入れの底から短刀《あいくち》を取り出し、これをふところにのんで徳太郎が立ちあがった。

ここから四谷の麴屋横丁まで、夜のことではあるし常人ならば往復二刻はかかる。

だが、軽業できたえた徳太郎の速足《はやあし》なら、

(彦の市を殺して引返しても一刻はかかるめえ)

すでに、彦の市宅を見とどけてある徳太郎だ。

おそのと自分の間柄を、長屋の者たちもまだ気づいてはいないようだし、万一にも、

(おれに嫌疑《うたがい》のかかるわけはねえや)

徳太郎は、通夜の客がつめかけている隣家の裏口から、棒手振の女房をそっと呼び出し、

「三十間堀の伯父のところへ、ちょいと急用で出向かなくてはなりません。なに、すぐに戻ってまいりますから……」

いいおいて、長屋を飛び出して行った。

これより先に……というのは、おそのが出てから間もなく、麴屋横丁の彦の市へ、

「すぐに、おいで下さい」

と、白玉堂の小僧が、主人の紋蔵の伝言をもって来た。

(お頭からのいいつけが何かあるのかな?)

彦の市は、まだ空があかるいうち、小僧に手をひかれて家を出ていた。

(畜生め。おそのの女《あま》、親父の通夜をいいことに、いまごろは、あの徳太郎とかいう若僧と乳くり合っていやがるかも知れねえ。見ていろ、見ていろよ。近いうちに、あの間男《まおとこ》のどてっ腹へ刃物を突込み、はらわたをえぐり出してくれるからな……)

白玉堂へ向う道すがら、彦の市は、そんなことを思いつづけている。

六

白玉堂の紋蔵は、彦の市を迎えて、

「よく、おききよ」

「へい」

「浜町堀にね、千賀道有《ちがどうゆう》という医者が住んでいる。二千坪もある大きな屋敷で、将軍さまのお脈をとっていたほどの大そうなお医者さまだがね」

「へへえ……」

「お前が出入りしている牧野正庵の内儀は、この千賀道有さんの従妹《いとこ》にあたるのさ」

「なあるほど……」

「わかったかえ、彦の市」

「へい、へい……牧野正庵から口ぞえをしてもらい、私が、その千賀なんとやらいう金持ちの医者の屋敷へ出入りがかなうようにする、のでございますね」

「さすがはお前だ。その通りさ」

「では、蛇のお頭が目をつけていなさるのは、その千賀屋敷なので?」

「そんなことはどうでもいい。とにかくお前は、うまく立ちまわって千賀のところへ入りこみ、屋敷の内外《うちそと》を……ふふ、ふ……その見えない眼で、しっかりと見きわめてもらいたい」

「へい、わかりましてございますよ、のみこんでおりますよ」

「たのむよ」

「へい、へい」

「なるべく早くといいたいところだが、あせってもいけない。お頭は、来年の桜《はな》が咲くころまでに、さぐってくれればよいと、こういってなさる。いいかえ、彦の市。決して無理をしてはいけませんよ」

「心得ておりますとも」

さすがに彦の市も、

（こいつは、どう踏んでも大仕事になりそうだ）

昂奮《こうふん》してきた。

夕飯を馳走になってから、彼は白玉堂を辞し、帰途についた。座頭ではあるが、眼あきの彦の市であるから、人が見ていないとなると足も早い。

麴屋横丁の入口へもどって来たのは、かれこれ五ツ（午後八時）ごろになっていたろうか。

風も絶えた、むし暑い夜であった。

横丁を入って右側は小旗本の居宅がたちならび、左側に組屋敷。その組屋敷と草地をへだてて町長屋《まちながや》がある。

草原に面して長屋の井戸があり、その真向いが彦の市の家であった。

長屋の裏側にあたるわけだ。

夏の夜のことだし、長屋には、まだ灯が洩れていたが、彦の市の家のまわりは月あかりだけで、日中の草いきれがまだたちこめている。

（う、う……暑いなあ……）

井戸端へ来た彦の市が、井戸の水で躰《からだ》を拭こうとして屈《かが》みこむと、どこの女房が忘れたものか、井戸のまわりの柵の上に鯵《あじ》切り庖丁《ぼうちょう》がのっているのを見つけた。

（仕様がねえな、こんなところに……あぶねえじゃあねえか）

その鯵切り庖丁へ、彦の市が手をかけたとき、

（おや……？）

自分の家の勝手口へ通ずる木戸が内側からすーっと開いたのを、彦の市は見た。

ふだん、盲人の擬態をしているだけに、彦の市の視力《しりょく》はすぐれている。

木戸から出て来たのが〔尾君子小僧〕の徳太郎であった。

わけもなく、彦の市宅の中二階へ潜入したのはよいが、目ざす相手の姿は無く、家中《うちじゅう》からっぽ。

それで仕方もなく、裏口から忍び出て来たところなのである。

「おい、お前だれだ？」

鰺切り庖丁をつかんだまま、彦の市は誰何《すいか》しつつ、ずかずかと近寄って行ったが、

（あっ……）

徳太郎と知って愕然となる。

徳太郎もまた、月あかりに彦の市と知って、

「や、野郎……」

あわてて、ふところの短刀を引きぬいたが、うまいことに彦の市は、すでに鰺切り庖丁を手に持っていたものだから、こっちが寸秒の間だけ早かったといえよう。

「畜生!!」

体当りに、その鰺切り庖丁を徳太郎の胸へ突込んだ。

「ぎゃ、ぎゃあ……」

徳太郎、すさまじい絶叫をあげた。庖丁を相手の胸へ突き刺したまま、彦の市が飛びはなれて、

（し、しまった!!）

青くなった。

徳太郎の悲鳴を、長屋の人びとは、はっきりと聞いたにちがいない。

こうなっては、この場にとどまることは危険きわまる。だからといってこの場合、こっちが庖丁を突き出さねば、相手の短刀がこっちの胸板を突き通していたろう。

ともかくこの場合、長屋の女房のだれかが置き忘れていった鯵切り庖丁に、彦の市はすくわれたといってよい。

彦の市は、井戸端をまわり、草地を一散に逃げた。あとには徳太郎が、うなり声をあげてのたうちまわる。

長屋の人びとが駈けあつまったとき〔尾君子小僧〕は、白眼をむいて息絶えていた。

七

この夜以来。

座頭・彦の市の消息《しょうそく》は絶えた。

麹屋横丁の人びとにとって、徳太郎は見たこともない男である。

すぐに土地《ところ》の御用聞きや、町奉行所の役人が出張って来たが、なかなかに調べはつかぬ。

いっぽう、北新網の長屋では、朝になっても徳太郎が帰って来ないので、

「どうしたのだろう？」

長屋の人たちも心配しているところへ、

「麹屋横丁に住む座頭・彦の市の女房が、ここに来ているか？」

町奉行の見廻り同心・渡辺寅之助があらわれた。

徳太郎殺害の場所が、彦の市宅の前であったところから、一応、おそのに死体をあらためさせることにしたのだ。

「あれえ……」

麹屋横丁の自身番所の中に、菰《こも》をかぶせられ死臭がただよいはじめている徳太郎の死顔を見て、おそのは、へたへたと崩折《くずお》れた。

これで彦の市とおその、それに徳太郎との外面的な関係が、役人のきびしい追及をうけたおそのの告白によって判明したが、それ以上のことはよくわからない。

それというのも、おその自身が、この二人の男の本体については何も知っていなかったからである。

また……。

行方知れずとなった彦の市が、かならずしも徳太郎を殺したとは、きめられないわけであった。

彦の市が出入りをしている三徳屋や牧野正庵邸へも調べがとどいたけれども、これという聞きこみもない。

夏のさかりとなった。

この事件に対し、町奉行所は投げたかたちになってきている。

そうなってからはじめて、

「おれはどうも、その行方知れずの座頭がくさいとおもう」

俄然《がぜん》、長谷川平蔵がうごきはじめた。

火付盗賊改方が足を棒にしての探《さぐ》りが開始された。

すると、同心の酒井祐助が、こんなことを聞きこんできた。

塩町三丁目の通りに店を出している飯屋《めしや》〔かしわや〕の主人が、「いつだったか、彦の市さんが白玉堂と書いた提灯をもった四十がらみの立派な風采《ふうさい》のお人と一緒に、この前を通りすぎて行ったことがございますよ」

と、おもい出してくれたのを耳にはさんだのだ。

「よし、すぐに調べろ」

と、平蔵はいった。

飯倉三丁目の唐物屋〔白玉堂〕が浮びあがるまでには、かなりの日時がついやされた。

盗賊改方の手がまわったとき、白玉堂は店を閉じ、主人も奉公人も全く姿を消していたのである。

「へい、たしかに座頭さんは、よく見えたようですが、同じ顔の……何しろ白玉堂さんは近所のつきあいもあまりいたさぬほうでして、……左様、ここに店を出しなすってから足かけ二年ほどになりましょうか……急にその店をたたみ、何でも故郷《くに》へ引きあげたとかで……」

と、これは近所の人びとのことばであった。

そのころ、浅草鳥越・松寿院門前の花屋では、

（徳め、あれほど念を入れておいたのに、ばかなことをしやあがって……だが、どうやら、こっちへは火の粉もかからねえですんだ。けれども、蛇《くちなわ》の平十郎親分

の大仕事も、これでしばらくは足ぶみのかたちになるだろうよ。それにしても……こいつは用心するにこしたことはねえ）

前砂の捨蔵老人も、花屋の店をたたみ、どこかへ姿をくらましてしまった。

こういうわけで、さすがの長谷川平蔵も事件の全貌《ぜんぼう》をつかむことを得なかったが、

「座頭の彦の市は、たしかに、どこぞの大泥棒の手先《てさき》にちがいない」

と、断定を下し、

「彦の市の囲い者だか、女房だか……おそのという女は、おかまいなしとあって、愛宕山《あたごやま》前で茶汲女をしているそうだ。よいか、この女……おそのから眼をはなすな」

部下に命じていた。

夏も去ろうとする或る日の午後。長谷川平蔵は、市中を見廻りがてら、ふらりと愛宕権現へ出かけて行った。

供は酒井同心ひとりだが、平蔵も酒井も地味な着物の着流しで、古びた帯をしめ、鞘《さや》の塗りのはげかかった大刀の一本差しに深編笠という、いかにも暮しに疲れた浪人者という扮装《こしらえ》であった。

急な男坂の右手に、これはゆるやかに愛宕山へのぼる女坂がある。

この女坂わきの〔井筒〕という茶屋に、おそのは出ていた。彼女が、もとはたらいていた茶屋なのである。

「あの女でございます」

編笠の中から、酒井同心が平蔵へささやいた。

「ふむ……」

うなずいた平蔵は、ゆったりとした足どりで井筒の店先へ出してある腰掛《こしかけ》へ……。

「女……」

とおそのに呼びかけ、

「香煎《こうせん》をくれい」

「あい」

振り向いたおそのが、むさくるしい浪人者の客を見て、かすかに眉《まゆ》をひそめた。

化粧も濃い彼女の姿態からは、むせ返るような色気がたちのぼっていた。午後の陽ざしは、まだ強かったが、そこはかとない涼気《りょうき》が、参詣の人びとの頭の上に、ただよっている。

こがした大唐米《あかごめ》に香料を混じて煮出した〔香煎湯〕を平蔵と酒井の前へ素気《そつけ》なく置くや、おそのは、いそいそと奥の腰掛で酒をのんでいる男のそばへもどって行った。

でっぷりとした男は、どこかの大店《おおだな》の番頭でもあろうか……おそのに酌をされつつ、満面を笑みくずして上機嫌《きげん》であった。

「酒井。あの女は、もう座頭のことも死んだ小間物屋のことも忘れているらしいな。あの色っぽいからだへ、男のにおいがしみつくごとに、あの女は得体の知れぬ生きものとなってゆくのさ。いや、どんな女にも、そうしたものが隠されているらしいが……」

長谷川平蔵は、苦笑と共に香煎湯をのみほした。

むかしの女《おんな》

一

長谷川平蔵が、その女……おろくと二十余年ぶりに出会ったのは、座頭・彦《ひこ》の市《いち》が行方《ゆくえ》知れずとなって間もなくのことであった。

このところ、平蔵は多忙をきわめている。

火付盗賊改方と〔兼任〕で、石川島にもうけられた人足寄場《にんそくよせば》の〔取扱《とりあつかい》〕をすることになったからである。

人足寄場は無宿者《むしゅくもの》、つまり、浮浪の徒の授産場といってもよい施設《しせつ》であって、「天明《てんめい》のころからの飢饉《ききん》つづきで、諸国から江戸へ群れあつまる無宿者たちが跡を絶たぬ。江戸の町は彼らの面倒をいちいち見てはおられず、凶年《きょうねん》うちつづく間、これらの窮民《きゅうみん》は乞食となり、あるいはまた無頼《ぶらい》の徒と化し、盗賊に転落する者も少くない」

と、これは平蔵みずから〔盗賊追捕《ついぶ》〕の役目についてみて、つくづくとわかったことなのだ。

彼らのように小粒な犯罪者が、平蔵の手にかかった件数など、とてもかぞえきれたものではない。

(無宿の者たちを駆りあつめ、これを一箇処《ひとところ》へ収容し、かれらに仕事をあたえたら、どんなものか……)

悪と怠惰《たいだ》の芽が出る前に、刈り取ってしまい、

(別の……善《よ》い芽を吹き出させる)

のである。

長谷川平蔵は、火付盗賊改方に就任した翌々寛政元年に、幕府老中・松平定信《まつだいらさだのぶ》へ、

「おそれながら申しのべたてまつる」

人足寄場設置の建言《けんげん》をおこなっていたところ、まる一年後の今年の春になって、幕府がこれを採《と》りあげ、築地《つきじ》の海(東京湾)にうかぶ佃島《つくだじま》北どなりの石川島の中《うち》、

六千余坪の地へ〔寄場〕をもうけることになった。

寄場には、三棟の建物のほか浴場・病室があり、ここへ収容された無宿者は約三カ年の間、さまざまの職業をならいおぼえ、正業につき得るとなるや、これを釈放《しゃくほう》して世に出す。つまりこの施設は懲治場《ちょうじば》と授産場を兼ねたもので、ここへ罪人も送りこむようになったが、新設当時の目的はそうでない。

「人足寄場の取扱も、長谷川に命ずる」

松平老中の鶴の一声というやつ。平蔵もことわるわけにはゆかぬし、骨は折れるけれども、盗賊改方と兼務することは何かにつけて都合がよいといえる。

松平定信は、苦しい幕府財政のうちから、新設年度に米五百俵・金五百両の予算を捻出《ねんしゅつ》してくれたが、

「なれど明年からは約半分ほどになろう。その間、浮浪人たちの授産が出費のたすけになるようにいたしくれるよう」

したしく、自邸へ平蔵をまねいて、申しわたした。

夏になると、寄場が出来上り、盗賊改方のみか町奉行所あつかいの浮浪者たちが、どしどし入所して来たし、平蔵も取扱として三日に一度は必ず石川島へ出向いた。

その日……。

おろくに出会ったのも、人足寄場からの帰途においてであった。

折しも沛然《はいぜん》たる雷雨が去った後で、長谷川平蔵は寄場の役人二名につきそわれ、小舟で船松町の渡し場へもどり着いた。

この日の平蔵は、夏羽織を着し、袴《はかま》をきちんとつけ、夏の陽ざしを避ける塗笠を手にしている。いつものように、平蔵は役人たちを船着場から寄場へ帰した。

雨後の夕焼けがあざやかであった。

通りへ出ると、正面向い側に火の見櫓《やぐら》があり、傍《わき》をすりぬけた平蔵が道をまがりかけたとき、

「あの……もし……」

火の見櫓の蔭からつっとあらわれた老婆が、声をかけてきたのである。

「おれがことか？」

「は、はい」

見ると……。

洗いざらしの単衣《ひとえ》の裾を端折《はしょ》り、ひからびて埃《ほこり》だらけの素足にわらじばき。白《しら》髪《が》まじりの引《ひっ》つめの髪の老婆は、紺もめんの四角なふろしき包みを抱えていた。

この老婆が「針や針。みすや針はよろし」と、町をながして歩く針売りだということは、ひとめ見て平蔵にもわかる。

「おれを、長谷川平蔵と知ってかえ？」

「は、はい……」

老婆は、ふるえる指先で、おのがえりもとをひらいて見せた。

平蔵は瞠目《どうもく》した。

干魚《ひもの》のように骨が浮いた老婆の胸肌《むなはだ》に、長さ四寸ほどの切傷のあとがきざまれているのを、平蔵は見た。

「お前……では、あの、おろくか……？」

「へえ……」

おろくは胸もとをかきよせて顔を伏せ、そこへしゃがみこんでしまった。

傷あとの無惨《むざん》な、この老婆の渋紙のような胸は、むかし真白に、ふっくらともりあがっていたものだし、その左乳房の上部を傷つけたのは、ほかならぬ長谷川平蔵自身であったのである。

「おろく。まあ、お立ち」

平蔵の腕がのび、おろくを抱えおこした。

「あの……すっかり、ごりっぱにおなりなさいまして……」

おどおどというおろくへ、平蔵が事もなげな微笑を投げ、

「なあに、中身に変りはあるものか」

その、あまりにもこだわりのない声音《こわね》に、おろくは何か、虚《きょ》をつかれたような顔つきになり、急に、へどもどしはじめた。

「おろく。おれに何か、たのみごとでもあるのなら遠慮なくいってくれ」

「へ、へえ……」

「さあ、さあ……」

「へえ、へえ……」

「いまのところ、金ですむことかえ？」

「……」

平蔵は、懐中の財布を出して、これをそのまま、おろくのふところへ押しこみ、

「三両とすこし入っている。足らぬところは、いつでも清水門外《しみずもんそと》の役宅へたずねておいで。出来るだけのことはしよう。お前と久しぶりに酒でものみたいが……今夜はちょいといそがしいのだ。いま、どこに住んでいる？」

「へ……あの……」

おろくは、うたがわしげに平蔵をちらと見上げ、こたえをにごした。

「よしよし。お前のほうからたずねておいで。待っているぞ」

かるく肩をたたき、何ども振り向いて見せながら、長谷川平蔵は去った。

おろく、呆然《ぼうぜん》としてこれを見送るとき、濃い夕闇の中からにじみ出るように、
これも針売りの老婆がひとり。

「おろくさんよう。あれが鬼の平蔵かえ？」

うなずいたおろくが、うめくように、

「私あ。何だかこう、気圧《けお》されちゃったよう」

「かるくあしらわれたねえ。だけど、お前さんも大したもんだ。いまを時めくお旗本に小づかいをねだって……」

「あのひとは、私に、たずねて来いといった……」

「ばかをおいいな、おやしきなんかへたずねて行こうもんなら、それこそ取っ捕《つか》まって、石川島の寄場送りだ」

「ちげえねえ」

と、ここではじめて、おろくは息を吹き返したように、

「あのひとに物ねだりをするときゃあ、これからも道端《みちばた》にかぎるねえ」

けたたましい笑い声をたてた。

二

十九歳の長谷川平蔵が、おろくを知ったとき、彼女は二十六、七であったろうか……。

おろくは当時、牙僧女《すあいおんな》とよばれる一種の娼婦であった。〔牙僧〕の語源は売買の取次ぎを意味するものだそうで、ゆえに、これらの女たちは諸方の旅宿や茶屋の客などを相手に小間物などを売って歩く……つまり女商人の名目《めいもく》をたてて当局の目をのがれ、裏へまわっては色を売るのが真の目的なのである。こうした売春のかたちは元禄《げんろく》のころに発生し、七十年後の平蔵若き時代まで、流行をきわめていた。

そのころの平蔵が〔本所《ほんじょ》の銕《てつ》〕の異名《いみょう》をもってよばれ、無頼放埒《ぶらいほうらつ》のかぎりをつくしていたことは、すでにのべておいた。

折から、本所・深川一帯で、伝法な〔すあい女〕として顔をきかせていたおろくが、

「入江町の銕さんは、若いが肝《きも》のふてえ悪《わる》だねえ。気に入ったよ」

などと、一端《いっぱし》の毒婦気どりで平蔵へ近づき、女ざかりのあぶらの乗った肌身をすりよせ、自暴自棄の血気《けっき》にふくれあがっていた若者の躰《からだ》を擒《とりこ》にしてしまったのだ。

で、平蔵。俗にいうところの、おろくのひものようなかたちになったわけだが、躰でかせぐ女の金をうばい、いいように飲み食いし、配下の無頼どもにわけあたえ、そのくせ、おろくが他の男の腕に抱かれることにはすさまじいばかりの嫉妬《ねたみ》を燃やし、なぐりつけたり蹴飛ばしたり。

「いやはや、あのころのおれときたら、まさに箸にも棒にもかからぬというやつ。この年になって、ふっと、夜半の床《とこ》の中で、あのころのことをおもい出すことがあってな。すると、暗闇の中で、もうその、じっとりと冷汗《ひやあせ》が浮いてくるのだ」

四十をこえたいま、平蔵が剣友・岸井左馬之助《さまのすけ》へ、苦笑まじりに、こう洩らすことがある。

おろくの胸肌へ残る傷痕も、こうした平蔵の妬心が生んだもので、つかみ合い、ののしり合ううち、怒気にまかせておもわず脇差《わきざし》をぬき、横にはらった、その切《きっ》先《さき》がおろくを傷つけたのである。もとより、殺意はなかったから、

「ざまあ見ろ！」

平蔵はそのとき、血だらけになって泣き叫ぶおろくへ毒づき、さっさと戸外へ飛び出してしまったものだ。

そのときの二人が、いま、平蔵四十五歳。おろく五十二歳となって再会をしたのであった。

いうまでもなく、この再会は、おろくがもとめたのである。むかし肌身を合せた男の前に、針売り婆の醜状《しゅうじょう》をさらして金をねだるようになったのは、こういうわけだ。

三月《みつき》ほど前のことであったが……。

針の売れゆきのよくない日で、顔をしかめてぶつぶつ独言《ひとりごと》をもらしつつ、おろくが、浅草・菊屋橋へさしかかると、新堀沿いの道をやって来た中年の男が橋をわたりかけ、おろくを見るや、

「あっ……」

おどろきの声をあげた。

「あれ、まあ……」

おろくも、この男を忘れてはいなかった。男は、この近くの新寺町で〔仏具

商〕をしている万屋幸助《よろずやこうすけ》という者である。

幸助は、十年ほど前に、まだ〔牙儈〕のまねごとをしていたおろくに引っかかり、女房のほかには女の肌を知らぬという物堅《ものがた》い幸助だけに、腐敗の前の妖《あや》しげな香りをはなつおろくの女体へおぼれこみ、ずいぶんと入れあげて妻子を泣かせたものだ。

このときのおろくは、おのが老醜を恥じる気がなかったわけでなく、

「まあ、旦那。おひさしぶりで……」

おもわず顔を伏せると、なにを勘ちがいしたのか、いきなり幸助が小判一枚を紙に包んで、おろくの胸もとへ押しこみつつ、

「こ、これでかんべんしておくれ。もう私をいじめないでおくれ。たのむ、たのむ……」

せわしなくささやき、呆気《あっけ》にとられているおろくを見向きもせず、逃げるように走り去った。

おもいがけなく小判一枚を手にして見て、

（ははあ、なるほどねえ……）

なっとくがいったおろく、これに味をしめたのである。

おろくは、むかしのなじみ客の顔をあれこれとおもいうかべて見た。

（なにもゆすりをかけようというんじゃねえ、面《つら》を相手の前へ突き出してみるだけのことだ。それでいくらかになるんなら、もうなんだ、恥も外聞もありゃあしねえ）

なのである。

五年ほど前に、大病をしてから、おろくの躰は骨の外《はず》れた凧《たこ》のようになってしまった。

それまで男からしぼりとった金品は、何ひとつ残ってはいない。鉄火《てつか》な女だっただけに、酒と博打《ばくち》と若い男へ入れあげてしまったおろくであった。身寄りもいない。捨子にされたおろくを育ててくれた義母も〔すあい女〕だったのである。

病後は、小間物の荷を背負うだけの体力もなくなり、荷の軽い針を売りに出ることにした。もとは同じ〔すあい女〕だったおもん婆と共に、おろくはいま、本所四ツ目の裏長屋に住んでいる。針を売ってもなんとか食べてゆけるが、とても好きな酒にまでは手がまわらぬ。寒くなると、おろくの躰は、肩、腰から手足まで息がつまるほどの激痛におそわれる。この痛みを忘れるためには、どうしても酒のちからを借りなくてはならない。

針売りに町をながして歩くうち、おろくは空巣ねらいや置き引きなど、小さな盗みをはたらいては飲代《のみしろ》にしていた。いままで捕えられたことは一度もない。

「年をとっても、むかしは仙台堀のおろくとよばれて男ごろしの異名をとったおいれだ。何をやってもすかさねえわさ」

と、おろくはおもん婆を酒の相手にしながら、冴《さ》えない見得をきったりする。

さて……。

おろくは、おもんを助手にして新しい仕事をやりはじめた。

堀留町の醤油酢問屋・山崎屋の大番頭に出世している藤蔵《とうぞう》や、本町一丁目の扇問屋・近江屋の番頭で徳太郎。浅草花川戸の料理屋・うろこ亭の主人で兼右衛門《かねえもん》など、いずれも世間体を気にする小心者で物堅い男たちをえらび、道端に待ちかまえては、

「おや、おひさしぶりで……」

にやにやしながら近寄って行くと、相手はもう顔面蒼白《そうはく》となり、

「いいかえ、家《うち》へ来てもらっては困りますよ」

とか、

「二度と、こんなまねをしないでおくれ」

とか、

「これをあげる。だから、ね、むかしのことはみんな忘れておくれ」

とか、いずれも戦々兢々《せんせんきょうきょう》。二分か一両、中には三両も包んでよこす男《の》もいて、

「こいつは、こたえられねえ」

おろくはこのところ、身を入れて針を売ろうともしない。

長谷川平蔵の顔をおもいうかべたのも当然だが、おもん婆が、

「いくら仙台堀のおろくでも、盗賊改メの長谷川平蔵さまにゃあ手が出まい」

と、揶揄《やゆ》したものだから、おろくはたつみあがり、

「じょうだんじゃねえ。あの子はむかし、本所の鉄といって土地《ところ》のあばれものさ。おれが乳房《ちち》に顔をうめてよ、ほかの男を抱きゃあがったら只じゃおかねえ……こういってね、いやもう日毎夜毎に、さすがのおれも腰がぬけるほどにせめたてられたものさ。ほれごらんよ。この胸の傷あとを、よ。なに今となって見りゃあ、この傷あとだけでも一両や二両にならねえ筈はねえわさ」

ぬけ落ちた歯茎《はぐき》をむき出し、おろくはけたけたと笑った。

「じゃあ、おろくさんよ。そのしわだらけの顔を、鬼とよばれる長谷川さまの前へ突き出して見せるかえ」

「ああ、見せるとも」

と、のっぴきならぬ約束をしてしまい、ついにおろく、寄場帰りの平蔵へ声をかけた、というわけであった。

三

「それ、ごらんな。銕ちゃんはねえ、ちゃんとおれがことをおぼえていてくれたろ」

その夜。四ツ目の裏長屋へ帰って来たおろくは、天にものぼるといった顔つきで、

「鬼の平蔵も、おれが前にゃあ頭も上らねえわさ」

大得意であった。

平蔵がくれた三両といえば、現在《いま》の十数万円にも当ろう。老婆ふたりの酒盛りも、この夜は泥鰌《どじょう》なべなぞをはずんで活気をおびてきている。

「なあに、今夜はおやしきへ遊びに行くわさ」

などと、おろくは怪気炎《かいきえん》をあげていたが、

「そりゃそうと婆さん。あっちのほうは、どうなったえ？」

「おいとどっこい、忘れていたよ、おろくさん。それがお前、大へんなのだよう」

おもん婆が、ひざをすすめて語りはじめる。

これも、おろくのむかしの客のひとりで、大伝馬町の木綿問屋・大丸屋の手代で万吉という若者がいた。十七年前のそのころ、万吉は二十三、四というところで、若い男の肌が好きなおろくは欲得をはなれて可愛がってやったものだ。

「いまごろは番頭の中に入っているかも知れない。婆さん、ひとつさぐりをかけて見ておくれ」

うけたまわったおもん婆の報告をきいたおろくの腐魚のような双眸《りょうめ》に、異様な光がやどった。

「へへえ……万吉はなにかえ、すると大丸屋のひとり娘の婿《むこ》になって、あの大身《おおしん》代《だい》をついだというのか、へへえ、ちっとも知らなかった……」

「見こまれただけあって商《あきな》いのほうは大した腕ききというが、お内儀《かみ》さんにはこいつ、てんで頭が上らねえそうだ」

「ふむ、ふむ、万吉はそういう男さ。養子にはもってこいの……ふうん、こいつはおもしろい。うまくゆけば、十両にはなる」

「ほ、ほんとかえ」

「婆さんにもはたらいてもらいてえよう」

「いいともね」

これで、万吉あらため大丸屋仁兵衛《にへえ》が同業者の寄り合いで柳橋の料亭〔梅川〕へ向う途中、亀井町通りで、おろくにつかまったのは、平蔵との再会があって七日ほど後のことである。

「万ちゃん、りっぱにおなりだねえ」

前へ立ちふさがった針売り婆をまじまじと見、いまは中年男の貫禄《かんろく》じゅうぶんな大丸屋仁兵衛が「きゃっ……」と叫んだとか……。なにしろ手代ひとりを供につれていただけに、仁兵衛の狼狽《ろうばい》ぶりは言語に絶するものがあったらしい。

がたがたとふるえる手で仁兵衛は金五両入りの財布ごとおろくにわたし、

「お店《たな》へ来てもらっては……」

というのへ、おろく大様《おおよう》にうなずき、

「ときどき外で会っておくれなら、ね……」

にやりと釘をさしておき、すくみあがる仁兵衛を尻目にさっさと引き上げて来た。

「どうだえ、この小判の色は……」

その夜も、両婆の酒宴は盛大をきわめた。

「こうなったら、どこか小ぎれいな家へ住もう。こんな汚ねえ鼠の巣なぞにいられるものか」

「だ、大丈夫かえ、おろくさん」

「なあに、これまでの男どもを年に二度もいたぶってやれば、死ぬまで飲み暮せるというものさ」

翌日。おろくは酔いつぶれたまま床へ寝たきりであったが、おもん婆は午後になって外出をした。

おもんは、むすめが一人いる。

一度は〔すあい女〕をやめて、古着売りの伊七という者と夫婦になり、女の子を生んだが、間もなく伊七が病死してしまい、またおもんは元の商売にもどったのだ。

躰の切り売りをしながら、どうにかむすめのお松を育て、お松は後に深川・黒江町の丸竹という料理屋の女中となった。

お松は五年ほど前に、同じ深川の茂森町に住む漁師の虎松と夫婦になった。はじめはむすめの身のかたまったのをよろこんだおもんだが、この虎松というやつ、気はよいのだが博打《ばくち》に眼がなく、女房のお松と三人の子を抱えて、いつもぴいぴいしているのだ。

「好きにおつかいよ」

前夜、おろくが二分もくれたものだから、おもんは孫たちのみやげを買いこんだふろしき包みを抱え、茂森町へ出かけたのである。

例によって、虎松は家にいない。

「お松。今夜は泊っていくからね」

と、おもん婆は、むすめと孫たちにかこまれ、たのしい夜をすごしたが、このとき、あまりに母親の景気がよすぎるので、いぶかしげに問いかけたお松へ、

「このごろのおろくさんの鼻息のすさまじいことといったら……」

おもん、ちょろりとすべてを語ってしまった。

実のむすめのことだ、むりもあるまい。

しかし、おもんは「こんなこと、だれにもいっちゃあいけねえよ」と、お松へ念を押した。

押したつもりだが、そこは夫婦である。

翌日、帰宅した亭主の虎松へ、これもちょろりとお松がしゃべってしまう。

「けどお前さん、だれにもいっちゃあいけないよ」

「わかっていらあな」

請け合った漁師の虎松が、その夜、例のごとく鉄砲洲の松平遠江守《とおとうみのかみ》屋敷の中間《ちゅうげん》部屋でひらかれている賭場《とば》へ出かけて行き、

「実は、女房《うち》のおふくろの友だちで、おろくさんというのがな……」

と、漁師なかまの伝五郎へ、賭場酒をのみながら洩らしてしまった。

「へへえ……大《てえ》したものじゃあねえか」

伝五郎はわざと気にもとめぬ様子で、

「ま、虎ちゃん。いくらでものんでくんねえ。今夜はおれがおごりだ」

と、きくだけのことをきいてしまった。

翌日。

漁師・伝五郎が、深川・末広町の石置場のうしろにある百姓家へあらわれた。

この辺《あた》り、前に堀川、うしろはかの十万坪埋立地で、一面の葦原《あしはら》と耕地が展開し、田園と水郷の風趣濃厚な風景である。

その百姓家に住み暮すのは、なんと八名の浪人であった。

いずれも浮浪の無頼浪人で、いつも狼のような眼をぎらぎらと光らせ、ちからにまかせてのゆすり、恐喝《きょうかつ》、暴行、無銭飲食などを白昼おそれげもなくやってのけ、みずから〔雷神党《らいじんとう》〕などと称している。

深川一帯の盛り場へ〔雷神党〕が押し出して来ると、土地《ところ》の無頼どももこそこそと姿をかくしてしまうという。

彼らも両刀をたばさむ身の、いつまでも世に出ることがならぬうっぷんにさいなまれつつ、

「もう、いつ死んでもよい。死ぬ気であばれまわってやる!!」

捨身で乱暴をはたらくのだから、たまったものではない。

近年、彼らのような無頼浪人が本所・深川一帯にはびこりはじめたのを、

(なんとか手を打たねばならぬ)

長谷川平蔵も、かねてから心痛していたのだ。

さて……。

この雷神党の首領格は、名を井《い》原《はら》惣市《そういち》といい、なんでも無外流《むがいりゅう》の剣客だというが、見たところは細い体軀のおとなしげな顔つきをしており、見くびった土地の

無頼漢十余名が、平井新田《しんでん》沿いの道を歩いていた井原を待ちかまえ、

「やっつけろ!!」

いっせいに襲いかかったことがある。

新田の百姓が目撃したところによれば……。

井原惣市の右腕が颯《さっ》とあがり、ぴかっと白刃がきらめいたときには、無頼ども三名が血飛沫《ちしぶき》をあげて堀川へ落ち込んでいたそうな。

この早わざに肝をつぶし、残った無頼どもは蜘蛛《くも》の子を散らすように逃げ去った。

その井原惣市。

漁師・伝五郎が、

「昨夜、おもしれえはなしをききこみやして……」

虎松からきいたおろくの一件を耳に入れるや、何もいわず、ふところから一両小判を出して、

「ま、取っておけ」

「へい、へい」

伝五郎は大よろこびでこれを受け取り、雷神党本拠《ほんきょ》を去った。

冷酒をのみながら、配下の七名の浪人を見まわし、井原惣市がこういった。

「こんな大仕事は、めったにあるものじゃねえ」

四

翌々日の朝。

きれいに髷《まげ》をゆい、紋つきの夏羽織にま新しい袴《はかま》をつけた井原惣市が、これも身なりをととのえた配下の浪人・千葉と中瀬の二名をしたがえ、

「相馬因幡守《いなばのかみ》家来にて芳賀井《はがい》主馬《しゆめ》と申す者。率爾《そつじ》ながら御主人へお目にかかりたい」

おもおもしい口上で、大伝馬町の大丸屋へ乗りこんで行ったものだ。

どう見ても大名の家臣だというので、大丸屋方ではすぐ主人の仁兵衛へ通じ、

「はて……相馬様といえば陸奥《むつ》中村六万石のお大名だが、その御家来衆が、わしに御用とは……？」

くびをかしげつつも大丸屋仁兵衛、とにかく井原惣市を奥座敷へ請《しよう》じ入れる。

「私めが、あるじの仁兵衛でございます」

「拙者、相馬家の臣……」

名乗るや井原が、

「お人ばらいをねがいたし」

厳然としていい、仁兵衛につきそっていた老番頭を去らせたのち、微笑をこぼしながら、

「仁兵衛殿は若きころ、当家の手代をおつとめなされ、名を万吉と申されたとか……」

「はい。いかにもその通りで……」

「そのころ、深川あたりに嬌名《きょうめい》をながせし仙台堀のおろくと申す女、御存じであろうな」

ずばりいわれて、仁兵衛は動顚《どうてん》した。

「で、では、あなたさまは……？」

「大名の家来とでもいわなくては、お前さんも会ってくれまいと思ってね。なに、おれはな、おろくには義理の弟にあたる者だ」

「ひえ……」

「実は姉おろく、おぬしの子を生んでいてな、これが当年、嫁入りすることにな

ってのう。ま、おぬしも先日、亀井町の路傍にておろくと密会いたした折、いまの姉がどのような暮しをしているか承知のことと思う。それでな仁兵衛殿。おぬしにとっても実のむすめの嫁入り仕度、金百両ほど出してもらいたい」

一気にきめつけられ、仁兵衛は紙のような顔色になって胴ぶるいをはじめた。

家つきの妻の眼をかすめ、この日の仁兵衛が老番頭を必死にいいくるめ、なんとか百両の大金をそろえて井原惣市にわたしたのは、非常な苦心をしたことであろうが……。

「では、またいずれ……」

ふところへ百両をしまいこみ、帰りぎわにこういった井原浪人のことばに、仁兵衛は恐怖の極に達した。

「な、なにぶんにも御内聞《ごないぶん》に……」

「心得ておる、何ごとも、そちらの出ようひとつだ」

「は……」

「わかっておろうな」

「へ……」

「ふっふふ」

気味のわるいうす笑いを残し、井原ら三名は肩で風を切って帰って行く。

おろくが自分の子を生んでいたなどということは、さすがに仁兵衛も（嘘だ）と思っている。本当なら、先日出会ったとき、おろくがだまっている筈はない。

（おろくが、あの浪人に荷担《かたん》しているのだろうか……いや、それにちがいない。となると、このままではすむまい）

あわてきっていたので、浪人たちの跡をつけさせることもせず、かといって、これをどう始末してよいのか、仁兵衛は途方《とほう》にくれた。

このあたりは、鉄砲町に住む御用聞きで文治郎というのが縄張りで、なにかと親切に商家へ出入りをし、種々のもめごとを解決してくれる。

（文治郎なら、内密《ないしょ》でかたをつけてくれようが……）

けれども大丸屋ほどの大店になれば、この事件を妻や番頭にまで隠し終《おお》すことは不可能であった。ことに仁兵衛は養子の身で、先代からの老番頭が三人もいて、仁兵衛を補佐すると共に、絶えず眼を光らせている。

（困った。ああもう、どうしたらよいのか……）

仁兵衛は急病をいいたて、床へもぐりこんでしまった。

その夜。

深川の巣窟《そうくつ》へ引きあげて来た井原惣市は、百両の小判に瞠目している配下の浪人どもへ、

「まだまだこれからよ。今度はな、一時《いっとき》江戸をはなれるだけの覚悟をしているのだ、おれは——手荒い大仕事だが、みんな、しっかりたのむぜ」

と、いいはなった。

同じ夜……。

雷神党一味がいる百姓家から目と鼻の先の舟宿〔鶴《つる》や〕で、長谷川平蔵と岸井左馬之助が酒をくみかわしている。

いま、鶴やの亭主・利右衛門夫婦は金子半四郎を返り討ちにしてから、しばらく江戸をはなれてい、あとは、平蔵の密偵・小房《こぶさ》の粂八《くめはち》が亭主がわりとなっていたのである。

「例の、ほれ、雷神党とかいうごろつきどもな、ついこの先の百姓家を根城《ねじろ》にしているのだ」

と、平蔵が左馬之助にいった。酌に出ていた小房の粂八が、

「今朝がた、その井原なにがしが浪人ふたりをつれ、うちの舟を出させて、大川から塩川岸へ着けさせたと船頭がいっておりましたが……いやもう三人とも、見

ちがえるような立派な服装《なり》をして、私あ、この二階の窓からのぞき見をしていて、こいつはきっと、また何かたくらみごとをしていやがるにちげえねえと思いました」

「おそらく、お前がいう通りだろうな」

「つけて見ようと思いましたが、手下の浪人どもが四人も、そこの船着場まで見送りに出ていやがったもので、どうにもなりませんで……」

「ま、いい。いずれ……」

いいかける平蔵のことばを岸井左馬之助が引きとって、

「いずれ、何とかせにゃならんな」

「うむ」

「あいつら、このごろ度がすぎるようだぜ、平蔵さん」

そこへ、本所から相模《さがみ》無宿《むしゆく》の彦十《ひこじゆう》が平蔵をたずねて来た。

本所・桜屋敷のおふさ事件以来、彦十も盗賊改方の隠密《おんみつ》活動の末端《まつたん》にはたらいているといってよい。

「どんなことでもいたしますから、どうぞ長谷川さま、人足寄場へだけは入れねえでおくんなせえましよ」

彦十、平蔵の顔を見るたびに、そんなことをいう。

「どうだ、わかったかえ？」

「へ、へい。おたずねの針売りのおろくってえのは、むかしの、あの仙台堀の……」

「そうさ」

「まさか銕さんの旦那。焼け木杭《ぼっくい》に火がついたのじゃありますめえね？」

「こいつ、いいおる」

と、左馬之助。

彦十は、おろくの住居を見つけてきた。

「同じ針売りの婆さんと一緒に暮していますよ。長屋のうわさでは、ちかごろ婆さんふたり、めっぽう景気がよくて、毎晩、酒びたりだそうでございやすよ」

「そうかえ……いや御苦労だった。ま、今夜はゆっくりのみながら、三人でむかしばなしでもやろうではないか。な、左馬之助」

「よかろう。入江町の銕さんと仙台堀のおろくのむかしばなしでも、な」

「岸井の旦那。そのことなら、いくらでもはなしやすよ。当時はこの彦十、銕さんの腰巾着《こしぎんちゃく》というやつ。いつもぴったりおそばにくっついていたのでごぜえやすからねえ」

「左馬。夜が、いくらか涼しくなったようだな」

五

水郷深川の草地に溝萩《みぞはぎ》が咲きみだれ、ところの女の子たちが鳳仙花《ほうせんか》の葉や花弁をもみつぶし、これで爪《つめ》を染めたりしてあそびはじめた。

どこか秋めいた微風がひんやりと、道を川すじを、町をながれ、ただよい、夜空に雨も雷鳴もともなわぬ稲妻が光るようになった。

そうした或る夜……。

本所四ツ目の〔ねずみ長屋〕の、おろくの家で異変がおこった。

おろくの姿が消え、おもん婆が絞殺《こうさつ》されていたのだ。

このことは、すぐさま彦十によって長谷川平蔵の耳へとどいた。

同じ日の午後。

大丸屋仁兵衛方へ一通の書状がとどけられた。次のごとくである。

「……先般は突然参上、ごぶれいをいたしました。さて、義姉おろく事、百両にてはいっかな承知いたさず、やむなく、おろくの首を打ち落し、以後は貴台へ御迷惑のかからぬよう始末いたしたい。なれど、おろくには貴台との間に生まれたむすめあり、向後一切、貴台とのかかわり合いを絶たんがため、またおろく供養のため、金五百両を申しうけたい。もしも御承引《しょういん》なきときは、おろく塩漬の生首《なまくび》を貴家へ持参つかまつるべく……」

と、まるでもう無茶苦茶な文面なのだ。

差出人は、雷神党の井原惣市だが、先般同様、芳賀井主馬の偽名をつかっている。

「……明夜五ツ（八時）貴台が金を持参の上、深川・藤ノ棚、専光寺裏空地へまいられたい。他言無用、供は一人のみ」

と、井原は指示してきた。

一方、長谷川平蔵は、

「これは只事ではない」

おろく行方不明のことと、おもん婆の死を聞くや、同心の酒井祐助ほか二名をひきつれ、すぐさま四ツ目の裏長屋へ駈けつけた。

長屋の人びとの口から聞きこんだところによると、このごろのおろくの金まわ

りのよさというものは、

(先ごろ、おれがわたした三両のみではなかったようだ)

と、見当がつく。

(では、おろく、むかしなじみの男たちをゆすって歩いていたのか……)

となれば、おもんを殺し、おろくを誘拐《ゆうかい》し去った者は、その男たちのだれかであろうか……？

平蔵の推理は、そこで行きづまってしまったが、その日の夜ふけになって、日本橋鉄砲町の御用聞き文治郎が、役宅へ平蔵を訪問して来たのである。

「このようにおそくにまかり出まして、申しわけもございませぬ」

「文治郎か、かまわぬ。何か事変かえ？」

「実は……」

と、文治郎が大丸屋一件を語りはじめた。

大丸屋仁兵衛が、ついにたまりかね、ひそかに文治郎をまねいて相談をもちかけたのだ。

五百両の金などは何でもないが、この金を自分ひとりの手で出すのがむずかしい。大丸屋ほどの大店になれば、いかに主人といえども勝手気ままに大金をうごかせるものではない。どこかの殿さまが家臣の眼をぬすみ、だれにも知られず大金を自由にすることが不可能であるのと同様であった。

出来得るならば、金五百両をひそかに持ち出して深川へ出向きたかったのであろうが、どうやって見ても出来ぬ相談。ついに意を決して文治郎へすべてを打ちあけたのである。

いっぽう、井原惣市は、

「なに、五百両ほどなら何とか持ち出せようさ」

と、たかをくっていたし、もし知らぬ顔をきめこむなら、ただちに、おろくの生首を大丸屋へ持ちこむつもりでいたらしい。

ということは、おろくもすでに、この世のものではなかったといえよう。

「なんでまあ、いままで打ちあけて下さらねえので……」

と、文治郎はあきれ顔で、

「だから、いつも申しあげてあるじゃあございませんか。何か事件《こと》あるときは決して悪くはからいません。盗賊改メの長谷川さまなら、どんなことを打ちあけても安心でございますと、あれほど私が……」

「けれど文治郎さん。だれにも知られずに……」

「知れたところで大したことはございませんよ」

「ですが、女房《うち》や番頭たちに知れましたら、これはもう、私の立つ瀬も浮ぶ瀬もないので」

大丸屋の万ちゃん、泪《なみだ》ぐんでいる。

「そういうわけなのでございます」

と、文治郎が語り終えたとたんに、

「金五百両を深川・藤ノ棚の……と、いったのだな、その浪人ども」

「へい、専光寺裏で……」

「ふうむ……」

「どういたしましょう」

「帰って大丸屋の主人に、こうつたえておけ、もはや何事も案ずるな、まくらを高くしてねむれ、とな」

「へい、へい」

「そのかわりな、これからもないとはいえぬ。仁兵衛のような男は女房以外の女に気をゆるしてはいかぬ……こう長谷川平蔵が申していたとつたえておけ」

「へい、へい。それで心あたりでもございますので？」

「ないこともない。これからはおれがやる。万事片づいてからはなしてきかせよう」

「おそれ入りましてございます」

文治郎が役宅を去った。そのころ、深川の雷神党の巣窟へ、ひとりの来客があった。

こやつは、両国一帯の盛り場に威勢を張る香具師《やし》の元締《もとじめ》で羽沢《はねざわ》の嘉兵衛《かへえ》という顔役の、右腕だとか左腕だとかいわれている駒造という男だ。

「先生。おそくにすみませんねえ」

駒造は、雷神党と顔なじみである。

羽沢の嘉兵衛が雷神党へ金を出し、よからぬ仕事を何度もたのんでいたからだ。

「駒造。元締の用か？」

「いいえ、これはうちの元締と兄弟の盃をかわしていなさる三の松平十元締からのおたのみなのでしてね」

「金になる仕事だろうな？」

「へ……金二百両」

「ふうむ、大きいな。だれを殺せばよいのだ？」

「そいつは知りません。先生が直接《じか》に三の松の元締からきいておくんなせえやし」

「急ぎの仕事か？」

「いえなに、今日明日というわけじゃあごぜえやせん」

「よし。引き受けたとつたえておけ。五日後に行く。どこへ行けばいいのだ？」

「へ、それでは、本郷・根津権現門前の〔釘ぬきや〕という茶屋へ、五日のちの暮れ六ツに……」

「よろしい」

「その日には、わっしも釘ぬきやへ行っております」

三の松平十は、どこかの大物にたのまれ、金三百両で長谷川平蔵の暗殺を、あの金子半四郎へ依頼したことがある。

となれば、今度〔雷神党〕に二百両をだし、どんな〔たのみごと〕をするのか、およそ察しはつこうというものだ。

だが、いまの井原惣市は暗殺依頼と察しがついても、だれを殺すのか、それはまだ知らぬ。

「うまくゆけば、明日の夜に五百両、そいつが手に入ったら深川を引きはらい、本郷辺へかくれ住み、次は二百両の大仕事だ。みんな、たのむぜ」

井原の声に、浪人どもは昂奮《こうふん》して、

「やぶれかぶれだ、何でもやります」

「こいつは、たまらねえわい」

「腕が鳴る、腕が鳴る」

などと奇声を発し、またも冷酒をあおりはじめた。

と……浪人のひとりが、鼻をうごめかし、

「臭《くせ》えな」

「床下にころがっているおろく婆あめ、腐《くさ》りはじめたのか」

井原惣市が失笑して、

「明日の夜までのことだ」

といった。

六

間もなく、浪人どもは酔いつぶれて、床もとらずにねむりこけてしまったようだ。

夜が明けた……といっても、まだ暁闇《ぎょうあん》がたちこめている中を、石島町の船宿〔鶴や〕の裏手から堀川沿いの道へあらわれた人影が五つ。

長谷川平蔵に岸井左馬之助。それに酒井祐助、山田市太郎の二同心。

小房の粂八が、この四人を手引きして、ひそかに、雷神党の百姓家へ近づいて行く。

石置場に面した表戸口まで来て、平蔵は、

「左馬と酒井は、ここをたのむ。山田は裏手へまわれ。出て来て刃向うやつどもは、かまわず斬れ」

と、命じた。

「かまわぬのか、平蔵」

「左馬。雷神党のような浪人くずれには打つ手がないのだよ。おそらく大丸屋へゆすりをかけたのもこいつらだろうが……そのゆすり方ひとつ見てもわかる。まるで獣《けだもの》だよ。世の中の仕組が何もわかっていねえのだ。獣には人間のことばが通じねえわさ。刈りとるよりほかに仕方はあるまい」

「よし」

小房の粂八が、短刀《あいくち》をたくみにつかい、音もなく表戸を外《はず》して、

「ようござんす」

「うむ」

うなずいた平蔵、粂八が引き開ける戸口からずいと土間へ踏みこむ。

「だれだ!!」

さすがに井原惣市、早くも目ざめて大刀をつかむのへ、平蔵が、

「大丸屋の使いの者だ」

「な、何だと!!」

井原が、

「みんな起きろ!!」

と、叫んだ、その瞬間であった。

身を沈め、土間から躍り上って肉薄した長谷川平蔵が、恩師・高杉銀平《たかすぎぎんぺい》直伝の居合術で抜く手も見せぬ電光の一撃……。

「あっ……」

身をひねりざま、片ひざをたてたが、井原の左肩口からびゅっと血が噴《ふ》いた。

「野郎……」

それでも立って、必死に抜刀するにはしたが、すでに機先を制された井原惣市は容赦《ようしゃ》もない平蔵の二の太刀に頭から鼻先へかけて割りつけられ、

「ぎゃあ……」

絶叫をあげて、仰向けに転倒した。

「こいつ、何者……」

「ゆ、油断するな!!」

「切っ払え!!」

残る浪人七名が、刀をつかんで、せまい屋内に乱れ立つのを、物もいわずに平蔵が縦横に刃をふるった。

たちまち二人、悲鳴と共に転倒する。

「逃げろ!!」

五人とも、表口から石切場前の草原へ駈け逃げる前へ、

「待っていたぞ」

岸井左馬之助が、ぬっとあらわれ、抜き討ちに一人を斬り殪《たお》した。

酒井同心も猛然と切りこむ。

裏口にいた山田同心も馳《は》せつけるし、背後からは平蔵があらわれ、

「刀を捨てろ。いのちだけは助けてやる」

声をかけたが、追いつめられた猛獣どもは、それでも一歩も退かずに立ち向って来た。

しかし、もう勝ち目もなければ逃走の隙《すき》を見出すこともならぬ。浪人たちが斬死をしてしまうまでには、いくらも時間がかからなかった。

小房の粂八が、屋内の床下にころがされていたおろくの死体を発見した。

死臭をはなつ、おろくの、その骨と皮ばかりの死体を見て、さすがに平蔵も顔をそむけたようである。

「こやつ、気の善い女だったが……」

「平蔵。一足おそかったな」

「おれだとて神わざを持っているわけではねえのだよ、左馬」

「だが、あの浪人ども、この婆さんの生首をほんとうに大丸屋へ持ちこむつもりだったのかねえ……？」

「なればこそ、殺したのさ」

「この婆さんの死体は、どうする？」

「おれが菩《ぼ》提所《だいしょ》へほうむってやろうよ」

そこへ、盗賊改方の小者たちを乗せた小舟が堀川をわたって来た。

浪人どもの死体を取りかたづけるためにであった。

朝の陽が、砂村新田の彼方の海の上へのぼりはじめている。


雷神党一味が、鬼の平蔵によって殲滅《せんめつ》されたことは、その日のうちに江戸市中へひろまったといわれる。

本郷・根津権現門前の料理茶屋〔釘ぬきや〕の主人でもあり、土地の顔役でもある三の松平十は、このことを手下の口からきくや、

「ええっ……」

驚愕《きょうがく》の声をあげたきり、しばらくは死人のような顔つきになっていたが、翌朝、これもあわてふためいて駈けつけて来た羽沢の嘉兵衛方の駒造が、

「どうも大変なことに……」

というのへ、

「たしかに盗賊改メの手が入ったのだね？」

「その通りなんで……うちの元締も落ちつきませんよ。何しろ雷神党には何度もその……」

「もういい。黙っていてくれ」

「でもこちらへは火の粉もかかるめえと存じます」

駒造は、三の松平十が雷神党へ何者を暗殺せしめようとしたかを知らない。

「おそろしいお人だ、長谷川平蔵……」

「へい、へい、まったくその……」

「お前は黙っていてくれというのに……」

「へい、へい」

三の松平十は冷えた酒を茶わんにつぎ、一気にのみほしてから、口の中でこういった。

「……蛇《くちなわ》のお頭も、これで鬼平殺しをあきらめなさるだろうよ」

解　説

植草甚一

この文庫が書店にならぶ二ケ月まえの九月十八日から、ぼくは「鬼平犯科帳」の復習をはじめた。じつは一年まえに復習したくなったことがあるが、ほかのことで遊んでばかりいたので、こんどこそ身を入れてやってみようと思ったのである。けれど原稿締切日が関係したりして差しあたり十月一日までの二週間しか復習期間がなかった。

それじゃ到底ロクなものしか書けないのにきまっている。それでもいいんだろうかと迷ったとき、すくなくともぼくは池波ファンなんだという気持ちがつよくなってきて、そうだ、池波ファンは大ぜいいることだし、だからなんだいこれはと笑われる結果になっても、かえってそのほうがいいかもしれない。すぐまたぼくは復習を続けていくつもりでいるからだ。いやそうしなければならないだろう。

池波ファンといえば、こんなことがあった。ちょうど三年まえの十月二十二日の夕暮れだった。そのころぼくは柄でもない小説批評をはじめたばかりだったが、そんな商売のせいで毎月二十一日に書店に出る「オール讀物」を前日の二十日に読むことができた。そうして一日おいた二十二日の夕暮れであるが、ときたま行く人形町を散歩したあとで地下鉄に乗り、座席にかけて前を見ると会社員らしい四十くらいの男が雑誌を読んでいて、その表紙がチラリと見えた。

おや、「オール讀物」だな。そのとき終わりのほうのページを一枚めくったが、池波正太郎の「泥鰌の和助始末」を読んでいるんだと、ぼくもゆうべ読んだばかりなので、すぐ分かった。からだをすこし曲げ夢中になって読んでいる。ところがその人の筋向かいの座席で、やはり会社員らしい若い男が、からだをまっすぐにして同じ雑誌のおんなじところを読んでいた。

地下鉄はすいていて、ぼくの左側の乗客がつぎの駅で降りようとして立ち上ったので、その横にいた池波ファンが目についたのだった。そのとき雑誌の表紙はまるで見えなかったが、こんどは佐多芳郎の特色ある挿し絵がひらいたページに出ているので、やっぱり「泥鰌の和助始末」だと当てることができたわけである。その人も夢中で読んでいた。

この二人の池波ファンが、ぼくより遥かに先輩だということが、読んでいる格好と夢中になっている表情とで何となく分かってくる。ぼくはまだ駆けだしの池波ファンにすぎなかった。その駆けだしが柄でもないことをやろうとしているのである。

いま人形町から地下鉄に乗ったと書いたが、ぼくの少年時代の遊び場は人形町だった。ときたまブラつきに出かけるのも、そんな場所だったからで、そうなるとおまえは年とったからノスタルジアなんだと言われそうだが、じつはそうではない。池波ファンになってから人形町を歩いていて、それもまんなかの通りではなく、いくつかある横町を曲ったあたりで、こいつは面白いぞと思うようになったのだった。

余談になるけれど「鬼平犯科帳」はもちろん、池波正太郎の「剣客商売」でも「必殺仕掛人」でも、いまの下町にあたる江戸時代の町が事件の重要な背景になっていて、ぼくみたいな時代小説にたいする頓珍漢でも、「江戸名所図会」をひろげて楽しむことがある。池波ファンとしてそんな気持ちになっているとき、人形町の商店に明かりがつく夕暮れどきからがいいんだが、たとえば横町の小間物屋のまえを通りすぎたときなど、まあ京都の町にちょっとばかり似たところがあるなと思うのはとにかくとして、ぼくは「鬼平犯科帳」のある場面をふと連想することがある。そうして歩きながら気持ちがリラックスするのだった。

だいたいスリラーは読者の気持ちを緊張させながら、ときどきリラックスさせなければならない。このことをぼくはヒッチコック映画からおそわった。ヒッチコックが自作の宣伝がてら日本に来て、映画会社がパーティをもうけたことがあったが、そのとき容貌に自信があるらしいある女優がヒッチコックをつかまえて『演技がうまくなる秘訣をおしえてください』ときいたものだ。そんな虫がよすぎる質問にたいしてヒッチコックは答えてやろうとしているのだが、いい言葉が見つからないらしい。

そこでぼくはヒッチコックに『リラックス』とひとこと助太刀してやった。というのはヒッチコックは撮影中に俳優たちを前にして面白い話を聞かせるのがすきだった。すきだと言うよりも面白い話でリラックスさせておいて、ごく自然な演技を俳優たちから引きだすテクニックなのである。ぼくの助太刀にうなずいたヒッチコックは、きれいな女優に向かってリラックスすることがだいじなんだとアドバイスしたあとで、こう付け加えたのだった。『あなたを使うかどうかは、あとで考えてみよう』

これはヒッチコック得意の毒気あるユーモアで江戸川乱歩もやられたことがあった。ついでに書いてしまうと、そのころファン雑誌「映画の友」がヒッチコックとの座談会を企画して乱歩も加わったが、風呂敷から署名入りの「幻影城」を出してヒッチコックにあげたところ、こう言われたのである。『この原作を映画化するかどうかは、ずうっと先にならないときまらないでしょう』

じつは第一話の「唖の十蔵」を読み終わったとき、エピローグとして長谷川平蔵が盗賊の遺児に自分の身を引きくらべ『おれも妾腹の上に、母親の顔も知らぬ男ゆえなあ……』と述懐するところで、毒気あるユーモアを感じたのであった。そうしてこの述懐は、あとでもっとくわしく長谷川平蔵の生い立ちと経歴として説明されることになる。ただここでぼくの注意が向かったのは、「鬼平犯科帳」の連載が続くにしたがってエピローグが簡潔になり、毒気とは反対な澄んだ空気のなかで長谷川平蔵の心境が表現されることになって、それが読者にとってはカタルシスになるということだった。

これが復習をはじめるとき池波作品を読む楽しみは何かという一つの目安になったが、そのまえにヒッチコックを引き合いに出して、くどくどとリラックスのことにふれたのは、これも目安の一つになるからであって、池波ファンにとって緊張のほうは、起こっている事件を語れば、その度合いを説明できるし、サスペンスにしても事件の中断されぐあいで説明できるが、さてリラックスということになると、ぼくが言うことが漠然としているせいもあって、それは説明できないなあと言うことになるだろう。ところが毎月あたらしい「鬼平犯科帳」が読みたくなるのは、こんどはどんな事件が起こるのだろうかという期待からだが、ほんとうはリラックスさせてくれるからなのであって、この隠れた力が毎号つづいているだけでなく、見えない魅力となって作品をだんだん大きくふくらましていくので、ますます読みたくなるわけである。

そこで話をもういちど人形町に戻して、きょうは日曜だから、明治座で池波正太郎が演出しているマゲ物をマチネーで見ようとしている池波ファンがいるとしよう。その人は地下鉄を人形町で降りて地上に出ると、甘酒横町を曲って明治座までスタスタと歩いて行く。それも当りまえで、知らない人には日曜の人形町を見せたいようなものだ。これが昔は銀座と肩をならべた繁華街かと思い出す人ならいいけれど、二三軒のちっぽけな食糧品店のほかは全部の商店がブラインドをおろしていて、通行人も二三人しかいないのが普通だ。まったく死都の見本みたいなもので、こんなところは東京のどこにもないだろう。親の代から人形町に住みついた友人に、不思議な気持ちになったよと言うと、そうだろう、こっちはもう飽きあきしてしまった、うちにくすぶりどおしだと打ち明けたくらいなのである。

そんな場所がらが平日の夕暮れから九時ごろまで明かりがつくと、やっぱり人通りはすくないが、空気はそうよごれていない感じがするし、とりわけ甘酒横町を曲ってすぐ左のほうへとブラついてみると、日曜の人形町とはちがった別世界になっていて落ち着きもある。そうして小間物屋のまえを通りすぎたとき、その造作を頭のなかでちょっぴり変えると、「鬼平犯科帳」のある場面を連想させることになるのだった。

たとえば「啞の十蔵」には二軒の小間物屋が出てきた。その一軒は浅草の新鳥越にあるちいさな店で越後屋といい夫婦二人だけでやっている。もう一軒は東両国にある日野屋で、こっちは問屋だから店の構えも大きい。そうしてこの二軒が事件の背後にあるものを語るうえで、ちょっぴり関係してくるいっぽう、物語の設定が二段構えになっていて、そのころ長谷川平蔵が〔火付盗賊改方〕の長官として堀帯刀と交替したことが事件を複雑にさせるようにもなっている。この二段構えというのは事件を生んだ二つの動機があって、その二つをうまく使おうとしたからそうなったのだが、この長さの短篇ではぎごちなくなってくる、つまりラックスさせてくれないのである。

ところがずうっとあとの「鬼平犯科帳」を読んでいると、説明としての地の文章からでなく、登場人物たちの会話から上記の二段構えの技巧、言いかえると『裏には裏がある』という面白さが出てくるようになる。そうしてその面白さが読者をリラックスさせることになるのだった。

いま二軒の小間物屋を例にあげたが、ついで蕎麦屋が出てくる。この蕎麦屋は小玉庵といって柳島の妙見堂というお寺の門前にあった。ここで登場人物の一人が熱い「かけ」をすすっていると、まえの通りを歩いていくのが長いあいだ会わなかった思いがけない男だったというのである。池波ファンとしては、こういう情景になるたびに『始まったな』と思ってよろこんでしまうのだが、「唖の十蔵」は昭和四十三年一月号の「オール讀物」から開始された「鬼平犯科帳」の第一話である。そのときからすでにサスペンスを生みだす工夫がしてあったのだ。

この場合でも「鬼平犯科帳」の連載がすすむにしたがって読者をリラックスさせることになった。というのは妙見堂の門前に蕎麦屋があって、熱い「かけ」をたべながら通りを見ると、おや、というふうに説明ふうな描写になっている。第二話の「本所・桜屋敷」にも本所にある法恩寺門前の茶店が出てくるが、その「ひしや」で二十年ぶりに再会した長谷川平蔵と岸井左馬之助とが、湯豆腐で熱い酒をくみかわした。という程度のことしか書いてない。ところが池波ファンはやがて長谷川平蔵がひいきにしている鰻屋とか、しゃも鍋屋があるのを知るだけでなく、いかにもおいしそうに食べているので、それからが盗賊一味を逮捕するというサスペンス場面になっているのにリラックスしながら読みつづけるのだった。

一年まえに復習したくなったとき、まず最初にやりたかったのは料理屋のリストをつくることだった。それをまた頭にいれながら、この文庫の「むかしの女」まで八編を読んだが、このあと四編を加えて昭和四十三年十二月に単行本となったのが「鬼平犯科帳」の第一冊であって、池波正太郎はその「あとがき」で、つぎのように書いているが、これがぼくには復習のためのいい手引きになった。

「鬼平犯科帳」と題名をつけたが、この小説をオール讀物へ連載するにあたり、いわゆる〔謎とき〕の捕物帳を書くつもりではなかった。そうした小説は、これまでに何人もの諸家が手をつけているし、どうしてもパターンがきまってしまう。

毎回の連載を一つ一つ、独立した短篇とし、それがまた大きな一つの長篇にもなるという……骨の折れた仕事ではあったが、前から私の好きな〔男〕のひとりだった長谷川平蔵を〔まとめ役〕にしたことが、書いていてたのしかった。

さいわいに望外の好評を得て、あと一年、このシリーズを連載することになったが、今度は、この一冊にあつめられた盗賊の物語ばかりでなく、平蔵自身を、もっと押し出してみようか……とも考えている。


この短い「あとがき」のなかにも復習しなければならないなと思うことが五つ書いてある。その第一は、ぼくが時代小説ぎらいだったこともあって、すこしは買いあつめておいたけれど〔謎とき〕の捕物帳にたいする知識がまるでないことだ。そうなったのは、このジャンルのものが外国作家の作品にヒントをあたえられたという話をよく聞いたからだった。

それで池波正太郎はパターンをかえようと工夫したわけだが、それは滑り出しの情景できまってくることが多い。たとえば第六話の「暗剣白梅香」の滑り出しの情景は、つぎのとおりだ。

なまあたたかく、しめった闇に汐の香がただよっている。

星もない空のどこかで、春雷が鳴った。

（や……？）

長谷川平蔵は、一種、名状しがたい妙な気配を背後に感じて立ちどまった。

この滑り出しは最近のものにくらべると、だいぶ見劣りがする。けれど主人公が幕あきからすでに事件の渦中にはいり込まされていることは分かるだろう。これが最近の滑り出しになると（や……？）という感投詞の使いかたが、もっと不吉な言葉で吐き出され、読者のほうでは不安感をおぼえる。と同時に事件の渦中に巻き込まれている主人公は、なにか重荷をしょったような苦痛をかんじながら行動していく。それは心理的サスペンスを出す技巧であって、ギリシャ悲劇の手法だと言っていいだろう。

このため〔謎とき〕の捕物帳もできるだけ読まないことには勉強にならないが、復習の第三は短篇の連載が長篇にもなるという……将来への予想で、これには復習の第四になる長谷川平蔵を〔まとめ役〕にするという工夫がはたらきかけている。「鬼平犯科帳」は現在で七年目になる連載シリーズで毎年一冊ずつ「兇剣」「血闘」「狐火」「流星」「追跡」の順序で単行本になったが、衆目が一致するとおり長谷川平蔵の〔まとめ役〕は成功したのだった。

そうして復習の第五が盗賊の物語であるが、なんといっても復習の中心になるのはここだし、「啞の十蔵」では兇悪な「野槌の弥平」が、ついで黒装束の「血頭の丹兵衛」、律義な大盗賊の「海老坂の与兵衛」、最後の強盗をたくらむ老いた「簑火の喜之助」ほか、蛇の平十郎、夜兎の角右衛門、座頭の彦の市といったふうに異名で呼ばれている盗賊の名前が出てくるだけでも、なにか大仕事をたくらんでいるなと読者にも想像がついてくる。そうして、それから先を夢中になって読んでいるのだ。もちろん復習するときは盗賊名簿をつくっていく。これは料理屋名簿の作製よりも興味ぶかい仕事になるが、この二週間の復習では手がつかなかった。

またこの文庫の八編を読んでいるとき、ぼくとしては第五話の「老盗の夢」が一番すきになったが、それはぼくが年をとったので身につまされたせいかもしれない。そうして最後の「むかしの女」を読んでいるとき、急にチャールズ・ディケンズの「オリヴァー・トウィスト」や「ロンドン・スケッチ」を読んでみたくなった。長谷川平蔵が〔本所の銕〕という異名で呼ばれていた放蕩時代に、なじみとなった商売女との再会で、ユーモアがよく利いていて面白いし、ヴィクトリア朝初期のロンドンでも、こういう遣り手婆さんがカモが引っかかるのを待ちかまえていたことだろう、と思ったからである。

それからぼくが池波ファンになった三年まえから興味をいだいてきたのは、映画でいう移動撮影と同じ視覚的効果をあげている場面の出しかたであって、その一例を最初のほうで引用した「泥鰌の和助始末」から取ってみよう。

竪川をゆるゆると大川へ出た二つの舟は、そのまま南へ下り、長い時間をかけて永代橋の手前から、霊巌島と八丁堀の間をながれる越前堀へ向って行く。

その霊巌島の堀川べりが南新堀町で、ここには茶、傘、酒、畳表などの諸問屋がびっしりとたちならび、その中に紙問屋〔小津屋源兵衛〕の店舗と住宅があった。

二つの舟は、越前堀へ入りかけて、右へのびている日本橋川へ曲がり、左側の岸へ着いた。岸辺には〔貸し蔵〕がたちならび、草地がところどころにある。

こうしてクライマックスになるという場面であるが、これに先だって似たような移動場面がいくつも出てきたのであるから、地下鉄でぼくが見かけた二人の池波ファンが夢中になって読んでいたのも当たりまえだった。

（一九七四年）

植草甚一（うえくさ じんいち　1908～1979）
東京・日本橋生まれ。欧米文学・ジャズ・映画の評論家。早稲田大学理工学部中退後、東宝に入社。戦後、労働争議で退職。J・Jのニックネームで、映画評論を本格的に書き始める。70年代、若者向け雑誌に登場、サブカルチャーの元祖として植草ブームが巻き起こる。ニューヨークを愛する一方、熱烈な鬼平ファンでもあった。

初出誌「オール讀物」
啞の十蔵　一九六八年一月号
本所・桜屋敷　一九六八年二月号
血頭の丹兵衛　一九六八年三月号
浅草・御厩河岸　一九六七年十二月号
老盗の夢　一九六八年四月号
暗剣白梅香　一九六八年五月号
座頭と猿　一九六八年六月号
むかしの女　一九六八年七月号
文春文庫　一九七四年十二月刊
文春文庫　新装版　二〇〇〇年四月刊

＊本作品の中には、今日からすると差別的表現ないしは差別的表現ととられかねない箇所があります。しかし、それは江戸時代における風習、慣行にもとづく歴史的事実の記述、表現であり、作者に差別を助長する意図がないことは明白です。読者諸賢の御理解をお願いいたします。
文春文庫編集部

文春文庫

鬼《おに》平《へい》犯《はん》科《か》帳《ちよう》 決定版《けつていばん》 (一)

定価はカバーに表示してあります

2017年1月10日 第1刷
2022年2月15日 第4刷

著　者 池《いけ》波《なみ》正《しよう》太《た》郎《ろう》
発行者 花田朋子
発行所 株式会社 文藝春秋

東京都千代田区紀尾井町 3-23 〒102-8008
TEL 03・3265・1211㈹
文藝春秋ホームページ http://www.bunshun.co.jp

落丁、乱丁本は、お手数ですが小社製作部宛お送り下さい。送料小社負担でお取替致します。

印刷・凸版印刷 製本・加藤製本

Printed in Japan
ISBN978-4-16-790763-1

（　）内は解説者。品切の節はご容赦下さい。

池波正太郎 編
鬼平犯科帳の世界
著者自身が責任編集して話題を呼んだオール讀物臨時増刊号「鬼平犯科帳の世界」を再編集して文庫化した、決定版〝鬼平事典〟……。これ一冊で鬼平に関するすべてがわかる。
い-4-43

池波正太郎
蝶の戦記（上下）
白いなめらかな肌を許しながらも、忍者の道のきびしさに生きてゆく於蝶。川中島から姉川合戦に至る戦国の世を、上杉謙信のために命を賭け、燃え上る恋に身をやく女忍者の大活躍。
い-4-76

池波正太郎
火の国の城（上下）
関ヶ原の戦いに死んだと思われていた忍者、丹波大介は雌伏五年、傷ついた青春の血を再びたぎらせる。家康の魔手から加藤清正を守る大介と女忍び於蝶の大活躍。（佐藤隆介）
い-4-78

池波正太郎
忍びの風（全三冊）
はじめて女体の歓びを教えてくれた於蝶と再会した半四郎。姉川合戦から本能寺の変に至る戦国の世に、相愛の二人の忍者の愛欲と死闘を通して、波瀾の人生の裏おもてを描く長篇。
い-4-80

池波正太郎
幕末新選組
青春を剣術の爽快さに没入させていた永倉新八が新選組隊士となった。女には弱いが、剣をとっては隊長近藤勇以上といわれた新八の痛快無類な生涯を描いた長篇。（佐藤隆介）
い-4-83

池波正太郎
雲ながれゆく
行きずりの浪人に手ごめにされた商家の若後家・お歌。それは女の運命を大きく狂わせた。ところが、女心のふしぎさで、二人の仲は敵討ちの助太刀にまで発展する。（筒井ガンコ堂）
い-4-84

池波正太郎
夜明けの星
ひもじさから煙管師を斬殺し、闇の世界の仕掛人の道を歩み始める男と、その男に父を殺された娘の生きる道。悪夢のような一瞬が決めた二人の運命をしみじみと描く時代長篇。（重金敦之）
い-4-85

池波正太郎
乳房
不作の生大根みたいだと罵られ、逆上して男を殺した女が辿る数奇な運命。それと並行して平蔵の活躍を描く鬼平シリーズの番外篇。乳房が女を強くすると平蔵はいうが……。（常盤新平）
い-4-86

池波正太郎
剣客群像
剣士、柔術師、弓術家、手裏剣士。戦国から江戸へ、武芸にかけては神業の持ち主でありながら、世に出ることなく生涯を送った武芸者八人の姿を、ユーモラスに描く短篇集。（小島　香）
い-4-87

池波正太郎
忍者群像
陰謀と裏切りの戦国時代。情報作戦で暗躍する、無名の忍者たち。やがて世は平和な江戸へ——。世情と共に移り変わる彼らの葛藤と悲哀を、乾いた筆致で描き出した七篇。（ペリー荻野）
い-4-88

池波正太郎
仇討群像
ささいなことから起きた殺人事件が発端となり、仇討のために人生を狂わされた人々の多様なドラマ。善悪や正邪を越え、人間の底知れぬ本性を描き出す、九つの異色短篇集。（佐藤隆介）
い-4-89

池波正太郎
夜明けのブランデー
映画や演劇、万年筆に帽子、食べもの日記や酒のこと。週刊文春に連載されたショート・エッセイを著者直筆の絵とともに楽しめる穏やかな老熟の日々が綴られた池波版絵日記。（池内　紀）
い-4-90

池波正太郎
おれの足音　大石内蔵助（上下）
吉良邸討入りの戦いの合間に、妻の肉づいた下腹を想う内蔵助。剣術はまるで下手、女の尻ばかり追っていた〝昼あんどん〟の青年時代からの人間的側面を描いた長篇。（佐藤隆介）
い-4-93

池波正太郎
秘密
家老の子息を斬殺し、討手から身を隠して生きる片桐宗春。だが人の情けに触れ、医師として暮すうち、その心はある境地に達する——。最晩年の著者が描く時代物長篇。（里中哲彦）
い-4-95

（　）内は解説者。品切の節はご容赦下さい。

池波正太郎
鬼平犯科帳　決定版（一）
人気絶大シリーズがより読みやすい決定版で登場。「唖の十蔵」「本所・桜屋敷」「血頭の丹兵衛」「浅草・御厩河岸」「老盗の夢」「暗剣白梅香」「座頭と猿」「むかしの女」を収録。（植草甚一）
い-4-101

池波正太郎
鬼平犯科帳　決定版（二）
長谷川平蔵の魅力あふれるロングセラーシリーズがより大きな文字の決定版で登場。「蛇の眼」「谷中・いろは茶屋」「女掏摸お富」「妖盗葵小僧」「密偵」「お雪の乳房」「埋蔵金千両」を収録。
い-4-102

池波正太郎
鬼平犯科帳　決定版（三）
大人気シリーズの決定版。「麻布ねずみ坂」「盗法秘伝」「艶婦の毒」「兇剣」「駿州・宇津谷峠」「むかしの男」を収録。巻末の著者による解説・長谷川平蔵（「あとがきに代えて」）は必読。
い-4-103

池波正太郎
鬼平犯科帳　決定版（四）
色褪せぬ魅力「鬼平」が、より読みやすい決定版で登場。「霧の七郎」「五年目の客」「密通」「血闘」「あばたの新助」「おみね徳次郎」「敵」「夜鷹殺し」の八篇を収録。（佐藤隆介）
い-4-104

池波正太郎
鬼平犯科帳　決定版（五）
繰り返し読みたい、と人気絶大の「鬼平シリーズ」をより読みやすくした決定版。「深川・千鳥橋」「乞食坊主」「女賊」「おしゃべり源八」「兇賊」「山吹屋お勝」「鈍牛」の七篇を収録。
い-4-105

池波正太郎
鬼平犯科帳　決定版（六）
ますます快調、シリーズ屈指の名作揃いの第六巻。「礼金二百両」「猫じゃらしの女」「剣客」「狐火」「大川の隠居」「盗賊人相書」「のっそり医者」の全七篇を収録。
い-4-106

池波正太郎
鬼平犯科帳　決定版（七）
鬼平の魅力から脱け出せなくなる第七巻。「雨乞い庄右衛門」「隠居金七百両」「はさみ撃ち」「掻掘のおけい」「泥鰌の和助始末」「寒月六間堀」「盗賊婚礼」の全七篇。（中島　梓）
い-4-107

（　）内は解説者。品切の節はご容赦下さい

池波正太郎
鬼平犯科帳　決定版（八）

鬼平の部下を思う心に陶然、のち悪党どもの跳梁に眠れなくなるスリリングな第八巻。「用心棒」「あきれた奴」「明神の次郎吉」「流星」「白と黒」「あきらめきれずに」の全六篇。

い-4-108

池波正太郎
鬼平犯科帳　決定版（九）

密偵たちの関係が大きく動くシリーズ第九巻。名作「本門寺暮雪」ほか、「雨引の文五郎」「鯉肝のお里」「泥亀」「浅草・鳥越橋」「白い粉」「狐雨」の全七篇に、エッセイ「私の病歴」を特別収録。

い-4-109

池波正太郎
鬼平犯科帳　決定版（十）

密偵に盗賊、同心たちの過去と現在を描き、心揺さぶるシリーズ第十巻。「犬神の権三」「蛙の長助」「追跡」「五月雨坊主」「むかしなじみ」「消えた男」「お熊と茂平」の全七篇。

い-4-110

池波正太郎
鬼平犯科帳　決定版（十一）

色白の同心・木村忠吾の大好物は豊島屋の一本饂飩。シリーズで一二を争う話題作「男色一本饂飩」ほか、「土蜘蛛の金五郎」「穴」「泣き味噌屋」「密告」「毒」「雨隠れの鶴吉」の全七篇。

い-4-111

池波正太郎
鬼平犯科帳　決定版（十二）

密偵六人衆が、盗賊時代の思い出話を肴に痛飲した一夜の後日談「密偵たちの宴」ほか、「高杉道場・三羽烏」「いろおとこ」「見張りの見張り」「二つの顔」「白蝮」「二人女房」の全七篇。

い-4-112

池波正太郎
鬼平犯科帳　決定版（十三）

煮売り酒屋で上機嫌の同心・木村忠吾とさし向いの相手は、眉毛と眉毛がつながっていた（「一本眉」）。ほか、「熱海みやげの宝物」「殺しの波紋」「夜針の音松」「墨つぼの孫八」「春雪」の全六篇。

い-4-113

池波正太郎
鬼平犯科帳　決定版（十四）

ますます兇悪化する盗賊どもの跳梁。密偵・伊三次の無念を描いた「五月闇」ほか、「あごひげ三十両」「尻毛の長右衛門」「殿さま栄五郎」「浮世の顔」「さむらい松五郎」の全六篇。（常盤新平）

い-4-114

（　）内は解説者。品切の節はご容赦下さい。

池波正太郎
鬼平犯科帳　決定版（二十一）

平蔵が自身のかなしみを吐露する「春の淡雪」、時代を越えた問題作「瓶割り小僧」ほか、心に沁みる作品揃い。「泣き男」「麻布一本松」「討ち入り市兵衛」「男の隠れ家」の全六篇。

い-4-121

池波正太郎
鬼平犯科帳　決定版（二十二）
特別長篇　迷路

平蔵と周囲の者たちが次々と兇刃に。与力、下僕が殺され、息子や娘の嫁ぎ先まで狙われた。生涯一の難事件ともいえる事態に、追い詰められた平蔵は苦悩し、姿を消す。渾身の長篇！

い-4-122

池波正太郎
鬼平犯科帳　決定版（二十三）
特別長篇　炎の色

謹厳実直な亡父に隠し子がいた。衝撃の事実と妹の存在を知った平蔵は、その妹のためにひと肌脱ぐ。一方、おまさは女盗賊に気に入られ、満更でもない。「隠し子」「炎の色」を収録。

い-4-123

池波正太郎
鬼平犯科帳　決定版（二十四）
特別長篇　誘拐

国民的時代小説シリーズ「鬼平犯科帳」最終巻。未完となった表題作ほか「女密偵女賊」「ふたり五郎蔵」の全三篇。秋山忠彌「平蔵の好きな食べもの屋」を特別収録。　（尾崎秀樹）

い-4-124

池波正太郎
その男　（全三冊）

杉虎之助は大川に身投げをしたところを謎の剣士に助けられる。こうして〝その男〟の波瀾の人生が幕を開けた——。幕末から明治へ、維新史の断面を見事に剔る長編。　（奥山景布子）

い-4-131

池波正太郎
旅路　（上下）

新婚の夫を斬殺された三千代は実家に戻れとの藩の沙汰に従わず、下手人を追い彦根から江戸へ向かう。己れの感情に正直に生きる美しい武家の女の波瀾万丈の人生を描く。　（山口恵以子）

い-4-134

（　）内は解説者。品切の節はご容赦下さい。

安部龍太郎
等伯（上下）
武士に生まれながら、天下一の絵師をめざして京に上り、戦国の世でたび重なる悲劇に見舞われつつも、己の道を信じた長谷川等伯の一代記を描く傑作長編。直木賞受賞。（島内景二）
あ-32-4

安部龍太郎
姫神
争いが続く朝鮮半島と倭国の平和を願う聖徳太子の遣隋使計画。海の民・宗像の一族に密命が下る。国内外の妨害工作に悩まされながら、若き巫女が起こした奇跡とは――。（島内景二）
あ-32-6

安部龍太郎
おんなの城
結婚が政略であり、嫁入りが高度な外交だった戦国時代。各々の方法で城を守ろうと闘った女たちがいた――井伊直虎、立花誾千代など四人の過酷な運命を描く中編集。（島内景二）
あ-32-7

安部龍太郎
宗麟の海
信長より早く海外貿易を行い、硝石、鉛を輸入、鉄砲をいち早く整備。宣教師たちの助力で知力と軍事力を駆使して瞬く間に九州を制覇した大友宗麟の姿を描く歴史叙事詩。（鹿毛敏夫）
あ-32-8

安能　務
始皇帝　中華帝国の開祖
始皇帝は〝暴君〟ではなく〝名君〟だった!?　世界で初めて政治力学を意識し中華帝国を創り上げた男。その人物像に迫りつつ、現代にも通じる政治学を解きあかす一冊。（冨谷　至）
あ-33-4

浅田次郎
壬生義士伝《みぶぎしでん》（上下）
「死にたぐねえから、人を斬るのす」――生活苦から南部藩を脱藩し、壬生《みぶ》浪と呼ばれた新選組で人の道を見失わず生きた吉村貫一郎の運命。第十三回柴田錬三郎賞受賞。（久世光彦）
あ-39-2

浅田次郎
輪違屋糸里《わちがいやいとさと》（上下）
土方歳三を慕う京都・島原の芸妓・糸里は、芹沢鴨暗殺という、新選組の内部抗争に巻き込まれていく。大ベストセラー『壬生義士伝』に続き、女の〝義〟を描いた傑作長篇。（末國善己）
あ-39-6

浅田次郎
一刀斎夢録（上下）
怒濤の幕末を生き延び、明治の世では警視庁の一員として西南戦争を戦った新選組三番隊長・斎藤一の眼を通して描き出される感動ドラマ。新選組三部作ついに完結！（山本兼一）
あ-39-12

浅田次郎
黒書院の六兵衛（上下）
江戸城明渡しが迫る中、てこでも動かぬ謎の武士ひとり。勝海舟や西郷隆盛も現れて、城中は右往左往。六兵衛とは一体何者か？　笑って泣いて感動の結末へ。奇想天外の傑作。（青山文平）
あ-39-16

あさのあつこ
燦《さん》―1― 風の刃《やいば》
疾風のように現れ、藩主を襲った異能の刺客・燦。彼と剣を交えた家老の嫡男・伊月。別世界で生きていた二人には隠された宿命があった。少年の葛藤と成長を描く文庫オリジナルシリーズ。
あ-43-5

あさのあつこ
燦―2― 光の刃
江戸での生活がはじまった。伊月は藩の世継ぎ・圭寿と大名屋敷住まい。長屋暮らしの燦と、伊月が出会った矢先に不吉な知らせが。少年が江戸を奔走する文庫オリジナルシリーズ第二弾！
あ-43-6

あさのあつこ
燦―3― 土の刃
「圭寿、死ね」。江戸の大名屋敷に暮らす田鶴藩の後嗣に、闇から男が襲いかかった。静寂を切り裂き、忍び寄る魔の手の正体は。そのとき伊月は、燦は。文庫オリジナルシリーズ第三弾。
あ-43-8

あさのあつこ
火群《ほむら》のごとく
兄を殺された林弥は剣の稽古の日々を送るが、家老の息子・透馬と出会い、政争と陰謀に巻き込まれる。小舞藩を舞台に少年の友情と成長を描く、著者の新たな代表作。（北上次郎）
あ-43-12

あさのあつこ
もう一枝《いっし》あれかし
仇討に出た男の帰りを待つ遊女、夫に自害された妻の選ぶ道、若き日に愛した娘との約束のため位を追われる男――制約の強い時代だからこその一途な愛を描く傑作中篇集。（大矢博子）
あ-43-16

池波正太郎記念文庫のご案内

上野・浅草を故郷とし、江戸の下町を舞台にした多くの作品を執筆した池波正太郎。その世界を広く紹介するため、池波正太郎記念文庫は、東京都台東区の下町にある区立中央図書館に併設した文学館として2001年9月に開館しました。池波家から寄贈された全著作、蔵書、原稿、絵画、資料などおよそ25000点を所蔵。その一部を常時展示し、書斎を復元したコーナーもあります。また、池波作品以外の時代・歴史小説、歴代の名作10000冊を収集した時代小説コーナーも設け、閲覧も可能です。原稿展、絵画展などの企画展、講演・講座なども定期的に開催され、池波正太郎のエッセンスが詰まったスペースです。

https://www.taitocity.net/tai-lib/ikenami/

池波正太郎記念文庫〒111-8621 東京都台東区西浅草 3-25-16
台東区生涯学習センター・台東区立中央図書館内 TEL03-5246-5915

開館時間＝月曜〜土曜（午前9時〜午後8時）、日曜・祝日（午前9時〜午後5時）**休館日**＝毎月第3木曜日（館内整理日・祝日に当たる場合は翌日）、年末年始、特別整理期間 **●入館無料**

交通＝つくばエクスプレス〔浅草駅〕A2番出口から徒歩8分、東京メトロ日比谷線〔入谷駅〕から徒歩8分、銀座線〔田原町駅〕から徒歩12分、都バス・足立梅田町－浅草寿町 亀戸駅前－上野公園2ルートの〔入谷2丁目〕下車徒歩3分、台東区循環バス南・北めぐりん〔生涯学習センター北〕下車徒歩3分

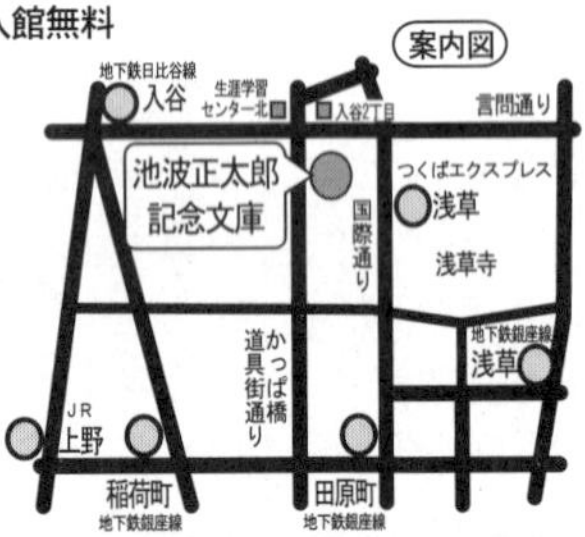